AF272545

Elke Hilsen

Und das Kamel grinste

Ein Deutschlandkrimi

Elke Hilsen

Und das Kamel grinste

Ein Deutschlandkrimi

Bibliografische Information der Deutschen
Nationalbibliothek:
Die Deutsche Nationalbibliothek verzeichnet diese
Publikation in der Deutschen Nationalbibliografie;
detaillierte bibliografische Daten sind im Internet über
http://dnb.dnb.de abrufbar.

Coverdesign: Sabine Logeswaran

Herstellung und Verlag: BoD – Books on Demand,
Norderstedt

ISBN: 978-3-758-31563-3

Die beiden saßen am Küchentisch, ohne sich anzusehen, und hielten sich an den Händen fest.

»Und jetzt?«

Am Himmel zogen sich dunkle Wolken zusammen. Endlich würde es einmal regnen. Vor lauter Tränen und Schluchzen konnte sie keinen klaren Gedanken fassen. Die ganze Welt schien in Schieflage geraten. Er nahm ihre Hände und küsste ihre Finger, einen nach dem anderen.

»Wir müssen hier weg.«

»Aber wohin?«

»Egal, Hauptsache weg.«

Sie wischte sich mit der Hand durch das Gesicht, das rot und verquollen aussah, und schüttelte den Kopf.

»Aber wohin? Wohin denn bloß?«

Sie stand auf und sah aus dem Fenster. Das war ihr Garten, ihre Blumen, ihre Zitronenbäume. Ihre geliebte Heimat. Hier war sie zu Hause. Hier.

»Dahin, wo es Arbeit gibt. Für mich. Und später dann auch für dich. Du wirst schon sehen. Dann geht es uns allen besser.«

Sie schüttelte immer noch den Kopf, bis ein erneuter Weinkrampf sie zusammenbrechen ließ.

Wieder musste er an sie denken, mit ihren großen, schwarzen Augen, den glänzenden, schwarzen Haaren und dem Lächeln, das ihn immer den Atem anhalten ließ. Kein Tag verging, ohne dass er ihr schönes Gesicht sah, nur, um es wieder in den Tiefen seines Herzens verschwinden zu lassen. Sie würde nie zurückkehren.

Verzweifelt legte er seinen Kopf in die Hände. Auf dieser Familie lastete ein Fluch.

FAHRENZBURG, HEUTE

Mehrere Streifenbeamte deckten die Leiche mit einer Plastikplane zu. Sie hatten das Gebiet mit Flatterband gegen Schaulustige abgesperrt und mussten es nun etwas erweitern. Auf der Straße im Zentrum des Universitätsviertels standen mehrere Einsatzwagen. Die blauen Blitze erhellten die Bäume und Sträucher, die am Fundort wuchsen. Am Absperrband drängten sich zahlreiche Menschen und sprachen aufgeregt miteinander, lachten hin und wieder und schubsten sich, um etwas besser sehen zu können. Kripo und Rechtsmedizin hatten ihre Arbeit erledigt und waren gegangen. Einige Journalisten harrten noch aus in der Hoffnung, doch noch etwas Interessantes zu erfahren. Vergebens. Aus den Polizisten war keine Silbe herauszubekommen. Meier und Meyerle von den Fahrenzburger Nachrichten hatten wieder einmal zu spät mitbekommen, was passiert war. Etwas weiter entfernt parkte der Leichenwagen. Gebannt sah man zu, wie der Leichnam verräumt wurde. »Just beat it, beat it, beat it. But you wanna be a man. Beat it, beat it, beat it.«

Meyerles Kopf ruckte im Rhythmus von Michael Jackson vor und zurück. Er lehnte am Auto und wartete auf Meier, der ihm böse Blicke zuwarf. Meyerle drehte das Radio leiser und stellte sich gerade hin. Er war für die Fotos zuständig und hatte bereits alles, was er brauchte, alle fünf Streifenwagen, den Notarztwagen und den Golf von der Kripo. Außerdem hatte er auch noch eine pinkfarbene Corvette aus den späten Sechzigern erwischt, ein Sammlerstück, die war ganz in der Nähe geparkt. Meyerle war sehr zufrieden. Am Himmel wanderte der Mond langsam höher. Silbrig glänzend und sichelförmig herrschte er über die unzähligen Sterne, die ihrerseits versuchten, ihn durch schiere Masse auszustechen.

Sie fuhren in Schrittgeschwindigkeit durch das nächtliche Fahrenzburg. Über ihnen der sternenklare Himmel, vor ihnen friedliche Straßen, die Wärme des Asphalts und nur einige wenige Spaziergänger. Im Zentrum wechselten sich finstere Ecken und hell erleuchtete Viertel ab. Weiter draußen schliefen die Einwohner hinter heruntergelassenen Rollläden. Oder sie schliefen nicht und taten etwas mehr oder weniger Ungehöriges. Darum dann der Rollladen. Die Laternen an den Straßen leuchteten warm. Gartentore und Hauseingänge waren fast alle dunkel. Nur hie und da glomm noch eine Solarlampe vor sich hin. Igel keuchten. Die Sonne war längst untergegangen, und der Himmel bekam zwischen all den Sternen ein tiefes Blau. Sie fuhren durch breitere Straßen und kleinere, enge Sträßchen. Eine Turmuhr schlug. Über den Himmel zuckten Sternschnuppen. Versonnen sah Meier hoch, nachdem er das karge Ergebnis seiner Recherche rekapituliert hatte. Da halfen auch keine verlängerten Neuformulierungen. Es war zu wenig für einen Artikel in der Frühausgabe. Freitag, der 23. Juni, liegt in der Mittsommerzeit, dachte er. War es schon nach Mitternacht? Sie waren gerade mittendrin, denn soweit er wusste, feierten die skandinavischen Länder vom 20. bis zum 26. Juni die Sommersonnenwende, den längsten Tag des Jahres und den Beginn des Sommers. Ob die Tote wohl etwas damit zu tun hatte? Immerhin hatte sie, was die Leute so sagten, ein langes, weißes Kleid getragen. Über Blumen hatte niemand etwas gesagt. Hatten die nicht so einen Kranz in den Haaren? Blöd, dass sie zu spät gekommen waren. Sie hatten lediglich ein kleines Zipfelchen weißen Stoffes ausmachen können, und noch nicht einmal ein Foto, nur, wie die Leiche fortgetragen wurde, also eine Aufnahme des Leichensacks, und auch nur, weil Meyerle den Leichenwagen fotografieren wollte. Auf Neudeutsch: suboptimal.

»Wir sollten uns etwas zum Thema Mittsommernacht umhören.«

Aber Meyerle war in Gedanken schon bei Bier und Bettruhe und reagierte nur mit einem leisen Brummen. Er schien auf den ersten Blick ein eher schlichtes Gemüt zu haben und war so oft wie möglich im Energiesparmodus, ein, wie er behauptete, evolutionär bedingter Schutzmechanismus gegen Kräftevergeudung und damit verfrühtem Tod. Das Schonprogramm war seiner Figur nicht zuträglich. Diese war tendenziell birnenförmig und kleidungstechnisch locker umhüllt. Meier hingegen war groß, dünn und drahtig und proaktiv eingestellt. Er hatte einen gebräunten, durchtrainierten Körper und wog um die neunzig Kilo. Die Haare trug er kurz. In einem Ohr hatte er einen kleinen Ring. In seinem Kopf ließ er bereits die Varianten seiner aktuellen Schlagzeile kreisen. Wurde die Zeit nicht auch *die weißen Nächte* genannt? War das nicht ziemlich heidnisch? Magisch? Übernatürlich? Hexentänze. Sommersonnenwende. Aber war das nicht etwas früher? Er musste auf Wikipedia nachsehen. Meier ließ seinen Gedanken freien Lauf. Da könnte man was draus machen.

***

Am Samstagmorgen, noch vor acht Uhr, kamen die ersten und begannen, mit viel Getöse ein Zelt aufzubauen, ein halbes, zumindest sah es so aus, auf der Wiese in dem kleinen, zumeist ruhigen Vorort von Fahrenzburg. Er lag nicht so weit weg von der Innenstadt, hatte aber doch seinen eigenen, fast ländlichen Charakter behalten. Zu jedem Haus gehörte ein großer Garten. Es gab viele Bäume und Rasenflächen, auch einen Bach am Rande der Wiese. Die Straßen hatten beschauliche Namen wie Eichenstraße, Kastanienstraße, Ulmenweg, Buchenweg, Fichtenweg oder Eschengässlein. Für die Kinder sicher ein schöner Ort, um groß zu werden. Jetzt lärmten Maschinen und Leute schrien, während sie Stangen und Plastikplanen verteilten. Eine unglaublich fettleibige Frau stolperte zwischen Masten und Gittern herum und gab Kommandos. Das ging ein paar

Stunden so weiter, bis irgendwann wieder Ruhe herrschte. Das halbe Zelt, ein Wohnwagen und ein paar Stangen blieben auf der Wiese zurück. Die Menschen waren verschwunden. Der Himmel zog sich zu. Falls es regnete, würde das eine Riesensauerei auf der Wiese geben.

Am nächsten Morgen lagen mehrere Sandhaufen auf der Grasfläche, und es waren noch drei Wohnwagen dazu gekommen. Im Laufe des Tages sammelten sich immer mehr Stangen und Gerüstbauteile an. Erst abends wurde es wieder laut. Die Tiere wurden geliefert, Ponys, Pferde, Ziegen, Kamele. Letztere wurden getrennt untergebracht. Mehrere kleine Hunde liefen lauthals kläffend hinter den Ponys her und bereicherten die abendliche Idylle primär akustisch. Langsam füllte sich die Wiese mit Wohnwagen, Leuten und riesigen Heuballen. Der Wind trug einen fremden Duft durch die Straßen.

Jeder Mensch hat mindestens einen Arschlochnachbarn. Das scheint eines dieser ungeschriebenen Naturgesetze zu sein, gegen die auch ein Umzug nichts ausrichten kann. Im Gegenteil, man kann froh sein, wenn es nur einer pro Straße ist. Denn seit Corona hat sich ihre Zahl drastisch erhöht. Päckchen werden angenommen, aber nicht weitergegeben. Autos parken auf Nachbarparkplätzen. Altmüll landet im Kaminfeuer. Hundehaufen liegen auf der Fußmatte. Wenn der Normalbürger abends nach einem Tag voll Arbeit zu Hause seine Ruhe genießen will, beginnt für solch einen Nachbarn der Sinn des Lebens. Er lässt kleine, goldige Hündchen vor die Tür, die mehrere Stunden ein geparktes Motorrad anbellen. Bei Bedarf kauft er weitere dazu. Er ersinnt Werkzeuge mit Benzinmotor für Arbeiten, die auch einfach mit der Hand zu erledigen wären. Anschließend mäht er den Rasen oder sägt schnell noch etwas Holz, bevor es ganz dunkel wird. Und während er bei konkurrierend störenden Hunden gern einmal eine mit Rattengift angereicherte Wurstschnitte verliert, bleibt er selbst erstaunlich resistent gegen Bitten um Ruhe. Aus dieser Kategorie stammte der Eigentümer der Wiese, ein korpulenter, extrem unterbelichteter Mann mit einigen wenigen schwarzen Haaren und einer Eunuchenstimme. Axel Burger beobachtete alles zufrieden und freute sich, dass er mit diesem Durcheinander einige seiner Lieblingsnachbarn zu ärgern glaubte.

Die Nacht war vorbei. Die Hunde hatten durchgekläfft. Später dann begann der Presslufthammer sein monotones Gedröhne. Irgendwo schrie jemand:

»Elfiiie.«

Aus einer anderen Ecke kam:

»Hier.«

Und als Antwort:

»Komm her!«

Der Rest war unter dem Geknatter der Maschinen nicht mehr auszumachen. Ein großes Zirkuszelt wurde aufgebaut.

Meier, mit Meyerle im Schlepptau, fragte alle möglichen Personen, die ihm aus dem Polizeidienstgebäude entgegenkamen. Aber wenn sie sein Mikrofon sahen, drehten sie sofort ab. Meier machte die Langeweile zappelig. Ungeduldig packte er das Mikro wieder weg und holte sich eine Zigarette aus der Tasche. Nach einer Stunde gab er auf und beschloss, am nächsten Morgen zurückzukommen. Daher stand er am Sonntagfrüh wieder vor Ort und suchte nach Leuten, die er befragen wollte. Bei der fünften Frau, sie schien nur einen türkisfarbenen Plastikkittel zu tragen ohne etwas darunter, hatte er endlich Glück. Sie blieb stehen.

»Entschuldigen Sie!«

»Ische nische deutsch.«

»Schon gut, sagen Sie, arbeiten Sie hier?«

Die Frau nickte stolz.

»Arbeite Polizei!«

»Hier im Gebäude?«

Die Frau nickte.

»Dürfte ich Ihnen bitte einige Fragen stellen?«

Er hätte auch mit der Luft reden können. Es entstand eine kleine Pause.

»Koste!«

sagte sie endlich.

Meier versuchte sich in einem Gesichtsausdruck, der Unverständnis signalisieren sollte.

»Koste!«

wiederholte sie mit Nachdruck. Sie schnippelte mit Daumen und Zeigefinger in der Luft herum, bis Meier begriff und ihr einen Fünf-Euro-Schein hinhielt. Sie steckte ihn in eine ihrer Kitteltaschen und sagte:

»Kleine.«

Auf seinen entgeisterten Blick hin präzisierte sie:

»Kleine Ehuro. Nix kleine. Groß.«

Er schob noch einen Zehn-Euro-Schein nach, und sie schien es zufrieden zu sein.

»Ja, sehr schön. Wie heißen Sie?«

»Dora.«

Er tat, als ob er mitschrieb.

»Und was machen Sie?«

»Ische putze. Und Sara auch.«

Eine Sara gab es momentan allerdings nirgends. Nur ein paar uniformierte Männer. Die traute sich Meier aber nicht anzusprechen.

»Wunderbar. Eh, Dora.«

Meier strahlte sie an.

»Und reinigen Sie auch den Keller?«

Die Frau nickte wieder.

»Ähem, haben Sie eventuell einen Toten gesehen?«

»Ja, ich sehe Tote. Viele Tote.«

»Und wie sah der, wie sahen die aus?«

»Große, kleine.«

»Äh, und wie noch?

»Tote. Mausetote.«

»Ja, klar, und wie noch?

»Nackich. Ganze nackich.«

Er entschied sich für eine gänzlich andere Herangehensweise. Präzise Fragen.

»Sagen Sie, war da vielleicht eine Frau dabei gewesen?«

»Ja.«

»Und wie sah die aus?«

»Auche nackich.«

Die Frau hoffte auf Lob, das aber nicht kam, nicht von Meier. Meyerle stattdessen bot ihr eine Zigarette an, die sie heißhungrig nahm und sofort in den Mund steckte.

»Und wissen?«

Jetzt begann die Frau verschwörerisch zu flüstern. Sie neigte sich etwas vor. Der Kittel klaffte oben auseinander. Interessant.

»Wie Pferd, wie heiße?«

Der tiefere Sinn dieser Frage entzog sich seiner Kenntnis. Was wollte sie? Er sah fragend zu Meyerle. Aber auch der zuckte mit den Schultern, holte aber sein Feuerzeug und hielt es der Frau vor die Nase.

»Wie heiße? Pferd?«

Sie schien angestrengt nachzudenken, wenn den Stirnfalten zu trauen war.

»Na Pferd bunte.«

Dann erhellten sich ihre Gesichtszüge. Ein Leuchten glitt über ihren Mund. Eigentlich hatte sie ganz hübsche Lippen. Wie alt sie wohl sein mochte? Ende Zwanzig? Anfang Dreißig?

»Zebra. Zebraa.«

Voller Stolz wiederholte sie das noch ein paar Mal.

»Was meinen Sie mit Zebra? Ich dachte, Sie hätten eine Leiche gesehen. Wir benötigen Informationen zu einer weiblichen Leiche.«

Meier war entschlossen, der präzisen Verbalstrategie treu zu bleiben.

»Keine wisse. Nur Zebraa. Zebramensch.«

Meier versuchte immer noch, das zu verstehen, bis er eine Idee hatte.

»Sagen Sie, Sie haben doch bestimmt einen Schlüssel?«

Die Frau schaute ihn lange an. Verstohlen nestelte sie in der Kitteltasche herum und sah züchtig zu Boden. Schaute wieder hoch. Ein knallharter Blick traf Meier mitten ins Gesicht.

»Koste!«

***

Eine halbe Stunde nach Mitternacht. Mit Doras Schlüssel in der Hand ging Meier wieder zum Polizeipräsidium. Diesmal war er allein. Meyerle war ermittlungstechnisch behindert. Schwer, fand er. Zuerst versuchte er es beim Haupteingang. Er wartete etwas, bis gerade niemand zu sehen war, und probierte das Schloss aus. Natürlich passte der Schlüssel nicht. Wäre ja auch zu einfach gewesen. Dann schlich er einige Male um den kompletten Gebäudekomplex herum und versuchte es mit sämtlichen Türen, die er finden konnte. Langsam verfluchte er sich dafür, wieder einmal Geld aus dem Fenster geworfen zu haben. Irgendwann aber stieß er auf eine ganz unauffällige Laderampe zum Hinterhof hin. Hierdurch konnten die auseinandergenommenen Leichen unbemerkt weitergereicht werden. Der Schlüssel passte.

Er öffnete die Tür und ging hindurch. Es war dunkel und nichts zu hören. Und saukalt. Langsam gewöhnten sich seine Augen an die Dunkelheit. Einige Sicherheitssekunden lang lauschte er in die Stille hinein, die ihn umgab. Dann schaltete er das Handy an und suchte die Wand ab, bis er den Schalter fand und darauf drückte. Augenblicklich wurde es hell. Meier war in der Rechtsmedizin gelandet. In dem Raum standen mehrere Seziertische. Auf den Tischen lagen Schalen, Skalpelle unterschiedlichen Kalibers, Handsägen, Bohrer und andere grausliche Dinge. Seine Nackenhaare sträubten sich, als ein Schauer seinen Körper flutete. Alles war noch relativ neu. Der

Stahl glänzte, der Kunststoff war noch nicht mattgeputzt. Trotzdem hing der unverkennbare Geruch nach Formaldehyd in der Luft, und es roch faulig. Meier horchte noch, ob irgendetwas zu hören war. Dann besuchte er die gesamte Abteilung, bis er schließlich zu einem Büro kam. Aktenschränke, funktional-einfache Büromöbel, ein großer Kalender, ellenlange Tabellen und Listen an den Wänden. Das Wichtigste war natürlich der PC. Der war netterweise an. Ob die Leute sich hier die Hände waschen, bevor sie sich an den Schreibtisch setzen? Meier dachte an seine eigenen Hygienegewohnheiten. Jetzt war er froh, sich als Erstes Handschuhe angezogen zu haben, bevor er überhaupt mit seiner Suche begann. Auch wegen der Fingerabdrücke, wer weiß. Er setzte sich auf den Stuhl und durchblätterte die Papiere, die überall verteilt lagen. Dabei stieß er an den Bildschirm, der sofort zum Leben erwachte. Username und Passwort? Meier sah unter der Tastatur nach, aha, Mueller und Thomas. Meier gab die geforderten Angaben ein. Zufrieden besah er sich die Dateien, bis er fand, was er suchte.

***

Die Luft war feucht und warm. Ein hysterisches Lachen stieg in seiner Kehle hoch. Der vertraute Duft wurde zusehends ranziger. Ein Hauch von Verwesung wehte vom geöffneten Fenster zu ihm herüber. Er fühlte sich hilflos, leicht und leer. Dann ein Gewicht auf der Brust. Schmerzen. Krallen gruben sich in die Bauchdecke. Zähne, die sich tief ins Fleisch bohrten. Er schlug hilflos um sich und versuchte, Luft zu holen, zu schreien. Vergeblich warf er den Körper hin und her, um die Last abzuschütteln, um etwas Freiheit zu gewinnen. Aber es war viel zu eng, wie Klauen, die seinen Hals umklammerten und zudrückten. Das war nicht richtig, oder? Seine nackten Schultern begannen zu zittern. Ein Rascheln, war jemand da? Konnte ihn jemand hören? Er dachte daran, wie seine Mutter ihm früher zur Beruhigung eine Geschichte vorgelesen hatte, wenn er weinend und mit aufgeschlagenen Knien nach Hause gekommen war. In einem anderen Leben. Jetzt erinnerte ihn das dumpfe Pochen überall am Körper daran, dass er etwas falsch gemacht hatte. Der Schmerz war allumfassend, allgegenwärtig. Verzweifelt versuchten die Hände zu greifen, glitten aber immer wieder ab. Dann schlug er wieder ins Leere. Er rang nach Atem. In seinem Mund spürte er Blut, er hatte sich auf die Zunge gebissen. Sie lag wie ein nasser, alter Lappen im Mund und hinderte ihn am Atmen. Er musste husten. Einige Tropfen Schleim und Blut vermischten sich mit den Ausdünstungen des geschundenen Körpers. Er schwitzte, ihm war gleichzeitig heiß und kalt. Wie lange ging das nun schon so? Minuten? Stunden? Der Schmerz wurde unerträglich. Es war einfach falsch, es konnte nicht sein. Nicht so. Warum war es mit einmal so dunkel? Sein Kopf begann zu schmerzen, grelle Klingen griffen hinter die Augen, scharf-gebogene Messer, um sie nach innen zu reißen. Er stolperte mit den Füßen sinnlos im Kreise. Der Schweiß rann in Strömen. Wieder versuchten die Hände, das Hindernis zu fassen. Wieder griffen sie ins Leere. Plötzlich war er müde, viel zu müde. Die Muskeln versagten mehr und mehr die Kooperation. Langsam wurde die Luft weniger. Er wollte schreien. Aber was seiner Kehle schließlich entrann, war ein Gurgeln, ein Keuchen. Blitze zuckten vor den Augen, in den Ohren ein Dröhnen, das zu einem Donnergrollen anschwoll. Was war das, ein Schatten? Kam er, um ihm zu helfen? Wenn der Kopf doch nicht so sehr schmerzen würde. Er drohte zu platzen. Lächerlich, das war lächerlich. Er versuchte zu lachen, aber es kam nur ein Krächzen, dann ein dünnes Röcheln. Die Koordination wurde schwieriger, die Handbewegungen langsamer. Die Hände zuckten in unkontrollierten Bewegungen Richtung Hals, fielen zur Seite, erlahmten. Ihm war, als müsse er sich übergeben. Von draußen ertönte leise Klaviermusik, wie, um ihm auf seinem letzten Weg noch einmal das Wunder des Lebens zu zeigen. Er starb.

***

Im Zirkus ging alles seinen Gang. Zahlreiche neue, teure Wohnwagen standen am Rande der Wiese, moderne Geräte, luxuriöse Autos, starke Maschinen, ein Traktor. Der Circus Abracada war topmodern ausgerüstet. Ein kleiner Junge versorgte die Tiere, schleppte Wasserkübel, kontrollierte die Einzäunungen und ging ganz offensichtlich in keine Schule, während von den Erwachsenen kaum etwas zu sehen war. Ab und an hörte man ein Wiehern aus dem Inneren des halben Zeltes. Die Kamele hatten auch nachts an ihren Gittern gerüttelt. Sie verströmten einen eigenartigen Geruch. Wenn man sie von vorne sah, machten sie einen wirklich freundlichen Eindruck. Einige kleine Hunde, Pudelverschnitte, die in der Vorstellung demnächst ihre sensationellen Kunststücke aufführen sollten, kläfften ohne Unterlass in hohen, zermürbenden Winseltönen. Ununterbrochen seit Samstag. Kontaktaufnahmen mit dem Ziel, wieder etwas mehr Ruhe zu bekommen, blieben ohne Erfolg, ebenso sehr laut geäußerte Kritik. Die Nerven der Anwohner litten akut.

Gabi Hohlmer knallte schnell die Schreibtischschublade mit den Sanskrit-Vokabeln zu, als ihr Chef hereinkam. Sie lernte seit über drei Jahren diese alte Sprache während der Arbeitszeit. Auf Hohlmer trafen fast alle nur wenig schmeichelhaften Adjektive zu, um nur einige zu nennen etwa lang und dürr, grau, hölzern, vertrocknet und absolut unattraktiv. Winters wie sommers trug sie die ewig gleiche farblose Regenjacke, und sie ging grundsätzlich nicht zum Friseur. Das Geld konnte man sich wirklich sparen. Ihre Haare waren glatt, grau und fransig, weil sie sie selbst schnitt. Sie wuchsen nicht nur oben auf dem Kopf.

Möller begann langsam und bedächtig, den neuen Tag zu loben. Er pflegte einen konservativen Kleidungsstil. Auch heute erschien er, wie üblich und trotz der Hitze, im dunkelgrauen Dreiteiler. Ansonsten war er nicht so konservativ, wie man es bei einem Theologen vermuten würde.

»Wir wollen uns glücklich preisen, und die Natur mit all den wunderbaren Blüten, den Bäumen, dem Gras schätzen und lieben. Lasset uns dies Wunder immer wieder mit frischen Augen betrachten. Lasset uns mit Liebe begegnen, lasset uns an den Herrn und seine frohe Botschaft denken. Lasset uns lieben, uns und unsere Feinde.«

Diese Kurzpredigten bildeten immer den lang ersehnten Auftakt zu einem neuen Arbeitstag, weil er sie speziell für sie hielt. Aber jetzt hatte er sie mit dem Thema Liebe doch etwas durcheinandergebracht. Was meinte er damit? Sie? Gabi war aufgewühlt. Ratlos. Verwirrt. Mit ernstem Gesicht sah sie von ihrer Arbeit, die sie zur Tarnung auf dem Schreibtisch ausgebreitet hatte, auf und presste sich ein trockenes

»Guten Morgen, Herr Professor!«

ab, bevor sie weiter an ihrem fiktiven Text schrieb. Sie sah noch einmal über den Brillenrand zu ihm hoch und lächelte. Als er in seinem Büro verschwunden war, nahm sie die Zeitung vom Samstag, die er ihr hingelegt hatte. Aber da öffnete sich abermals seine Tür. Schnell legte sie die Zeitung beiseite und sah ihn rätselhaft lächelnd an.

»Würden Sie mir bitte einen Tisch reservieren in der Perfetta für morgen. Neunzehn Uhr. Zwei Personen.«

»Selbstverständlich.«

Dann verließ er das Büro. Seufzend faltete sie die Zeitung auseinander und sah zur Tür, ob er vielleicht noch einmal zurückkam. Aber heute würde es wohl nichts mehr werden. Professor Klaus Möller weilte tagsüber immer nur sehr kurz an der Universität. Meist ließ er sich bei seinen Verpflichtungen durch seinen akademischen Rat vertreten. Er verspürte nicht die geringste Lust, sich ohne Not mit der geistigen Trägheit und dem tagtäglichen Mittelmaß hier zu beschäftigen.

Gleich auf der ersten Seite gab es einen Artikel über den bayerischen Ministerpräsidenten, auf den bei einem Gmoa-Fest ein
Attentat verübt worden war. Die Medien spekulierten, wer da-
hinterstecken könnte. Bisher hatte sich noch niemand als Ver-
antwortlicher gemeldet. Weiter unten stand noch etwas Interessantes.

Grausiger Fund
Fahrenzburg, 24. Juni
In der Nacht vom 23. auf den 24. Juni wurde im Universitäts-
viertel eine weibliche Leiche gefunden, ganz in weiß gekleidet.
Mittsommer!! In dieser Nacht, die zu den sogenannten weißen
Nächten gehört, wurde wieder einmal ein Opfer ganz in der
Tradition uralter Sitten gebracht. Am 21. Juni begann der
längste Tag des Jahres. Die Sommersonnenwende, auch Solsti-
tium genannt, markiert den Beginn des Sommers. Seit Jahrtau-
senden begehen die Menschen überall auf der Welt den Tag
mit Feuerritualen. Zahllose Mythen ranken sich um diesen
Zeitraum und feiern den Moment, der für Fruchtbarkeit und
Wiedererwachen der Natur gilt, als Sieg des Lichts über die
Dunkelheit. Die Bräuche reichen weit in die vorchristlichen
Zeiten zurück. Oft werden Feuer angezündet und Strohpup-
pen verbrannt. In diesem Fall wurde aber ein junges Mädchen
geopfert, um die Dämonen der Dunkelheit zu vertreiben und
die bösen Mächte abzuwehren und damit die Ernte zu sichern.
Es ist davon auszugehen, dass aufgrund der Schwierigkeiten,
in unseren Städten größere Feuer anzuzünden, einige traditi-
onsbewusste Mitbürger (und Mitbürgerinnen? Das, liebe Le-
ser, muss die Polizei erst noch ermitteln) auf diesen Notbehelf
umgesattelt haben.

Ob es ein junges Mädchen war, hatte Meier natürlich nicht gewusst. Aber da die Leiche angeblich ein Kleid getragen hatte,
handelte es sich zumindest um eine Frau. Wenn es ein Kind
gewesen wäre, hätten die Leute sicherlich darüber gesprochen.
Und Alte werden statistisch gesehen eher weniger umgebracht. Obwohl, Gewalt gegen ältere Leute nahm zu aufgrund
des demographischen Wandels. Meier war wirklich stolz auf
seine   besondere   Begabung,   aus   wenigen   Fakten

nachvollziehbare Schlüsse ziehen zu können. Der Satzbau hingegen kümmerte ihn weniger. Jedenfalls hatte er noch in der Nacht seinen Text an die Redaktion gemailt. Er freute sich, dass er es endlich wieder auf die Titelseite geschafft hatte, trotz der aktuellen Lage in Bayern, die ganz Deutschland erschütterte.

Die Sekretärin führte Buch. Sie sammelte. Alles. Wenn sie den Computer anmachte, konnte man links unten eine Datei sehen, die für alle Kollegen, ob Professor, wissenschaftlicher Angestellter oder Sekretärin, auflistete, was es an Schwächen und Stärken gab. Jedes noch so kleine Detail konnte sich irgendwann einmal als nützlich erweisen. Alles, was sie über Hobbies und Vorlieben herausbekommen konnte, wurde protokolliert, alle Unarten und Grenzüberschreitungen und natürlich die Grundinformationen wie Adresse, Geburtstag, Telefonnummer, Familienzusammensetzung. So war beispielsweise erfasst, dass am Dienstag, den 30. Mai, Professor Willoy um 11.15 Uhr der Studentin Corinna Cohnen Trost gespendet hatte und ihr dabei behutsam den Po streichelte, mehrfach hin und her, etwa dreimal. Am Folgetag hatte es einen Studenten getroffen, das war natürlich von zentraler Bedeutung. Für den wissenschaftlichen Mitarbeiter Korbinian Hofmeister notierte sie, dass er große Angst vor Hunden hatte. Da die Sekretärin schon an die vierzig Jahre an der Universität arbeitete, gab es viele und sehr lange solcher Listen. Besonders groß war die Datei Möller. Alles, was er tat und nicht tat, dazu gehörten beispielsweise die Vorlesungen, die er nicht hielt, war gelistet, Lieblingsfarbe (schwarz), Lieblingsessen (Vitello Tonnato), Lieblingsautor (Hesse), Lieblingsurlaubsland (Italien), Lieblingsrestaurant (Pizzeria Pizza Perfetta), Ankunftszeiten im Büro, dass er lieber Rotwein trank als Bier, dass er die Zeitung zwar abonniert hatte, über das Lehrstuhlbudget, sie aber nie las, dass er genau zweiundzwanzig verschiedene Krawatten besaß. Eifersüchtig wachte sie über jeden seiner Schritte.

Gabi Hohlmers Büro war streng und symmetrisch eingerichtet. Es dominierte die Farbe Grau in diversen Schattierungen. An den Wänden standen viele Regale, vollgestellt mit Ordnern. Die Ordnerrücken waren schwarz und sorgfältig mit kleinen weißen Etiketten beklebt, auf denen der Inhalt vermerkt war. Es gab nur ein Bild, eine Schwarz-Weiß-Fotografie von Meran. Auf dem Schreibtisch türmten sich Akten. Neben dem PC stritten sich Telefon, Schreibtischlampe, Plexiglas-Ablagekörbchen, Büroklammern und Stifte um das bisschen Platz zwischen all den Umschlägen, Formularen, Anschreiben und Mappen. Alles wurde bei Dienstschluss allerdings sorgfältig in die dafür vorgesehenen Fächer in den Schubladen sortiert.

Die Studenten mochten Frau Hohlmer nicht. Sie galt als stets schlecht gelaunt und mürrisch und unwillig, irgendwelche Fragen zu beantworten. Alle machten den größtmöglichen Bogen um sie und versuchten, etwaige Bitten an einen der Hiwis zu richten, die manchmal Schreibtischdienst hatten. Gabi war das nur recht, blieb ihr doch mehr Zeit für Sanskrit. Und für ihre Spezialdateien. Im Flur marschierte Professor Klaus Möller guter Dinge Richtung Ausgang. Diese Woche hielt einige Überraschungen für ihn bereit. Er konnte nicht ahnen, dass es seine letzte sein würde.

***

Der Montagmorgen war grau und düster. Es regnete, und die staubgetränkten Schlieren auf den Straßen hatten bereits zu mehreren Unfällen geführt. An vielen Stellen stand der Verkehr. Die Staus wurden länger, die hupenden Autos lauter. Kriminaloberkommissar Johannes Winkler knallte die Zeitung auf den Tisch. Die Fahrenzburger Nachrichten hatten dieses Mal einen besonders dämlichen Artikel veröffentlicht. Von draußen hörte er Schritte, die vorübergingen, Stimmen. Durch ein Rohr in der Wand rauschte Wasser. Eine Tür schlug zu. Der Computer summte leise, der Drucker etwas lauter. Er schrieb an der Akte. Alles, was sie hatten, musste zusammengefasst werden, alle Schritte beschrieben, alle Spuren, alle Zusammenhänge. Er rieb sich mit der linken Hand an der Stirn, weil es nur zäh vorwärtsging. Die Tote passte zu keiner der Vermisstenanzeigen. Papiere hatte sie nicht dabeigehabt. Der Autopsie-Bericht war auch noch nicht da. Unzufrieden griff Johannes Winkler zum Telefon, um sich beim Rechtsmediziner anzumelden und etwas Druck zu machen. Auch wenn sie momentan mehrere Leichen zur Sektion da hatten, wollte er schnell etwas mehr über die Todesumstände des jungen Mädchens wissen. Der Flur roch nach Kaffee.

Der Bürgermeister von Fahrenzburg war sehr stolz auf das neue Polizeigebäude. Es war erst wenige Jahre alt und sehr modern und vor allem groß. Die Rechtsmedizin logierte klischeegerecht im Keller und verfügte dort über mehrere Räume. Alles korrekt streng abgeriegelt. Allerdings, und hier stimmte das Klischee nun nicht mehr, gab es große Fenster, die das für die Obduktionen notwendige Tageslicht hereinließen. Winkler nahm die Treppen. Neuerdings schien sich da ein kleiner Bauch zu entwickeln. Skeptisch strich er über den nicht ganz so flachen Bereich um den Bauchnabel herum. Obwohl noch früh am Morgen war der Obduktionssaal bereits hell erleuchtet. Alles schimmerte in rostfreiem Stahl. Der Boden hatte einen flüssigkeitsdichten Belag und mehrere Abläufe, die momentan vorbildlich gereinigt wirkten. Das kannte er auch anders. Oft genug hatte man laut Flurfunk hier schon ganze Kolonien von Fliegenmaden gesehen. Er betrachtete die Kühlfächer an den Wänden. Offenbar waren alle besetzt, wenn man der digitalen Anzeige seitlich für die Temperatur jedes einzelnen Fachs glauben durfte. Deswegen dauerte es wohl auch so lange. Die meisten, die hier landeten, waren tödliche Unfälle, gelegentlich auch ein Suizid und zuweilen ein Drogentoter. Im Gegensatz zu anderen Städten, die diverse Wasser- oder Feuerleichen, Opfer von Schießereien oder sogar nur noch

23

Knochen in die Rechtsmedizin bekamen, war Fahrenzburg aus kriminaltechnischer Sicht wenig ergiebig. Tötungsdelikte gab es selten. Aber in diesem Fall mussten sie davon ausgehen. Er betrachtete die Glastürschränke gegenüber mit diversen gefährlich aussehenden Werkzeugen und das Regal, in dem Gläser mit in Formaldehyd eingelegten Eingeweiden standen. In einem Glas lagerten einige Nierensteine, manche so groß wie Taubeneier. Alle Seziertische bis auf einen glänzten sauber und ordentlich. Im ganzen Saal hing ein unangenehmer Duft nach Desinfektionsmitteln und Fäulnis. Auf dem einzigen belegten Tisch lag eine braun-rot-gestreifte Leiche.

Johannes Winkler fand den Rechtsmediziner an seinem Schreibtisch in seinem Büro.

»Und, habt ihr schon Ergebnisse?«

Der Mediziner stand auf.

»Komm mit!«

Er holte sich die Akte, klemmte sie sich unter den Arm und ging in den Nebenraum zu den Kühlfächern. Als er das Licht einschaltete, klingelten die Leuchtstoffröhren eine lustige Weise, dann brummelten sie laut und gaben schließlich Ruhe. Kaltes Licht erhellte den Raum.

»Fach Nummer sieben.«

Schwungvoll riss er die Klapptür auf und ließ die Bahre herausrollen.

»Ich bin gerade fertig geworden.«

Dann nahm er das grüne Leichentuch etwas beiseite. Vor ihnen lag der Körper einer jungen Frau Mitte Zwanzig, die einmal sehr schön gewesen sein musste. Die Leichenschau war abgeschlossen. Kopf-, Brust- und Bauchhöhle waren geöffnet und ausgeräumt worden. Die Organe lagen nach eingehender Analyse wieder da, wo sie hingehörten. Winkler rechnete nach. Normalerweise dauerte eine Obduktion an die zwei, drei Stunden. Der Arzt musste schon sehr früh am Morgen begonnen haben.

»So, wie es aussieht, wurde sie erschlagen.«

Die Leichensachbearbeitung hatte bereits vor der Obduktion ein Foto der Toten gemacht, um es den Hinterbliebenen, wenn sie denn gefunden wären, vorlegen zu können. So etwas musste sofort geschehen, weil sich durch die Fäulnisveränderung ein Körper immens aufbläht und das Gesicht ins Froschartige übergeht. Zudem verändert sich die Farbe des Toten ins Grünlich-Schwärzliche und die Haare gehen verloren, so dass die Angehörigen den Toten kaum noch erkennen können. Größere unveränderliche Kennzeichen wie Tattoos, OP-Narben oder Implantationsmaterial gab es in diesem Fall nicht. Winkler wartete. Das konnte noch nicht alles sein, denn die Leiche befand sich in keinem guten Zustand.

»Zunächst das Offenkundige. Es handelt sich um eine Frau. Sie war zwischen zwanzig und dreißig Jahre alt, 1,65 Meter groß, sie wog 44 Kilo, hatte schwarze Haare, schwarze Augen und einen leicht dunklen Teint.«

Winkler nickte.

»Am linken Bein hinten hat sie eine kleine Narbe. Die Verletzung ist lange her. An der linken Schulter hinten hat sie ein kleines, rundes Muttermal. Keine alten Frakturen. Keine Anzeichen von Krankheiten. Die Haare sind verfilzt und wahrscheinlich einige Zeit nicht gewaschen und gekämmt. Wirkt vernachlässigt, das zeigt auch der Zustand der Zähne. Sie hat Hämatome und Hautabschürfungen an den Armen und Beinen und am ganzen Körper. Viele Kratzspuren. Die Fingernägel abgebrochen mit Spuren von Erde und Holz. Die Füße zeigen zahlreiche Verletzungen, fast alle frisch. Wahrscheinlich ist sie ohne Schuhe durch die Natur gelaufen und hat sich die meisten Kratzer und Schürfwunden erst kurz vor dem Tod zugezogen. Der Magen war leer gewesen. Sie war leicht dehydriert. Der Allgemeinzustand des Körpers ist eher schlecht. Vor dieser Vernachlässigung war sie sehr gesund gewesen.«

Dann hob er einen schlappen Arm hoch.

»Hier, siehst du das? Sie hat Fesselungsmarken an Hand- und Fußgelenken.«

Der Rechtsmediziner nahm nun den Kopf der Toten und drehte ihn etwas nach rechts. Links am Hinterkopf waren zwei blutige Wunden zu sehen.

»Sie hat zwei Kopfplatzwunden. Hautunterblutungen. Die Frakturlinien am Schädelknochen deuten auf einen Schlag mit einem länglichen Gegenstand hin. Es liegt also mindestens gefährliche Körperverletzung vor durch stumpfe Gewalt. Die Spurensicherung hat bestätigt, dass die Holzrückstände in den beiden Wunden von diesem Ast stammen. Das Blut auf dem Ast kommt von der Toten.«

In der Nähe der Leiche hatten sie einen dicken Ast gefunden, der Blutspuren aufwies. Der stellte sich nun tatsächlich als Tatwaffe heraus.

»Normalerweise reicht ein Stück Holz in dieser Größenordnung nicht, um jemanden zu erschlagen. Sie muss sehr geschwächt gewesen sein. Aber es handelt sich definitiv um das Tatwerkzeug. Allerdings stehen die chemisch-toxikologischen Ergebnisse noch aus.«

Die dauerten oft drei Wochen. Bereits kurz nach dem Auffinden der jungen Frau hatte er mit einem Reizstromgerät die postmortalen Muskelzuckungen im Gesicht gemessen, die pupillenerweiternden und -verengenden Substanzen in die Augen geträufelt und die Körpertemperatur ermittelt, Totenstarre und Leichenflecke überprüft und dann alles in sein Computerprogramm eingegeben. Der Tod trat wahrscheinlich zwischen neun und zwölf Uhr nachts ein. Blutspurenmuster und Totenflecke deuteten darauf hin, dass Tatort und Fundort übereinstimmten. Die Röntgenaufnahmen waren bereits im Computer, die Schnelltests unterwegs.

»Wir haben im Übrigen einige Fingerabdrücke an der Leichenhaut nachweisen können sowie Fasern natürlichen Ursprungs und DNS-Spuren. Habe ich alles protokollarisch notiert. Ich bin bloß noch nicht ganz fertig mit dem Schriftzeugs.«

»Na gut, schick mir das rauf, wenn du fertig bist!«

»Der endgültige Obduktionsbericht dauert aber noch.«

Davon sollte erst einmal wenig an die Presse, überlegte Johannes Winkler. Er wollte Fehlmeldungen erkennen können. Winkler dachte ausgiebig nach und musterte dann mit frischen Augen die Umgebung. Nach kurzem Zögern fragte er: »Was ist denn mit dem da?«

»Ach der, der ist jetzt gleich dran. Tod durch Verlegung der Atemwege. Alkoholisiert, stranguliert oder zumindest erstickt, so wie es aussieht. Ob auto oder nicht, weiß ich noch nicht.«

Der vielleicht autoerotische Unfall, seine zweite Leiche dieses Wochenende. Am Fundort, in der Wohnung des Toten, war es ziemlich unaufgeräumt gewesen. Sie konnten ein paar halbseidene Zeitschriften sicherstellen und passende DVDs. Die Kriminaltechnik hatte mehrere Stunden gebraucht, um die überall verteilten Fingerabdrücke, Fasern und Haare einzusammeln.

»Und weißt du schon Näheres über die Bisse?«

Winkler ging näher hin. Ein süßlicher Geruch nach Schokolade und irgendetwas Obstigem kam ihm entgegen. Der Mann war laut Unterlagen 45, hatte einiges getrunken, sich eine Ganzkörperpackung mit Nussnougatcreme und Himbeermarmelade verpasst und sich dann in eine komplizierte Kabelvorrichtung gehängt. Dabei gingen irgendwann Urin und Exkremente ab. Im ganzen Zimmer waren Schokoriegel, Schokoladenkuchen und Pralinen verteilt, hübsch zurechtgemacht auf Servietten und Blümchentellern. Seine Freundin fand ihn, weil er nicht zur Verabredung am Vorabend erschienen war und auch nicht ans Telefon ging.

»Ob er das allein so hinbekommen hat, muss ich erst noch sehen. Was mich stutzig macht, ist, dass seine Kriegsbemalung am Hals ziemlich verschmiert ist. Tja, und die Bisswunden.« Winkler seufzte.

»Seine Freundin steht unter Schock. Vielleicht kann sie uns später mehr erzählen.«

Winkler kehrte in sein Büro zurück. Pfeifer gesellte sich mit einer Bäckertüte zu ihm. Das Büro, das sich Johannes Winkler und Philip Pfeifer teilten, war modern und praktisch eingerichtet. Metallregale mit Aktenordnern und Fachliteratur säumten zwei Wände. An allen freien Flächen hingen Plakate und Tabellen. Der Kommissaranwärter hielt ihm nun die geöffnete Tüte hin. Im ganzen Raum duftete es anregend nach süßem Gebäck. Der junge Mann war wie immer bestens gelaunt.

»Auf jeden Fall schien das kein Unfall gewesen zu sein«, informierte ihn Winkler, als er sich über die Notizen zu der jungen Frau beugte.

»Aber wir warten noch, bevor wir ihr Foto an die Zeitungen weitergeben. Ich will mir erst noch einmal den Autopsie-Bericht in Ruhe ansehen.«

»Hast du eigentlich schon die Zeitung gelesen?«

Pfeifer hielt ihm die neueste Ausgabe unter die Nase. Winkler nahm sie und las laut vor.

»Die Ermittlungen zum Anschlag gegen den bayerischen Ministerpräsidenten Puder beim Gmoa-Fest in Untertuttenhausen laufen auf Hochtouren. Noch immer ist das ganze Land starr vor Schreck. Internen Quellen zufolge ermittelt die Kriminalpolizei in zwei Richtungen. Vieles weist momentan auf die Freunde des Wolfes als Täter hin. Nach einer neuen Verordnung vom Mai dieses Jahres dürfen Wölfe in Bayern keine Tiere mehr reißen, die sich auf einer für die Weidehaltung ausgewiesenen Fläche aufhalten. Tiere, die gegen die Verordnung verstoßen, sind zum Abschuss frei gegeben. Gegen diese Verordnung regte sich seit mehreren Wochen heftiger Widerstand. Wie aus sicherer Quelle zu erfahren war, hatte Puder darüber hinaus erst kürzlich alle Bären, Wölfe, Luchse, Füchse und Hasen zum Abschuss freigegeben, weil eine seiner Töchter von einem freilaufenden Kaninchen gebissen worden war. Man vermutet einen Racheakt, da Demonstrationen zur

Rettung der Hasen von der Polizei nicht genehmigt worden waren.«

»Das meine ich nicht, das da drunter.«

> Schockierender Schokofund
> Fahrenzburg, 26. Juni
> Wie aus zuverlässigen Kreisen erfahren und jetzt erst bekannt, kam ein etwa vierzigjähriger, treusorgender Ehemann und Vater am Samstag zu Tode, nachdem er zuvor auf die schamloseste Weise gequält und gefoltert worden war. Der Mann hing in einem komplizierten Kabelgeflecht gefangen. Am ganzen Körper war er mit roter Marmelade und Schokoladencreme bedeckt, die in Streifen aufgebracht waren. Das Gesicht des »Schokotigers« wies Bisswunden auf.
> Wer macht sowas? Steckt die Süßwarenindustrie dahinter? Oder handelt es sich um makabre Machenschaften der Milchschokoladen-Mafia? Wir halten Sie auf dem Laufenden!!

»Woher haben die das? Wer weiß denn noch alles davon? Und die Hälfte ist pure Phantasie.«

Der Rechtsmediziner hatte sich bezüglich der genauen Todesursache, bis auf Tod durch Ersticken, nicht festlegen wollen, denn es waren noch nicht alle Spuren ausgewertet.

Das Foto der Toten erschien in den Abendausgaben mehrerer Zeitungen. Bald trafen die ersten Hinweise aus der Bevölkerung ein. Jemand hatte sie kürzlich im Schwimmbad gesehen, ein anderer in der Nachbarstadt. Einer glaubte, mit ihr in einem Bus gewesen zu sein. Eine alte Dame behauptete, es handele sich um ihre kürzlich verstorbene Großnichte. Ein Mann, der seinen Namen nicht nennen wollte, hatte mit ihr vor zwei Wochen in einem gewissen Etablissement verkehrt. Er legte sofort auf, ohne dass die Polizistin am anderen Ende der Leitung noch irgendeine Frage hätte stellen können. So ging das eine Weile. Die Polizei verfolgte, so gut es eben möglich war, die Hinweise, ohne Ergebnis. Bis sich irgendwann jemand meldete, der, korrekterweise die, einen Namen für die Tote hatte: Noni Otto, 25, Studentin der Theologie. Der Beamte, der die Meldung entgegennahm, notierte mit und heftete dann alles ordentlich ab, als das Telefon wieder klingelte. Ein älterer Herr meinte, in der Toten eine Freundin seiner Enkelin zu erkennen.

***

Abermals überkam ihn Verzweiflung und raubte ihm den Schlaf. Der Schmerz befiel ihn so plötzlich, dass ihm der Atem versiegte. Er sah sie vor sich, die traurigen Augen, der wunderschöne Mund, die lustigen Ponyfransen, die manchmal etwas abstanden, wenn sie sich ärgerte. Er wusste, dass er sie für immer verloren hatte. Nie wieder würde sie ihn ansehen mit diesem unschuldigen Blick voller Vertrauen. Nie wieder würde sie ihre Arme um ihn schlingen und so fest zudrücken, wie sie nur konnte, und ihm dann einen Kuss auf die Wange setzen, der laut knallte. Und noch einen. Um sich dann kichernd wegzudrehen. Nie wieder würde er mit ihr gemeinsam ein Buch betrachten. Im Geiste hielt er das Kinderfahrrad an sich gedrückt, an dem noch ein paar Blumen hingen, die sie wohl gepflückt hatte. Wie immer war sie vergnügt und voller Lebensfreude morgens losgefahren. Hinein in einen weiteren sonnigen Tag.

***

Auch an diesem Morgen standen die Bewohner rund um die Wiese in der Mitte des kleinen Vorortes nach einer weiteren durchkläfften Nacht auf und bereiteten sich auf einen weiteren Arbeitstag vor. Sie hatten die Wahl gehabt, wegen der großen Hitze die Fenster offenzulassen für etwas kühlere Luft und dann auch Dauergebell, oder die Fenster und Läden zu schließen, um den Hundelärm zu mildern. Egal, beides führte zu einem bedenklichen Zustand der Nerven. Polizei und

Ordnungsamt verzeichneten ein erhöhtes Beschwerdeaufkommen.

Der Sommer warf sich ins Zeug und tat, was er konnte, um die Stadt in Hitzeglut zu versenken. Es war schwül, und Mensch und Tier stöhnten einem stickigen Tag entgegen. Die Kamele blickten hoch in den wolkenlosen Himmel, freuten sich und grinsten.

Winkler hatte die ganze Nacht über schlecht geschlafen. Immer wieder war er aufgeschreckt, weil er etwas geträumt hatte, von dem er nicht mehr ganz wusste, was es gewesen war. Gestreifte Zombies, viele Leute, die um ihn herum drängelten, so dass er keine Luft mehr bekam und aufwachte. Hatte er tatsächlich Gras gegessen? Dann wieder war er der Zombie gewesen, der gejagt wurde. Wieder von vielen Menschen. Nach Atem ringend schreckte er auf, lag lange wach und dämmerte dann wieder weg. Und stand viel zu spät auf. Dann musste er gleich, als er im Büro war, wieder so einen blödsinnigen Artikel lesen.

> Neues zum Schokotiger?!
> Fahrenzburg, 27. Juni
> Hatte der am Samstag unter schockierenden Umständen zu Tode gekommene Mann Schulden? Handelte es sich um eine Verzweiflungstat? Wie passt dann die obszöne Folter dazu? Während Nachbarn und Freunde aus Angst kaum noch schlafen können, tappen die Ermittler immer noch im Dunkeln. Zwei Morde in so kurzer Zeit – Fahrenzburg hat Angst!

Der Artikel darunter war auch nicht besser. Als neue Verdächtige bei dem bayerischen Attentat waren einige Fußballfans ins Visier der Polizei geraten. Puder hatte gesagt, die Bayern spielten gotterbärmlich und entsetzlich, nur weil sie viermal hintereinander verloren hatten. Das führte zu nächtlichen Protesten und zur Forderung, der Ministerpräsident möge zurücktreten. Es waren Fenster eingeschlagen worden, Autos angezündet und Sitzbänke in den Parks demoliert. Die Polizei hatte Mühe

gehabt, alles unter Kontrolle zu bekommen. Einige der Fußballfans wurden festgenommen wegen Majestätsbeleidigung,
denn sie hatten Morddrohungen gegen Puder ausgestoßen.
Bisher verliefen aber auch diese Spuren im Sande.

»Was hat sie gesagt?«
»Dass sie glaubt, die Tote wiederzuerkennen. War wohl gut
mit ihr befreundet.«
»Und?«
Winkler versuchte, ruhig zu bleiben. Aber der Beamte, der das
Telefonat entgegengenommen hatte, ließ sich nicht drängen.
»Jaja, ich habe alles aufgeschrieben. Aber sie sagte, sie hätte
nicht viel Zeit und müsse zur Vorlesung.«
»Haben Sie sie gefragt, wie lange sie die Tote nicht mehr gese-
hen hat?«
»Nein.«
»Und wo sie wohnt, wie die Eltern heißen?«
»Ja, klar.«
»Und wann hat sie das gesagt?«
»Oh, ich glaube, das war heute morgen.«
Meine Güte, es war drei Uhr nachmittags.
»Und wie können wir sie erreichen?«
»Ich habe mir selbstverständlich die Handy-Nummer notiert.«
Wenigstens etwas. Winkler rief sofort an und ließ sich alles
von der Zeugin bestätigen.

»Kennen Sie die Frau auf dem Foto?«
Mit schreckgeweiteten Augen nickten beide.
»Ja, das ist unsere Tochter Noni.«
»Sind Sie sicher? Hatte Ihre Tochter einmal eine Operation,
Knochenbrüche?«
Der Vater war bleich. Er schüttelte den Kopf. Die Mutter be-
gann zu weinen. Beide sahen furchtbar ausgezehrt und ein
bisschen ungepflegt aus. Auch die Wohnung machte keinen
guten Eindruck. Mehrere benutzte Gläser und Teller standen

auf dem Wohnzimmertisch. Der Boden sah aus, als ob schon eine Weile nicht mehr gesaugt worden war. Es roch ungelüftet nach abgestandener Luft und Bier.

»Hatte ihre Tochter ein Muttermal?«

Die Mutter nickte.

»Eine Narbe?«

Die Mutter schluckte und nickte erneut. Sie flüsterte:

»Eine Narbe am linken Bein und ein rundes Mal an der linken Schulter. Sie ist tot, nicht wahr?«

Ihre Stimme brach. Leider musste nun Winkler nicken. Viel weiter kamen sie nicht, denn die Mutter klappte zusammen, und der Vater konnte nichts mehr sagen. Notgedrungen verschoben sie die Befragungen. Winkler und Pfeifer verabschiedeten sich und fuhren zurück ins Büro.

»Maria, sag doch etwas!«

Sie schüttelte nur müde den Kopf. Raphael Otto nahm seine Frau in den Arm.

»Ich bringe dich ins Krankenhaus.«

Plötzlich überkam ihn ein Gefühl von Verlorenheit. So schnell, wie es gekommen war, verschwand es wieder, und zurück blieb eine ewig eisige Leere. Nichts.

»Was sollen wir tun? Was sollen wir jetzt bloß tun?«

»Nichts. Nichts können wir tun.«

***

Gabi Hohlmer kam von der Toilette. Als sie an einem der Nebenflure vorbeischlich, hörte sie ein Flüstern. Interessant, dachte sie. Flüstern ist immer interessant. Sie näherte sich vorsichtig der Ecke. Was ging da vor sich?

»Sie haben so wunderschöne Augen«,

säuselte es.

»Und so wundervolles Haar.«

Ganz zartes Kichern.

»Sie duften so wunderbar.«

»Hihi, aber ich bestehe doch nicht nur aus Körper.«

»Mmh, Ihre letzte Seminararbeit war auch sehr gut.«

Die Stimme erkannte sie. Das musste sie sehen. Gabi warf einen vorsichtigen Blick um die Ecke. Zwei Leute standen beängstigend eng beieinander und hatten die Hände in beängstigenden Bewegungen verteilt. Der eine Mensch hatte halblange, wasserstoffblonde Haare, der andere war ihr Chef.

Die Wasserstoffblonde reckte sich ihm entgegen, und er küsste sie am Kinn. Jetzt begann er, sanft am Ohrläppchen zu knabbern. Er war so stark.

»Hihi, mein Herz hüpft so komisch. Irgendwie so.«

»Mmh.«

Sie stellte sich vor, wie er sie küssen würde, heiß und hart. Er roch nach Mann, nach Zigaretten und Rasierwasser. Sie war ganz benebelt. Aber die Vernunft obsiegte. Sie gab ihm mit einer zarten Geste zu verstehen, dass er sich gedulden möge. Die Leute!

Gabi zog den Kopf ein und lauschte. Vielleicht bekam sie noch den Namen der Frau heraus? Es flüsterte noch etwas weiter. Dann war es still. Was war mit der von letzter Woche, einer Brünetten mit langen Locken? Sie hatte sie auch gestern Abend in der Pizzeria gesehen. Gabi Hohlmer schaute immer kurz durchs Fenster, mit wem sich der Professor traf. Manchmal setzte sie sich auch irgendwo hin, wo sie keiner sah, und trank einen Schluck Wein. Sie fand das aufregender als Fernsehen. Über die Jahre kannte sie genau den Ablauf dieser Treffen, zum Beispiel, wie lange Vorspeise und Hauptspeise dauerten. Nachspeisen kamen nur selten vor, weil die jungen Dinger nicht zunehmen wollten.

Professor Klaus Möller war ein gut strukturierter Mann, und das wirkte sich auch auf sein Liebesleben aus. Die verschiedenen Damen durchliefen bei ihm immer die gleichen Etappen. Zunächst sah er sich jedes Semester die Neuankömmlinge durch. Dank seiner Eigenschaft als Lehrstuhlinhaber hatte er Zugang zu den Online-Infos, zu denen natürlich auch Fotos zählten. In der ersten Vorlesungsstunde, die für alle verpflichtend war und die sein Assistent hielt, war er dabei, um sich vorstellen zu lassen und die Studentinnen persönlich in Augenschein zu nehmen. In der ersten Runde des Auswahlverfahrens kam es erst einmal nur zu zufälligen Treffen im Flur oder in der Bibliothek für eine Grobsondierung im Gespräch und um die Reaktionen zu testen. Am Ende des Semesters rückte dann mindestens eine in die engere Wahl vor. Im Laufe des nächsten Semesters folgten Sprechstunden unter vier Augen. Dann machte er eine längere taktische Pause. Erst gegen Ende des dritten Semesters ließ er ein kleines Lob wegen irgendeiner Arbeit fallen. Und dann erst kam ein Abendessen, später ein zweites. Möller lud die Frauen höchstens ab dem vierten Essen anschließend zu sich ins Büro und nur, wenn er sicher sein konnte, dass die Studentin bei ihm ihre Bachelorarbeit schrieb und die Schlussprüfungen ablegte, die wenigen, die es nach der Reform noch gab. Diese Neustrukturierung der Studiengänge war ihm ein großes Ärgernis, weil sie dem Abhängigkeitsverhältnis zum Professor schadeten.

Sein Büro verfügte über ein sehr bequemes Sofa und eine Sound-Anlage, auf der passende Musik gespielt werden konnte. Klassisch oder Richard Clayderman. In dem kleinen Kühlschrank stand auch immer eine Flasche Sekt. Diese letzte Etappe, den Hauptgang sozusagen, galt es, geschickt auszudehnen, bevor knapp vor Ende des Studiums dann die Beendigung des Verhältnisses anstand. Es musste vorher sein, wenn die Note noch nicht bekannt war, sonst wurden die zu zickig. Da er immer mehrere Studentinnen in den verschiedenen Phasen des Auswahlverfahrens betreute, achtete Möller stets auf die Einhaltung des Programms und kam daher nie durcheinander. Einzig bei den Flurtreffen musste er Acht geben, dass die Studentinnen nichts voneinander bemerkten. Aber jetzt war Gabi irritiert. Fuhr er nun mehrgleisig oder bereitete er nur wieder rechtzeitig vor? Irgendwie waren das mehr als sonst. Gabi sah auf die Uhr und notierte sich wütend

Zeit und Ort in ihr Notizbüchlein, das sie stets für derlei Fälle mit sich trug, auch bzw. vor allem, wenn sie auf die Toilette ging, weil sie das immer mit Kurzwanderungen durch die Peripherie des Instituts verknüpfte.

Verärgert kehrte sie in ihr Büro zurück. In ihrer Abwesenheit schaltete sie den Computer aus, um ihre Dateien vor fremden Augen zu schützen. Jetzt setzte sie sich an ihren Schreibtisch und machte ihn wieder an, hämmerte das Passwort *Klaus* in Majuskeln in die Tastatur und ergänzte die Datei um die gerade neu erhobenen Informationen. Schicker Hosenanzug, Goldketten um Hals und Handgelenk, schlank, elegant. Bei einer der letzten, einer rassigen Schwarzhaarigen, war es nur bei den Annäherungsversuchen geblieben. Sie war zu brav gewesen, sehr gut, aber zu brav. Gabi hatte sich schadenfroh ein rotes Kreuz bei der Notiz gemacht. Die Eintragungen davor waren dafür zahlreich und fast immer auch erfolgreich. Das lag an den guten Noten, die unweigerlich auf die zweisamen Abende folgten. Ein bestimmter Typ Studentinnen erzielte erstaunlich gute Noten in den Abschlussarbeiten bei Prof. Möller. Nicht die mit den weißen Blusen und den Blümchenröcken, sondern die anderen. Möller mochte weder geflochtene Zöpfe noch Kurzhaarfrisuren noch Trachten. Und er mochte Farbe im Gesicht. Das war Gabi zutiefst zuwider. Diese leichten Mädchen wollten doch immer nur das eine. Und sie kriegten es auch noch! Gabi wusste ganz genau, dass das bequeme Sofa im Büro von Möller präferiert in Abendstunden genutzt wurde. Auch in diesem Raum standen zahlreiche Ordner, und in einem hatte sie eine Kamera strategisch günstig platziert, die sie von zu Hause aus am heimischen Computer kontrollieren konnte. Sie spielte eine wichtige Rolle bei der Informationsbeschaffung. Eigentlich waren die Geschichten nicht sonderlich ernst zu nehmen, keine überdauerte ein Studium. Und Möller war zugegebenerweise sehr vorsichtig. Oft war auch alles schneller vorbei als geplant. Eigentlich sollte sie sich überhaupt keine Sorgen machen, denn die einzige stabile

Komponente im Leben des Professors war sie, Gabi Hohlmer, mit sehr guten Recherche-, Englisch-, Französisch- und Verwaltungskenntnissen. Sanskrit war theologisch allerdings wenig relevant. Er brauchte sie, das war klar. Aber dieses *Eigentlich* hing ständig drohend über ihrer Beziehung wie ein Damoklesschwert. Es könnte jederzeit niedersausen und das wunderbare und einzigartige Band kappen. Das war zumindest ihr immer wiederkehrender Alptraum.

Hetes Eltern waren beide Ärzte und arbeiteten im nahegelegenen Krankenhaus. Schon früh war klar, dass sie auch Medizin studieren würde. Aber nach dem – exzellenten – Abitur konnte sie sich zunächst nicht zu einem Studium durchringen. Dann suchte sie etwas maximal Diametrales zur Medizin. Erst spät entschied sie sich für Theologie. Dabei traf sie Noni Otto.
»Vielen Dank, dass Sie sich bei uns gemeldet haben.«
Winkler und Pfeifer boten Hete Wasser und Kaffee an. Sie war Mitte zwanzig, schlank, attraktiv und selbstbewusst mit einem kupferfarbenen Lockenkopf, hohen Wangenknochen und makelloser, zarter Gesichtshaut. Die Sommersprossen und die Stupsnase machten sie noch jünger, als sie sowieso schon war. Sie trug Jeans und T-Shirt und keine Socken in den Sandalen. Morgens aß sie immer Joghurt mit Müsli und machte viel Yoga. Wenn sie sprach, bewegten sich ihre zarten Hände mit langen Fingern in sanften Schwüngen.
»Erzählen Sie uns doch von sich und von Noni.«
Die Hände schwangen. Da gab es nicht viel Aufregendes. Hete und Noni kannten sich seit einigen Jahren, studierten das gleiche Fach und waren befreundet. Noni war die fleißigere von beiden. Sie nahm ihr Studium sehr ernst und investierte viel Zeit. Sie hatte auch die besseren Noten, obwohl die von Hete auch nicht schlecht waren, wenn sie sich doch bloß mehr anstrengen würde. Aber, und das war nun interessant, Hete hatte Noni einige Tage lang nicht gesehen und auch nicht per Handy erreicht. Als sie die Eltern fragte, Noni wohnte nämlich noch

zu Hause, hatten die nicht viel geantwortet. Sie waren sehr wortkarg gewesen. Jedenfalls war Noni nicht aufzufinden gewesen und niemand hätte ihr sagen können oder wollen, wo sie war.

»Hatte sie einen Freund?«

»Nicht, dass ich wüsste. Sie hat sich total auf ihr Studium konzentriert und wirklich ständig gearbeitet.«

Hete nahm die Tasse in die Hand, ohne daraus zu trinken. Sie war immer noch fassungslos. Noni war ein gut behütetes junges Mädchen gewesen, das niemandem etwas zu Leide getan hatte.

»Wer macht so etwas bloß?«

Aber statt einer Antwort kam eine weitere Frage.

»Wann haben Sie zuletzt mit ihr gesprochen oder sie gesehen?«

»Ich glaube, das war montags, vor der Vorlesung. Sie wollte sich noch ein Buch besorgen, das sie für ein Referat brauchte. Danach habe ich nichts mehr von ihr gehört.«

»Und sie war auch nicht zu Hause gewesen?«

»Nein, ich war dort, sie war nicht da, und ihre Eltern haben total rumgedruckst. Sie wollten nichts sagen, oder sie wussten wirklich nichts, keine Ahnung.«

»War das normal für Ihre Freundin?«

»Nein, überhaupt nicht. Aber ich konnte nichts tun.«

***

Trauer und Verzweiflung standen ihnen ins Gesicht geschrieben und noch etwas, was er nicht ganz zuordnen konnte, Resignation? Die Sache hatte sie sehr mitgenommen.

»Das mit Ihrer Tochter tut uns wirklich sehr leid. Aber wir müssen Ihnen bedauerlicherweise noch einige Fragen stellen. Das verstehen Sie doch sicher.«

Wortlos nickten Raphael und Maria Otto. Sie hatte die Nacht im Krankenhaus verbracht und war auf eigenen Wunsch gleich morgens wieder nach Hause gekommen, um bei ihrem Mann zu sein. Ihre Haare sahen schlaff und strähnig aus. Sie war ganz bleich und durchsichtig. Auch der Vater wirkte müde und krank. Beide hatten rote, verquollene Augen und schienen am Ende ihrer Kräfte.

»Wir wüssten gern, was Ihre Tochter in letzter Zeit gemacht hat, möglichst genau. Wir benötigen eine Liste ihrer Freunde und Bekannten, und wir würden gern ihr Zimmer sehen.«

Das Gespräch verlief einsilbig und einseitig. Die Eltern schwiegen gequält und gaben kaum Antworten.

»Haben Sie irgendeine Idee, was passiert sein könnte? Hatte Ihre Tochter vielleicht neue Bekannte? Einen neuen Bekannten? Mit jemandem Ärger gehabt?«

Die Eltern schüttelten nur den Kopf.

»Hatte Ihre Tochter einen Freund?«

Die Mutter weinte wieder. Ihr Blick ging ins Leere. Hoffnungslosigkeit trübte ihre Augen. Und Angst. Ohne Aussicht auf Trost oder Erlösung.

»Hatten Sie Streit gehabt?«

»Nein!«

Der Vater reagierte geradezu entsetzt.

»Es tut uns sehr leid, aber wir müssen mit jedem sprechen, der irgendwie Kontakt mit Noni hatte. Und dürften wir nun in ihr Zimmer?«

Das war nicht weiter auffällig. Viele Bücher, Romane, Thriller, Spirituelles, alle möglichen Religionen. An den Wänden hingen Kalenderfotos von Katzen. Sie sahen sich die Schrankfächer an, die Schubladen, die Taschen und Körbe. Auf dem Schreibtisch standen ein PC und ein Telefon, ein kleiner Turm aus Ablagekörben und eine Schreibtischlampe. Auf und neben der Schreibtischunterlage lagen Schreibpapier, Stifte, Tipp-Ex-Fläschchen und Büroklammern, Unterlagen, Skripte und noch mehr Bücher. Den Computer nahmen sie mit. Dann sahen sie sich noch etwas in der Wohnung um. Der Kühlschrank war nicht sehr voll, im Gegenteil. Alles war älter. Die Milch war abgelaufen.

»Irgendwie nicht sehr gesprächig, die beiden«, meinte Pfeifer. Das dachte Winkler auch. Sie hatten bisher keinerlei Anhaltspunkte, und die Eltern schienen nicht besonders kooperativ sein zu wollen. Aber er würde schon etwas finden.

***

Meier rieb sich die Hände. Zwei Super-Storys, zwei Morde, und er hatte vom Redaktionschef die Erlaubnis, frei recherchieren zu dürfen. Die Zeitung übernahm alle Spesen, außer Übernachtungen auswärts. Aber die Toten waren ja beide aus der Stadt. Er würde binnen kurzem richtig bekannt werden und dann zu einer großen Zeitung wechseln. Vielleicht ließe sich sogar ein Buch daraus machen. Er wollte einen Award und einen guten Posten. Schließlich war er systemrelevant, denn er vertrat die vierte Gewalt des Staates. Hoffentlich gab es noch ein paar mehr Morde. Es fragte sich nur, ob er dann Meyerle mitnehmen sollte. Der hatte ihm bei der Frauenleiche keine verwertbaren Fotos gemacht, und er hatte für seinen Artikel nur eins von einem Polizeifahrzeug bringen können. Das mit dem Leichenwagen musste er aussortieren, weil der Leichensack abgeschnitten war. Von dem anderen Toten konnte er gar kein Foto nehmen, sonst wäre er aufgeflogen. Zufrieden strich er über den Schlüssel in seiner Hosentasche. Er hatte sich den von einem Bekannten nachmachen lassen und das Original Dora zurückgegeben. Meier wusste, was er nun machen würde.

Pfeifer schrieb die Protokolle.

»Lass uns mal zur Uni fahren. Mal sehen, ob die was sagen können.«

Pfeifer hörte mitten im Satz auf.

»Okay!«

Auch Meier und Meyerle hatten diese Idee gehabt. Nonis Eltern wollten nicht mit ihnen sprechen. Aber es gab genug anderes zu tun. Unauffällig, wie sie glaubten, durchwanderten sie den Theologietrakt. Es war Mittagszeit.

»Fällt dir etwas auf?«

flüsterte Meier. Schweigend sah sich Meyerle die vielen Frauen an. Er wirkte wie immer etwas schäbig in den verwaschenen Jeans und dem ausgeleierten T-Shirt. Seine dunkelbraunen Locken standen in verschiedenen Richtungen von seinem Kopf ab.

»Auffällig viele langweilige Frauen in weißer Bluse und langem Blümchenrock mit Birkenstocksandalen.«

Das hatte Meier zwar nicht gemeint, aber es stimmte.

»Wetten, keine einzige von denen hat ein Tattoo?«

»Und die jungen Männer haben alle Haltungsschäden, sind zugeknöpft bis obenhin und gehen so komisch mit hängendem Kopf.«

In der Tat, turbulent war anders. Theologie eben.

Es klopfte. Gabi Hohlmer sah verärgert von ihrer Schublade hoch. Bevor sie noch irgendetwas sagen konnte, trat eine blutjunge Frau herein. Halblange, blondierte Haare mit dunklen Strähnchen, glänzende, blaue Augen, hohe Wangenknochen, Magenta-Mini-Kleid. Die Nägel an Händen und Füßen waren in einem ähnlichen Farbton lackiert. Die riesige Brille verlieh ihr einen gewissen intellektuellen Touch. Das Weiß der Zähne strahlte. So ein Möchtegern-Deutschland-sucht-den-Superstar-Model. Für einen kurzen Moment schloss Gabi geblendet die Augen.

»Ist der Professor zu sprechen?«

Selbst wenn er da gewesen wäre.

»Nein!«

Die Studentin kam näher und sah sich interessiert im Büro um. Es war die von heute. Im Flur. Sie hatte sich umgezogen. Aha, das lief wohl auf etwas hinaus.

»Sagen Sie, könnten Sie dem Professor etwas ausrichten?«

Gabi konnte, aber wollte nicht und sagte entsprechend auch nichts.

»Mein Name ist Lara. Lara Schmitt.«

Wie James. James Bond. So ein blöder Name, dachte Gabi. So ein alter Besen, dachte Lara.

»Und ich müsste ihn bitte dringend sprechen. Er weiß dann schon warum.«

Gabi reagierte nicht. Miese kleine Zecke.

»Wollen Sie sich denn nichts aufschreiben? Wenn Sie ihm etwas ausrichten müssen, dann müssen sie sich das doch notieren.«

Gabi sah wütend über ihren Brillenrand hinweg das großzügige Dekolletee vor ihrer Nase an und atmete tief ein und aus, um sich zu beruhigen. Maiglöckchen und Rosen und irgendetwas Exotisches. Eine widerlich süßliche Duftwolke verschob sich aufgrund der Sogwirkung Richtung Schreibtisch. Das mit dem Atmen war falsch gewesen.

»Sehen Sie, wenn das nicht klappt, dann würde ich ihm beim nächsten Mal etwas erzählen über Sekretärinnen, die ihre Arbeit nicht ordentlich machen.«

Gabi schnaufte. Wie unterbelichtet war die denn? Als ob sich Möller jemals für ihre Arbeit interessiert hätte.

»Wir werden uns nämlich in Kürze wahrscheinlich verloben. Das hat er mir letztens angedeutet. Ich lasse mich nämlich nicht wie die anderen erst einmal verheizen und kassiere dann erst die guten Noten, nein, nein, bei mir läuft das anders. Das kann ich Ihnen versichern. Und dann achte ich auch sehr darauf, welchen Umgang er hat.«

Die Studentin ruhte mittlerweile mit ihrem ansehnlichen runden Hinterteil auf Gabis Schreibtisch und streckte die langen

Beine, die mit Highheels bestückt waren, graziös von sich.
Gabi schnupperte. Sie zog verächtlich die Luft ein und meinte:
»Übrigens, Rauchen macht alt.«
»Wie soll das denn gehen?«
»Die Haut wird grau und faltig.«
»So ein Blödsinn, Falten kommen von zu viel Sonne.«
»Und von Nikotin.«
»Blödsinn, das geht in die Lunge und bleibt dann da hängen.«
Darauf wusste Gabi nichts mehr zu erwidern.
»Dann geh ich wohl lieber. Angenehm, Ihre Bekanntschaft gemacht zu haben.«
Gabi war sprachlos. Sie fuhr den Computer herunter und verließ das Büro, um sich irgendwo einen Kaffee zu besorgen. Das hätte sie auch im Büro tun können, aber so kam man vielleicht an ein paar interessante Informationen. Gabi Hohlmer bewegte sich immer sehr leise und gern dicht an Leute heran, die miteinander sprachen. Nach einer ausgedehnten Tour sah sie schon von weitem, wie Prof. Möller mit der Brünetten von gestern Abend sprach. Sie lachte, es klang wie Zwitschern – apart. Sie trug ein enganliegendes schwarzes Kleid mit einem großzügigen Ausschnitt. Hüftschwenkend ging die Studentin Richtung Bibliothek, im Arm ein paar Bücher. Der Professor sah ihr hinterher. Gabi kehrte zurück zu ihrem Schreibtisch. Verbissen hämmerte sie auf die Tastatur des Computers ein, um an einem Handout für das nächste Seminar zu schreiben. Sie war noch nicht weit gekommen, da klopfte es wieder.
»Ja?«
Erfreulicherweise schoss dieses Mal nicht direkt jemand herein. Erst nach ein paar Höflichkeitssekunden öffnete sich die Tür. Gabi sah zwei Männer draußen stehen, beide Mitte Dreißig, einer gut gebaut und dynamisch, einer rundlich und gemütlich. Hätten sie Mützen gehabt, hätten sie die sicherlich in der Hand gehalten. Das war verdächtig.
»Guten Tag, dürften wir hereinkommen?«
»Ja, bitte.«

»Ja, schön.«

Während Meier noch den richtigen Auftakt suchte, fragte Meyerle:

»Sagen Sie, ist hier immer alles so zu?«

»Wie meinen Sie das?«

»Naja, egal, wo man klopft, da ist keiner da.«

Gabi richtete sich sehr gerade auf.

»Die Professoren sind zumeist zu Hause und arbeiten von dort.«

Das Wort *arbeiten* betonte sie seltsam.

»Und die Angestellten haben meist Halbtagsstellen und sind nur vormittags anwesend.«

»Ach so. Ich hatte mir die Universität immer etwas, sagen wir, lebhafter vorgestellt.«

»Wie kann ich Ihnen helfen? Vielleicht fassen Sie sich kurz, ich habe zu tun.«

Das stimmte zwar nicht, aber man musste die Oberhoheit über ein Gespräch gleich von Anfang an klarmachen.

»Und wo sind die ganzen Studenten?«

Es war mittlerweile kurz nach zwei und erstaunlich leer.

»Das heißt Studierende.«

Meyerle verfiel in die Gender-Starre. Hirnblockade. Ein Äh. Dann noch ein Äh. Wut und Aggression. Runterschlucken. Schweigen. Das Fenster stand auf. Von draußen hörten sie eine Amsel trällern. Romantisch, zumindest theoretisch. Die Realität war anders, brutaler. Der Fotograf stotterte gehorsam:

»Die Studierenden.«

»Die studieren in der Regel auch halbtags. Nun?«

Meyerle befand sich noch immer im Schockzustand, aber er fragte tapfer weiter.

»Und was machen die sonst?«

»Lernen, arbeiten, chillen, was weiß ich.«

Meier fuhr dazwischen.

»Ja, wie Sie vielleicht wissen, ist eine junge Studentin dieses Gebiets hier unter sehr traurigen Umständen zu Tode gekommen, und wir unterstützen die Polizei, weil die allein nicht weiterkommen. Meier mein Name, Fahrenzburger Nachrichten, und das ist mein Kollege Meyerle.«

Gabi guckte irritiert. Was für ein Gebiet? Dann sagte sie: »Angenehm. Meinen Namen haben Sie sicher draußen auf dem Türschild gelesen. Nun?«

Ihre Stimme war frostig, deutlich unter null.

»Kannten Sie die Studentin?«

Gabi Hohlmer kannte sie, und sie hatte sie in ihrer Datei.

»Selbstverständlich.«

Meier atmete auf. Endlich hatten Sie jemanden gefunden, mit dem sie über die Tote sprechen konnten. Sie waren schon zwei Stunden unterwegs, und bisher hatten ihre Kommunikationsversuche nichts ergeben. Was möglicherweise daran lag, dass sie sich hauptsächlich in den Räumlichkeiten der Religionspädagogik aufgehalten hatten und erst jetzt den Flügel der Religionswissenschaft entdeckten.

»Könnten Sie uns vielleicht etwas über sie erzählen? Wie war sie?«

»Das war ein sehr kluges, fleißiges und höfliches junges Mädchen.«

Klar, denn sie hatte sich von Möller nicht anbaggern lassen. Gabi suchte in ihrer Liste nach weiteren Details.

»Sie war sehr gut erzogen, hatte sehr gute Noten, nahm ihr Studium sehr ernst. Moment, geboren 1998, studierte seit drei Jahren Theologie im Hauptfach. Ja, mehr kann ich aus Datenschutzrechtsgründen nicht sagen. Aber sie war sehr fleißig und gewissenhaft und, wie gesagt, sehr gut.«

»Und Sie kannten sie?«

»Ja, das sagte ich bereits.«

»Haben Sie vielleicht ein Foto von ihr?«

Hatte sie.

»Tut mir leid, aber aus Datenschutz…«

»Bitte, verstehen Sie uns nicht falsch, aber die Polizei hat so überhaupt keine Spur.«

Es folgte die übliche Höflichkeitslaberei, bis Gabi Hohlmer entnervt nachgab.

»Hier.«

Sie durften einen Blick in ihren Computer werfen.

»Wow!«

entfuhr es Meyerle. Noni Otto war wirklich ein bildschönes Mädchen gewesen. Ein südländischer Hammer, dachte Meier. Und so brav, wie die Sekretärin sie beschrieb? Da passte was nicht.

»Könnten Sie uns das Foto vielleicht auf unser Handy schicken?«

Gabi Hohlmer machte sich wieder an die Arbeit. Sie schrieb an einem Text, den der Professor für seine nächste Vorlesung bestellt hatte, als es schon wieder klopfte. Wieder zwei Herren. Aber dieses Mal die Kripo. Beide hielten ihre Dienstmarken in den Luftbereich zwischen Tür und Schreibtisch. Gabi nahm sich lustlos zusammen und nickte zur Begrüßung höflich und knapp. Ein verächtliches Lächeln stahl sich auf ihr Gesicht. Jetzt erst, viel zu spät, Loser!

»Kannten Sie Noni Otto?«

Der junge Mann, der allerdings sehr gut aussah und tadellose Manieren hatte, zeigte ihr ein Foto. Gabi setzte ihre Brille auf und tat interessiert. Mittelmäßige Begabung unterstützte sie nicht. Im Gegenteil. Lange besah sie sich das Bild und bei der Gelegenheit auch die Garderobe des jungen Mannes. Gutes Rasierwasser, zitronig, aber nur ein bisschen. Winkler und Pfeifer warteten geduldig auf die Antwort. Endlich geruhte Frau Hohlmer zu sprechen.

»Ich kenne die Dame. Sie studierte bei Professor Klaus Möller im Hauptfach.«

Mit der Vergangenheitsform gab sie zu verstehen, dass sie mit den Geschehnissen vertraut war. Leider ging niemand darauf ein.

»Sehr gut. Wann haben Sie sie das letzte Mal gesehen?«

Als sie den Prof abblitzen ließ.

»Tut mir leid, genau erinnere ich mich nicht. Es ist sicher schon ein paar Tage her. Hier gibt es auch recht viele junge Damen.«

»Wann haben Sie das letzte Mal mit ihr gesprochen?«

»Tja, lassen Sie mich nachdenken.«

Gabi räumte beunruhigt ihre Unterlagen hin und her. Dann fasste sie sich an die Stirn und zeigte alle Anzeichen höchster Konzentration.

»Könnten Sie bitte genau nachdenken? Wann war das und worüber haben Sie gesprochen?«

»Einen Augenblick, bitte. Ich glaube, sie hat sich für die Prüfung angemeldet. Das könnte ich nachsehen.«

»Ja, bitte.«

Gabi sah nach.

»Das war am 19. Juni.«

»Am Montag?«

»Ja, genau.«

»Und? Worüber sprachen Sie? Gab es etwas Auffälliges? War sie wie immer oder anders?«

In ihren Notizen hatte Gabi vermerkt, dass Frau Otto etwas angespannt wirkte, kein Wunder. Sie hatte die Professorentatschereien verweigert, Angst um ihre Noten gehabt und Gabi gefragt, ob es alternative Prüfer gäbe. Die gab es nicht. Also musste sie sich wohl oder übel bei Möller anmelden oder das Hauptfach wechseln.

»Dürfen wir vielleicht einmal einen Blick in Ihre Notizen werfen?«

Jetzt zuckte Gabi irritiert zurück. Noch nie etwas von akademischer Loyalität gehört?

»Nein, ich bitte Sie. Datenschutz. Außer, Sie haben einen Durchsuchungsbeschluss, und den haben Sie nicht. Ich kann Ihnen genau sagen, was sie wollte. Sie meldete sich zur Prüfung an. Das war's.«

»Und Ihnen ist nichts aufgefallen? Irgendetwas Besonderes? Ungewöhnliches?«

»Nein, Frau Otto war eine sehr höfliche, wohlerzogene junge Frau.«

Gabi stockte.

»Und sehr intelligent.«

Insgeheim hatte sie die junge Frau bewundert.

»Sie veröffentlichte Kurzgeschichten in der Zeitung. Obwohl sie so jung war.«

»Glauben Sie, dass Frau Otto Feinde hatte? Jemand, der ihr Böses wollte?«

»Nein, das kann ich mir nicht vorstellen. Sie war einfach nur jung und nett und immer freundlich.«

Zählte ein eingeschnappter Prof zu Feinden? In ihrem Universum schon.

Winklers Tag endete, wie er begonnen hatte, mit Schreibkram, Berichten, Überarbeitungen von Akten, Mails. Er sortierte seine Ergebnisse. Noni Otto war eine ausgezeichnete Studentin gewesen. Jeder hatte nur Gutes über sie zu sagen gehabt. Streit in der Familie gab es nicht. Und das letzte Mal, als sie in Erscheinung getreten war, war der Montag, bevor man sie fand. Für mehrere Tage hatten sie keine Informationen auftreiben können. Die Eltern schwiegen, die Freundin wusste nichts, alle anderen auch nicht. Bis Montag alles normal, dann nichts mehr. Der zweite Tote, Egon Klein, war wohl ein Außenseiter gewesen. Er hatte nicht viele Kontakte gehabt, zumindest laut Freundin, Vanessa Weber. Die ihn noch nicht einmal besonders gekannt zu haben schien. Auch sonst niemand, davon abgesehen. Er war 45 Jahre alt geworden, war Bauarbeiter gewesen und hatte gern und viel Bier getrunken. Er und Vanessa kannten sich erst seit ein paar Wochen. Sie hatten sich über das Internet kennengelernt. War es vielleicht doch ein Unfall gewesen? Und was war mit Noni in der Zeit vor ihrem Tod? Was wussten die Eltern? Warum mauerten sie? Wer profitierte von ihrem Tod? Winkler knetete sich mit Daumen und Zeigefinger die Stirn.

Die beiden Journalisten hingegen waren sehr zufrieden mit ihrer Ausbeute. Sie befanden sich längst wieder in der Redaktion. Meier hatte einen Stift hinter dem rechten Ohr stecken und rauchte, vor sich ein leerer Bildschirm. Auch er sortierte seine Ergebnisse. Warum studiert so jemand Theologie? Die hatte doch bestimmt einen an der Waffel. Oder sie warf sich öfter was ein. Er musste das irgendwie aufpeppen. Die Neuronen feuerten im Dreieck. Für Drogendemenz war sie wohl zu gut an der Uni und überhaupt zu vernünftig gewesen. Aber vielleicht kiffte sie nur ein bisschen? Zu brav war jedenfalls verdächtig. Und so hübsch. Da war etwas faul. Vielleicht war sie beim Escort-Service gewesen? Ein gefährliches Pflaster. Vielleicht hatte sie ein eifersüchtiger Kunde verfolgt? Meiers Gedanken formten bereits an einer möglichen Geschichte.

CEPPAIONA, VIERZIG JAHRE ZUVOR

Sizilien ist die größte Insel im Mittelmeer, geschichtlich von allen Seiten besiedelt, belagert und erobert, kulturell und architektonisch gut durchmischt und heute relativ autonom, beherrscht von einigen wenigen Großgrundbesitzern und vielen Landarbeitern.

Auf Sizilien gibt es zahlreiche Schafarten, vor allem Comisana, Barbaresca und Pinzirita. Schon seit hunderten von Jahren wurden die Schafe für Kleidung und für Käse gehalten und natürlich wegen des Fleisches. Auch Raphael Otto war einst Schäfer gewesen. Er hatte die Tiere versorgt, sie regelmäßig geschoren und sich auch um die Weitervermarktung von Fleisch, Milch und Wolle gekümmert. Die Arbeit lohnte sich aber immer weniger.

Raphael Otto war ein kleiner, hagerer, freundlicher Mann. Seelengut und grundanständig, immer bester Laune, einer der wenigen Menschen, in deren Gesellschaft man sich sofort wohlfühlte.

Raphael wuchs in Sizilien am Rande der kleinen Stadt Ceppaiona auf. Die Familie war nicht arm, aber auch nicht reich. Er und seine fünf Geschwister kamen gut zurecht. Seine Mutter versorgte die Kinder, das kleine Häuschen und den Garten. Sein Vater zog mit den Schafherden umher. Er liebte die vielen Hügel und die Berge. Die Felskulissen boten ein einmaliges Bild. Die Natur hatte ihre eigenen Farben und Düfte. Auch wenn es im Sommer kaum regnete und die heißen Winde aus der Sahara immer wieder über das Land fegten, trocken und voller Staub und Sand, war es ein Leben in Frieden, sofern man sich mit der örtlichen Mafia-Familie arrangieren konnte. Die Mafia beschäftigte sich mit diversen illegalen Geschäften, Waffen- und Drogenhandel, Schmuggel und Glücksspiel. Ab und an übernahm sie eine Entführung zwecks Machtdemonstration. Die Haupteinnahmequelle aber bildeten die Schutzgelder. Jeder in der Ortschaft war davon betroffen, entweder aktiv oder passiv. Als Hauptschauplatz diente die örtliche Bar, wo sich alle Männer regelmäßig trafen, mehr oder weniger freiwillig. Alles spielte sich dort ab. Der Clan-Chef herrschte über die gesamte Gegend und mit ihm seine Familie, die weit verzweigt bis zu den Nachbarstädtchen reichte. Diese Familie galt als heilig. Raphaels Vater zahlte brav und regelmäßig einen nicht unbeträchtlichen Teil seines Einkommens. Alles lief im Prinzip gut, bis etwas geschah, das sein Leben für immer veränderte.

FAHRENZBURG, HEUTE

Ein weiterer zäher Morgen brach für die Bewohner rund um die Wiese in der Mitte des kleinen Vorortes an. Auch dieser Tag begann so hoffnungslos wie der davor. Mit breiigen Gehirnen standen die Leute auf. Wie gehabt kläfften und winselten die Hunde permanent mit großer Ausdauer. Durst? Hunger? Langeweile? Die Kommunikation zwischen den Zirkusleuten war laut und verband die Akteure, die sich quer über die Wiese verteilten, mit lustigen Frage-und-Antwort-Mustern.

»Sahiiid.«

»Jaaa.«

»Komm her!«

»Neiiin.»

»Dooooch!«

»Neiiiin.

»Sofort!«

»Neiin.«

»Sahiiid.«

»Jaaa.«

»Komm her, sofoort!«

»Neiiin.«

»Elfiiie!«

Das Pony graste friedlich auf der Wiese. Es schien sich als Einziges nicht am Krach zu stören und fraß zwei Butterblumen zum Frühstück.

***

Eine Fliege knallte gegen die Scheibe. Das Café wirkte schmuddelig. Der Eingang hatte schon lange keine Reinigung mehr erlebt. Da gab sich jemand so gar keine Mühe. Der Laden warb mit italienischen Kaffeespezialitäten und Live-Übertragungen von Sportveranstaltungen. Auch das Innere wurde von Sport beherrscht, Urkunden an den Wänden, Pokale in Vitrinen, dazwischen Wettkampfplakate und Fotos von Sportmannschaften oder Einzelpersonen, einige mit Unterschriften. Es ging aber nicht nur um Fußball, sondern auch um Boxen und asiatische Kampfsportarten.

Das Café war nicht sehr voll. Die Wände hatten Flecken, und der Kaffeegeruch mischte sich mit etwas Muffigem. Von draußen war das Hupen der Autos zu hören, bellende Hunde, Rufe von Menschen. Irgendwo knallte eine Tür zu. Ein Flugzeug flog lärmend über die Stadt. Meier und Meyerle hatten die Freundin des Toten mit einer Einladung zum Frühstück herumgekriegt. Leider sehr früh, weil sie nachher zur Arbeit musste. Meier konnte kaum die Augen offen halten, denn er hatte in der Nacht wieder ein paar Stunden im Keller des Polizeipräsidiums verbracht. Nun saßen sie seit sieben Uhr morgens vor ihrem Espresso und warteten. Am Nachbartisch diskutierte ein junger Mann mit seinem Nachwuchs.

»Was magst du essen?«

Das kleine Mädchen zappelte eifrig auf dem Stuhl herum.

»Pommes.«

Säuselstimmchen zum Herzerweichen. Der Vater zögerte.

»Pommes«,

wiederholte sie nachdrücklich und sehr ernst.

»Bitte, Papa, bitteee!«

Jemand schmolz dahin, für alle sichtbar. Pommes zum Frühstück.

Meyerle träumte. Meier verfluchte die Zeit, die ungenutzt verstrich. Die Fliege knallte gegen die Fenster, immer wieder. Sie wollte wohl hinaus. Warum eigentlich? Da war es doch noch heißer als drinnen.

Vanessa Weber erschien kurz vor acht. Die Kellnerin kam und positionierte sich vor dem Tisch.

»Darf ich Ihnen auch etwas bringen?«

Vanessa überflog die Karte und blickte dann sinnend in die Luft. Am Nebentisch tunkte das kleine Mädchen die Serviette in den Ketchup und leckte sie mit Hingabe ab, dann die Finger. Einzeln. Dann schmierte sie die Reste auf den Tisch und darunter. Das fand die Fliege gut. Sie gab ihre Emigrationsbestrebungen auf.

»Bitte einen doppelten Cappuccino.«

Meier sortierte seine Notizen. Die Kellnerin kam zurück.

»Und bei Ihnen? Darf es auch noch etwas sein?«

Meier schüttelte den Kopf, aber Vanessa meinte:

»Ich hätte gern noch ein Käse-Schinken-Sandwich, aber ohne Salat.«

»Sehr wohl.«

»Papa, kalt.«

Der Vater durfte nun auch einmal probieren. Als die Kellnerin mit dem Cappuccino kam, sagte Vanessa:

»Und dann nehme ich noch ein Croissant.«

Als kurz darauf die Kellnerin das Sandwich brachte, verkündete Vanessa:

»Und jetzt noch ein Glas Sekt.«

Dieses Mal fügt sie sogar ein *Bitte* hinzu.

»Und einen Orangensaft.«

Sie biss ein Stück vom Sandwich ab und sagte:

»Nett hier.«

Meyerle wischte sich einen ihrer Krümel aus dem Gesicht. Er sah sich im Café um. Fast jeder hier daddelte auf dem Handy herum. Am Nebentisch begann das kleine Mädchen zu singen.

»Aber nicht viel los.«

Sie nahm noch einen Bissen und trank einen Schluck Cappuccino.

»Sind Sie öfter hier?«

Meier wusste nicht so recht, wo er ansetzen sollte. Eigentlich dachte er, noch etwas zu warten, bis sie fertig gegessen hatte, deswegen schüttelte er nur den Kopf. Sie biss weiter ab und meinte kauend:

»Ich muss mich ein bisschen beeilen, weil gleich muss ich zur Arbeit.«

Dann kam die Kellnerin und brachte die restlichen Bestellungen. Sie wischte spuckige Krümel vom Tisch mit einem Tuch, das sie links am Gürtel hängen hatte und das ganz offensichtlich regelmäßig für derartige Aufgaben herangezogen wurde. Das kleine Mädchen hatte eine Glückwunschkarte dabei, die in blechern-hohen Tönen »Alle meine Entchen« spielen konnte, wenn man sie aufklappte. Das kleine Mädchen klappte die Karte auf und hörte zu. Dann klappte sie die Karte wieder zu. Und wieder auf. Der Vater bekam einen roten Kopf, erinnerte sich aber noch rechtzeitig an die pädagogischen Wünsche seiner Frau zum Thema frühkindliche Musikerziehung.

»Und, was machen Sie so? Sie sind Journalisten, haben Sie gesagt, oder?«

Sie kaute. Meier fasste sich ein Herz.

»Wir wollten Sie über Ihre Beziehung zu …«

Shit. Wie hieß der Kerl noch? Meier schielte zu Meyerle.

»Egon Klein.«

»Ja, entschuldigen Sie, Egon Klein.«

Jetzt hatte er den Faden verloren.

»Ich würde gern noch einen Cappuccino nehmen. Das war nämlich kein doppelter.«

»Doppelte Cappuccinos gibt es auch gar nicht«,

warf Meyerle ein.

»Gttt.«

Sie kaute.

»Und?«

fragte sie aufmunternd. Meier nahm einen neuen Anlauf.

»Wie lange kannten Sie sich?«

»Och.«

Sie schien zu überlegen.

»Vielleicht drei bis fünf Wochen.«

»Und Sie waren befreundet, liiert sozusagen.«

»Sozusagen.«

Sie nickte bekräftigend.

»Das heißt, Sie kannten sich gut?«

»Nein.«

»Nein? Sie kannten sich nicht gut?«

»Nein. Wieso muss man sich denn gut kennen? Das hat die Polizei auch gefragt. Nur weil man öfter mal.«

Sie grinste anzüglich.

»Na, Sie wissen schon, poppt.«

»Aha.«

»Schnackselt.«

Meier öffnete den Mund und wollte etwas sagen. Aber es kam nichts. Vanessa war nicht mehr ganz so taufrisch, weder jung noch dynamisch noch richtig schlank oder gar blond. Sie bewegte sich in jeder Beziehung irgendwo in der Mitte.

»Pimpert.«

»Jaja, schon gut, das habe ich verstanden.«

Meier versuchte es erneut.

»Was haben Sie denn sonst noch so gemacht. Zusammen?«

»Och, Fernsehen gesehen, Computerspiele und so.«

Meier seufzte. Er nahm einen weiteren Anlauf.

»Sie haben ihn gefunden.«

»Genau.«

Spätestens hier hätte er erwartet, dass sie von sich aus Kommentare zur Auffindesituation oder zum emotionalen Zustand während des Auffindens zur Verfügung stellte. Aber nein. Sie aß das Croissant fertig.

»So.«

Vanessa wischte sich die Hände an ihrer Hose ab, nahm ihre Handtasche und stand auf.

»Sorry, aber ich muss los.«

Bevor sie endgültig verschwand, drehte sie sich noch einmal kurz um und brüllte.

»Danke übrigens.«

»Dann nehmen wir uns heute mal die Nachbarn vor.«

Meyerle schob seine leere Espressotasse weg und stand auf. Als sie das Café verließen, wären sie fast über einen kleinen, rattenartigen Hund gestolpert. Die Fliege war satt, glücklich und zufrieden und hinterließ einen weiteren schwarzen Punkt auf der Fensterscheibe, bevor sie fortflog.

***

Neun Uhr morgens. Es klopfte und herein stolzierte: Lara. In ganzer Herrlichkeit. Strahlend, selbstsicher und unglaublich attraktiv. Die linke Hand auf der Hüfte, der schmalen, die rechte vorwurfsvoll erhoben. Gott, was war das Luder schön. Gabi schluckte.

»Haben Sie dem Herrn Professor ausgerichtet, dass ich ihn sprechen wollte?«

Schnippisch. Natürlich nicht.

»Er hat sich nämlich noch immer nicht gemeldet.«

Herablassend zeigte sie ihre strahlend weißen Zähne, ohne zu lächeln. Gabi riss verächtlich das Kinn nach oben. Dumme Nuss. Blöde Ziege. Trulla. Giftige Blicke musterten kalt das Gegenüber. Sie ließ sich Zeit mit der Antwort.

»Wahrscheinlich hatte er keine Zeit.«

»Das glaube ich kaum. Klaus wird sicherlich Zeit für mich haben.«

Klaus. Sowas von unverschämt. In Gabi brodelte es.

»Ja glauben Sie denn, Sie sind die Einzige?«

»Wie, die einzige. Ich weiß schon selbst, dass er viele Studentinnen hat. Aber nur eine, die er heiraten will.«

Das brachte Gabi kurzfristig aus der Bahn. So etwas galt es erst einmal zu verdauen. Heiraten. Ihr Professor. Sie räusperte sich und dachte angestrengt nach. Dann fasste sie sich und entgegnete schließlich:

»Da kennen Sie ihn aber schlecht.«

Welch erbärmliche Reaktion, überlegte Gabi, unzufrieden mit sich selbst.

»Was soll das denn heißen? Was bilden Sie sich eigentlich ein, Sie dürre Heuschrecke.«

Gabi war schockiert. Das junge Ding warf sich aufreizend in die Brust. Das Entrüstungskoma steigerte sich zur Atemlosigkeit. Gabi überlegte, ob sie den Namen von dieser Brünetten irgendwo hatte. Vorsichtig sah sie die Datei durch.

»Sehen Sie mich an, wenn ich mit Ihnen rede!«

Lara stand jetzt direkt vor dem Tisch. Ihre Augen funkelten böse. Jacqueline? Yvonne? Ramona? Melissa? Melanie? Ja genau. Melanie.

»Ich glaube, Sie sind hier diejenige, die sich zu viel einbildet.«

Gabi lehnte sich gespielt entspannt zurück. Sacht strichen ihr rechter Zeige- und Mittelfinger an ihrem Kinn entlang und blieben dort liegen. Sie wippte mit dem Schreibtischstuhl auf und ab und genoss die Aussicht. Sie hatte Zeit. Laras Gesichtsausdruck wechselte ganz langsam von arrogant-unverschämt zu wütend zu irritiert.

»Mit wem war er wohl am Dienstag essen? Naaa?«

Laras Ausdruck wurde nun eindeutig fragend.

»Na, mit Ihnen nicht.«

»Sondern?«

Jetzt flüsterte Lara, besiegt.

»Mit Melanie.«

Frohlocken an der Sekretärinnenfront.

»Welcher Melanie?«

»Das geht Sie überhaupt nichts an. Und jetzt verlassen Sie augenblicklich mein Büro!«

Gabi Hohlmer richtete einen gefährlichen, Stahl und Beton durchbohrenden Blick auf die junge Frau, die augenblicklich *swords and daggers* auf sich zufliegen sah. Dann wandte sich die Sekretärin wieder ihrem fiktiven Text zu. Erbarmungslos hackte sie auf die Tastatur ein. Sie hörte, wie die Tür leise zugezogen wurde. Dann ergänzte sie die Datei um die neuen Informationen. Ein Schauer durchlief ihren Körper. Sie wusste noch nicht, mit wem sie sich da angelegt hatte.

Immer noch neun Uhr morgens, aber woanders. Winkler durchblätterte mit dem üblichen Ärger die Fahrenzburger Nachrichten. In den allermeisten Fällen stammte der Täter aus dem unmittelbaren Umfeld des Toten, Verwandte, Freunde, enge Bekannte. Da mussten sie suchen. Diese dummen Zeitungsmenschen machen mir noch die Leute scheu, dachte er finster. Die Fahrenzburger Nachrichten brachten gleich auf der ersten Seite einen Exklusiv-Bericht mit einem Foto des toten Mädchens.

Totes Mädchen Endlich Identifiziert!!!

Fahrenzburg, 29. Juni

Bei der am Samstag aufgefundenen Toten handelt es sich um N. O. aus Fahrenzburg. Am Abend eines wunderbaren Sommertages, noch dazu Mittsommer, spazierte die 25-Jährige ahnungslos durch das Universitätsviertel, als man sie auf hinterhältigste Weise von hinten erschlug. Die Eltern leben schon viele Jahre in unserer schönen Stadt. Hier gefällt es uns sehr, weiß die Mutter der Toten, M. O., zu berichten. Sie war immer so fleißig und zuverlässig, sagt der Vater, R. O. Die junge Frau hatte sich bereits eine kleine Leserschaft geschaffen, indem sie hin und wieder literarische Beiträge in Zeitschriften veröffentlichte. Wir mochten sie so, sagt eine Nachbarin. Die gesamte Stadt steht unter Schock. Wie kommt es, dass ein augenscheinlich ordentliches junges Mädchen brutalst ermordet wird? Was sind die Gründe? So etwas hat es hier noch nie gegeben, meint Michael B., einer der Nachbarn. Früher war das anders, sagt Elfriede C., eine Freundin der Familie. Wie aus zuverlässigen Quellen erfahren, ist die Polizei noch keinen Schritt weiter!!! Freunde und Nachbarn kannten die Tote seit vielen Jahren als freundlich und hilfsbereit. Niemand kann sich vorstellen, dass sie Feinde gehabt haben könnte. Wer macht so etwas? Was steckt dahinter? Ein eifersüchtiger Freund? Aber alle sind sich einig, dass N. O. keine Männerbekanntschaften pflegte. Sie konzentrierte sich auf ihr Studium, so Michael B. Oder doch eine Sekte, die alte Riten und Menschenopfer zum Mittsommerfest wieder aufleben lässt? Die Tote weist Spuren von Misshandlungen auf, was auf einen sehr mysteriösen Hintergrund deutet. Oder hat die Tat ein rechtsextremes Motiv – die Familie hat italienische Wurzeln!! Vielleicht finden wir hier aber eine Verbindung mit dem anderen Mord (FN berichtete). Steckt hinter beiden Fällen die lokale Mafia??? Wie lange will die Polizei noch wegsehen? Hat die Öffentlichkeit nicht ein Recht auf Information? Fragen über Fragen. Wir halten Sie auf dem Laufenden!!

Winkler haute die Zeitung in die Ecke und holte sich einen Kaffee.

***

Systematisch klapperten die beiden Journalisten alle Nachbarn des verblichenen Herrn Klein ab. Fünf machten nicht auf. Eine alte Dame lud sie zum Kaffee ein und erzählte ihnen vom Krieg. Ein älterer Herr führte aus, warum die Welt kurz vor dem Untergang stand, und dann gab es noch eine Frau, die gerade erst aus dem Urlaub wiedergekommen war und gar nichts von einem Toten mitbekommen hatte. Nach zwei Stunden geduldigen Suchens und Zuhörens hatten sie nichts Neues erfahren. Blieb noch einer.

»Guten Tag, Meier mein Name, und das ist Herr Meyerle.«

»Soll das ein Witz sein?«

»Nein, wieso?«

»Wenn Sie sich schon Namen ausdenken, dann doch bitte kreativer. Sie sind doch von der Presse, oder?«

Der Mann hatte natürlich das Mikro entdeckt.

»Ja, wir arbeiten für die Fahrenzburger Nachrichten.«

»Das sind echt unsere Namen«,

blökte Meyerle pikiert dazwischen.

»Ach?«

sagte der Mann.

»Dürften wir Ihnen vielleicht ein paar Fragen stellen?«

Meier war schon halb in der Wohnung.

»Hören Sie mal!«

»Dürften wir vielleicht kurz hereinkommen?«

fragte Meier pro forma, aber es klang mehr nach Befehl, er war schon drinnen.

»Wie Sie sich sicher denken können, sind wir hier alle sehr bestürzt, dass es in unserer schönen Stadt gleich zu zwei so furchtbaren Morden gekommen ist, und wir dachten, Sie hätten vielleicht etwas gesehen.«

Der Mann schien zu überlegen.

»Kannten Sie den Toten?«

»Ja, etwas, wir sind, waren ja Nachbarn, guten Morgen, schönen Tag noch und so.«

»Mmmh, und wann haben Sie ihn zuletzt gesehen?«

»Das habe ich doch schon alles der Polizei erzählt. Ich war ein paar Tage weg. Also vor ein paar Tagen, ich weiß nicht mehr so genau.«

Meyerle besichtigte zwischenzeitlich die Wohnung. Besonders sauber war es nicht, aufgeräumt auch nicht. Der Fernseher lief, das Radio auch. Hinter den Schranktüren standen Gläser und Flaschen mit Alkohol. Beim Aschenbecher blieb er schnüffelnd stehen. Er nahm vorsichtig eine Plastiktüte aus seiner Hosentasche und holte sich den Zigarettenrest. Dann sah er auch noch hinter den Kissen nach und fand ein Tütchen mit ordentlich viel weißem Pulver.

»Hey, dürfen Sie das?«

Meyerle kam grinsend zurück.

»Kuck mal!«

flüsterte er Meier ins Ohr. Der drehte sich um.

»Was tun Sie da? Sind Sie verrückt geworden?«

Meier wusste aus den Protokollen, dass der Mann der Polizei gegenüber nicht besonders gesprächig gewesen war. Jetzt wurde ihm auch klar, warum.

»Ich schlage vor, Sie erzählen uns alles. Sie haben ja sicherlich ein paar Sachen, sagen wir, vergessen, als die Kripo bei Ihnen war. Und dafür vergessen wir dieses interessante Pulver, ist ja sicher nur Mehl, nicht wahr?«

Jetzt sah der Mann aus, als ob er Meier am liebsten erwürgen würde. Lange schauten sich die beiden tief in die Augen, bis der Mann aufgab.

»Ja, eines ist mir aufgefallen. Als die Freundin von Herrn Klein kam, hatte sie nichts dabei.«

»Sind Sie sich da sicher?«

»Natürlich.«

»Haben Sie sie denn gesehen?«

»Ja, ich habe zufällig die Tür aufgemacht, als ich Schritte auf der Treppe hörte. Ich dachte, es wäre vielleicht der Zeitungsjunge.«

Zufällig. Meier ließ das mal so stehen.

»Und?«

»Und dann öffnete sie die Tür, und dann ging auch schon die Schreierei los. Und als sie viel später endlich ging, hatte sie eine Plastiktüte hinten in der Jeans, und ihr T-Shirt drüber, aber nicht richtig. Und die Tüte war schmutzig. Schmierig irgendwie.«

Philip Pfeifer durchforstete den Computer von Noni Otto. Der war voll mit Textdateien. Filme und Fotos gab es hingegen kaum. Er prüfte den Terminkalender und die Mails. An Chats hatte sie sich offenbar nicht beteiligt. Insgesamt eher konservative Internet-Nutzung.

»Gibt es irgendetwas Neues?«

»Zu welchem Fall?«

»Egal.«

»Nicht, dass ich wüsste.«

Philip Pfeifer scrollte sich mühsam durch Noni Ottos Short Stories und Zeitungsartikel. Neben dem Studium hatte sie einiges veröffentlicht. Sie war sehr fleißig gewesen und schien jeden Tag mindestens einen Text geschrieben zu haben. Vieles gehörte in die Kategorie Literarisch, aber unspannend. Außerdem gab es jede Menge Referate oder Entwürfe zu religiösen Themen. Öde, zumindest aus Pfeifers Sicht. Aber bestimmt künstlerisch wertvoll.

»Der Rechtsmediziner sagt jedenfalls, dass der Zustand der Toten ungewöhnlich ist. Sie muss vorher eine ganze Zeitlang nichts gegessen oder getrunken haben, und sie weist leichte Spuren von Verwahrlosung auf.«

Gabi Hohlmer war ganz in die Konjugation der unregelmäßigen Verben vertieft, als die Tür aufging. Oh nein, nicht schon wieder, dachte sie. Wie kann man nur so blöd und gleichzeitig so dreist sein.

»Haben Sie Klaus gesagt, dass ich ihn sprechen will?«

Gabi lehnte sich majestätisch in ihrem Schreibtischstuhl zurück, die Augen gelangweilt halb geschlossen, die Nase leicht nach oben gerichtet. Eisig musterte sie ihr Gegenüber.

»Er antwortet weder auf meine Mails noch auf meine Anrufe. Ich habe ihm schon sieben Nachrichten auf die Mailbox gesprochen.«

Ja, so ein Pech aber auch.

»Reden Sie!«

Fast stampfte Lara mit dem Fuß auf. Gabi schwieg eisern. Die Studentin kam mit dem Anstarr-Belastungstest nicht gut klar. Wunderbar.

»Das werde ich melden«,

schrie sie, drehte sich um und knallte die Tür hinter sich zu, als sie den Raum verließ.

Gabi lächelte zufrieden. Entspannt atmete sie aus. Klaus Möllers Handy lag in seiner Schreibtischschublade, genau dort, wo er es hatte liegen lassen. Er war schon dagewesen und hatte sie gefragt, ob sie es vielleicht gesehen hatte. Sie hatte leider Gottes verneinen müssen. Dann hatte er noch darum gebeten, ihm Bescheid zu geben, falls sich eine gewisse Frau Schmitt bei ihr melden sollte. Aber selbstverständlich, immer gern doch. Klar. Gabi konjugierte schnell drei neue Verben durch.

CEPPAIONA HEUTE

Das Telefon klingelte. Der gut gekleidete, große Sechzigjährige nahm ab. Man hatte ihn in seiner Mittagspause gestört, und das ließ er den Anrufer merken. Lange hörte er zu, ohne irgendeine Reaktion zu zeigen. Es war zu früh, um sich Sorgen zu machen, das sollten sie eigentlich wissen. Die schweren Vorhänge waren zugezogen. Von draußen drang kein Laut in den luxuriös eingerichteten Raum. Schwere Mahagonimöbel, ein Kristallleuchter, ein Marmortisch, Vasen mit Rosen und Schleierkraut. Andererseits war das auch absolut nicht in

Ordnung. So hätte es nicht laufen sollen. Äußerlich ruhig, schwoll leichter Ärger in ihm hoch. In zwei Regalen standen Bücher, Klassiker, in Leder gebunden. Die Mittagshitze lag brütend über dem Ort und mit ihr eine Stille, die fast schon greifbar war. Einzig eine Zikade ließ sich hie und da hören mit einem zarten, beruhigenden Zirpen. Sein Schweigen verhieß nichts Gutes. Als er dann schließlich doch begann, mit tiefer, angenehmer Stimme zu sprechen, zogen sich die ersten grauen Wolken zusammen.

FAHRENZBURG HEUTE

Wie immer pulsierte in der Stadt das Leben. Wie immer mischte sich der Verkehrslärm mit den Stimmen der Leute zu einer lebendigen, herausfordernden Kakophonie. Meier hatte sich nachts in der Rechtsmedizin die aktuellen Ermittlungsergebnissen besorgt. Aber der Stand war enttäuschend.
Lässig lehnte er an einer Laterne vor einem Café, rauchte und genoss das Treiben der Menschen. Ein Jugendlicher mit einem roten Stoffband um den Kopf donnerte auf einem Skateboard vorbei. Geschickt umrundete er die Fußgänger. Ein Auto fuhr mit quietschenden Reifen los. Die Tram bimmelte. Ein anderes Auto hupte. Eine Fahrradklingel direkt hinter ihm ließ seinen Kopf herumfahren. Meier fühlte sich absolut wohl. Gleich würde er mit Noni Ottos Freundin sprechen.
Sie hatten sich in diesem kleinen Café verabredet, das sich langsam zu füllen begann. Hier war die Stimmung mehr Richtung gemütlich, launig. Ein paar Geschäftsleute, aber meist Studenten holten sich ihre mittägliche Coffeinration. Einige saßen auch an den kleinen Tischchen und unterhielten sich oder kontrollierten ihre Handys, tranken einen Milchshake, einen Cappuccino, aßen ein Sandwich oder einen Salat. Im Raum summten die Stimmen, hie und da unterbrochen von Lachen und fröhlichen Rufen zwischen der Bedienung und der Theke.

Von irgendwoher erklang leise Klaviermusik. Von draußen dröhnte der Verkehr hinein mit Hupen, Bremsen und Stimmgewirr. Es herrschte eine gutlaunige, quirlige Atmosphäre, was vor allem an den vielen jungen Leuten lag, die ein- und ausschwirrten und sich über den sonnigen Tag freuten. Auch ihm ging es gut.

Am frühen Nachmittag kam Prof. Möller kurz im Sekretariat vorbei. Er riss schwungvoll die Tür auf. Gabi erhaschte einen Blick auf ein modelmäßiges junges Ding, groß, schlank, lange, schwarze Haare, die im hereinflutenden Licht glänzten, rote, volle Lippen, Lächeln, arrogant natürlich, fein geschwungene Augenbrauen, trendige Jeans, mit Perlen bestickte Seidenbluse.

»Guten Tag, meine liebe, sehr verehrte Frau Hohlmer, wie geht es Ihnen denn?«

Er hatte gute Laune, und er lächelte sie an, wie schön. Sie wollte gerade antworten, als er sagte:

»Könnten Sie mir für heute Abend einen Tisch reservieren, Sie wissen schon, wie üblich.«

Und schon war er wieder draußen. Ein säuerliches Lächeln umspielte ihre Lippen, als sie die Datei updatete. Vielleicht war die dumme blonde Nuss ja schon out?

Am Nachmittag besuchte Meier die Eltern des toten Mädchens, die erst nach vielen Überredungsversuchen zugestimmt hatten. Gegen ein Treffen irgendwo draußen oder bei einer Tasse Kaffee hatten sie sich aufs Heftigste gewehrt. Und auch zu Hause wollten sie zunächst niemanden sehen. Wie es sich gehörte, bedankte er sich gleich zu Anfang ausführlich für ihre Bereitschaft, mit ihm zu sprechen. Meyerle war ebenfalls dabei. Er sollte sich in der Wohnung umsehen und diskret Fotos machen, wenn die beiden gerade nicht aufpassten.

Die Eltern sahen wirklich schrecklich aus. Sie bewegten sich langsam und apathisch, die Gesichter starre Masken der

Trauer. Es gab keine Getränke. Wahrscheinlich immer noch der Schock.

»Eigentlich ist es vollkommen egal, was Sie fragen und was wir Ihnen erzählen. Unsere Tochter ist tot. Nichts kann das mehr ändern.«

So einfach geht das aber nicht, dachte Meier. Er hatte schließlich Pläne. Er war im Begriff, die Story seines Lebens zu schreiben. Okay, er hatte noch nicht angefangen, noch nicht richtig, eigentlich noch gar nicht. Er würde aber eine schreiben. Dann würde er ein richtig gutes Jobangebot bekommen mit richtig viel Knete. Oh ja! Dann würde die Story übersetzt und in englischsprachigen Zeitungen und natürlich online erscheinen. Vielleicht ging er dann nach Los Angeles oder New York, mal sehen. Aber erstmal müssten die Leute mit ihm reden. Meier war ein Bluthund, und er hatte Blut geleckt. Er würde alle, wirklich alle Nachbarn und Freunde fragen müssen. Er würde jede Nacht die Polizeiberichte prüfen. Dann konnte er der Kripo immer ein, zwei Schritte voraus sein. Jedenfalls würde er dann bald auch eine gemeinsame Spur finden. Irgendwann hätte er dann genug Stoff für ein Buch. Meier lächelte. Wie es wohl heißen könnte? Ihm fiel nichts ein. Sie gingen.

***

»Wir hätten nicht herkommen sollen, jetzt ist es zu spät.«
»Ja, da hast du recht. Vielleicht wäre es besser gewesen, auf deine Mutter zu hören.«
»Aber sie hätte sie doch auch nicht mehr lebendig gemacht.«
»Nein, sicher nicht.«
»Was bleibt uns jetzt?«
Schweigen.

***

Abends saßen die zwei Journalisten zusammen, um über die beiden Fälle zu sprechen. Sie hatten ein Bier und ein Pizza Pane vor sich, von dem sie hin und wieder einen Bissen nahmen.

»Ich verstehe das nicht. Ich dachte, die Eltern würden sich freuen, wenn wir die Polizei unterstützen, um die Mörder ihrer Tochter zu finden.«

»Tja.«

Gedankenverloren spielte Meyerle mit seinem Bierdeckel. Er hatte eine ganze Reihe Fotos in der Wohnung machen können.

»Sag mal, du warst doch bei dem Mädchen im Zimmer. Zeig mal die Aufnahmen!«

Meyerle reichte ihm die Kamera. Eine ganze Weile war es still. Langsam ging Meier jedes einzelne Foto durch.

»Hast du da irgendwo einen PC gesehen?«

»Nein, ich glaube nicht.«

Schwer zu sagen, ob die Aussage bei dem nunmehr dritten Bier ernst zu nehmen war.

»Ich kann hier nämlich nichts sehen, außer einer leeren Stelle auf dem Tisch, das war ja wohl der Schreibtisch. Sonst ist alles da, der übliche Krempel.«

Meier rechnete insgeheim mit mehreren Tätern, das würde die Geschichte spannender machen. Er runzelte die Stirn, als er seine Notizen zum wiederholten Male durchging. Dann ließ er seine Blicke durch den Raum schweifen. Wenigstens hatte Meyerle diese Fotos des Zimmers der Toten machen können. Sie war wohl sehr gläubig gewesen. Religiöse Fanatiker? Sie mussten sich noch durch die Noni-Nachbarn durchklingeln. Bei dem toten Schokoladen-Mann waren sie nicht weitergekommen. Die Freundin weigerte sich strikt, noch einmal mit ihnen zu sprechen. Das war auffällig, fand er. Aber sie blieben dran. Erfahrungsgemäß musste man seine Bitten nur stur genug wiederholen, und vielleicht ein Restaurant-Besuch dieses Mal. Er hatte ja ein kleines Budget von der Zeitung. Gut, dass er nachts nachsehen konnte, was die Polizei so hatte. Den Rest würde er kreativ und strategisch geschickt einflechten. Aber irgendwie musste er seinen Arbeitsrhythmus ändern. Irgendwie musste er Schlaf nachholen, wenn das so weiterging. Meyerle beobachtete währenddessen verstohlen das Paar am Nebentisch. Ein zarter, exotischer Duft wehte zu ihm hinüber. Neidisch sah er zu, wie die rasante Rothaarige säuselnd und kichernd an den Lippen des Mannes hing und ab und an ihren Kopf erheitert nach hinten warf. Lasziv. Der Mann schien ihr etwas ins Ohr flüstern zu wollen. Die junge Frau bekam einen Kicheranfall. Der Mann schien kurzfristig verärgert. Sie zupfte an ihren langen Haaren herum und fand etwas, was sie mit einer eleganten Geste auf den Boden fallen ließ. Eine Flasche Schampus stand auf dem Tisch und irgendein Vorspeisen-Fischzeugs, wahrscheinlich was teures, Garnelen oder so. Die langen Haare umrahmten wild das Gesicht. Im Licht der abendlichen Sonne schimmerten sie rötlich-golden. Auf der Nase saßen ein paar Sommersprossen und verteilten sich auch auf der porzellanweißen Haut der fein geschwungenen Wangenknochen. Jetzt kichert sie wieder, mit einem I wie Kreide auf der Tafel. Na, wie lange der das wohl aushielt, überlegte Meyerle und sah auf seinen Teller hinunter, schielte dann aber vorsichtig wieder hoch. Sie pikste etwas mit der Gabel auf und schob es sich laaangsam zwischen die karmesinroten Lippen, ohne den Blick von ihrem Gegenüber zu wenden. Die andere Hand schien unter dem Tisch etwas zu suchen. Ihre faszinierend blauen Augen glänzten. Fast hätte sie geschnurrt. Die rasante Rothaarige beugte sich dezent vor, und die Blicke des Mannes wanderten in die gewünschte Richtung nach unten. Fehlte nur noch das Sabbern, widerlicher alter Sack, dachte Meyerle und trank noch einen Schluck Bier. Manche haben echt Glück. Was er nicht sah, war die mindestens ebenso rasante Blonde, die draußen am Fenster das Paar beobachtete. Was er ebenfalls nicht sah, war die dürre Gestalt in farbloser Regenjacke, die an der Theke stand und mit steinerner Miene ein volles Glas Lambrusco in der Hand hielt.

Eine Melange aus Weihrauch, Sapodilla, Schmetterlingslilie und Mango streifte durch den Raum, als sich das Pärchen Richtung Toiletten verdrückte, gefolgt von sechs neugierigen Augen. Die Luft war drückend und schwül. Der Abend ging in die Nacht über.

Meyerle wandte sich wieder seinem Bier zu, aber das Glas war leer. Er dachte über die Ungerechtigkeit des Lebens nach. Meier redete unaufhörlich, doch Meyerle hörte nicht zu. Ein schwerer Fehler, wie er bald herausfinden sollte, denn dann wäre er besser auf Meiers neuesten Plan vorbereitet gewesen.

Am Nebentisch lagen Pizza und Pasta unberührt auf den Tellern. Die Blonde draußen war verschwunden, die in der grauen Regenjacke an der Theke auch.

Sein rundliches Gesicht leuchtete im Schein der Neonröhre. Er umschlang sie mit kräftigen Armen. Die Lippen leicht geöffnet beugte er sich zu ihr. Mit kleinen, schmatzenden Küssen bearbeitete er die Gegend um das Dekolleté. Diese zarten Wangen, der Duft, die weiche Haut. Die Lippen bald auf den seinen. Eine unfassbare Woge des Glücks umfing ihn. Hände und Arme kamen auch langsam in Fahrt. Er versenkte Nase und Mund in ihren Nacken. Er stöhnte. Ein freudiger Schauer ließ seinen Körper erbeben. Seine Zunge wanderte weiter ins Ohr. Sie stellte sich vor, wie dort langsam Pilze wuchsen, kleine schwarze auf langen, dünnen Stängeln, die, wenn man sie anfasste, zu Staub zerfielen und ihre Sporen überall verteilten.

CEPPAIONA, VIERZIG JAHRE ZUVOR

Die drei Jungs saßen mit den beiden Mädchen am Ufer des Baches und ließen ihre Füße im türkisfarbenen Wasser baumeln, während sie immer wieder einen Schluck aus der Bierflasche nahmen, die von Hand zu Hand ging. Einer hatte ein großes

Radio dabei. Die Mädchen waren angeschwippst und begannen zu tanzen. Robin Gibb. *Juliet*. *Oh oh oh Juliet*. Am Spätnachmittag hatten sie sich getroffen. Schwüle, feuchte Luft und sengende Hitze belagerte seit vielen Tagen das Land. Die Heuschrecken sprangen um sie herum, Hummeln und Bienen summten, Grillen zirpten, und die Schmetterlinge klapperten die Blüten ab. Erst hatten sie Cola getrunken und das mitgebrachte Brot und den Käse gegessen. Das Wasser glitzerte, die Sonnenstrahlen wurden schräger, die Stimmung ausgelassener. Nach der Hitze des Tages war es hier im Schatten der Bäume ganz angenehm, und alle freuten sich, zwischen Schule und Jobben einen ganzen Abend miteinander verbringen zu können. *I steal the night away*. Einer der Jungs nahm ein Mädchen in den Arm und sang ihr laut ins Ohr. *The night was magic when we first met. Juliet, oh Juliet. The night is magic, magic*. Die fünfte Flasche Bier ging herum. Dann versuchte er sie zu küssen, aber sie schob ihn kichernd weg. Es war spät geworden, die Luft angenehm lau, die Sterne bevölkerten einen klaren Himmel, eine Eule meldete sich. Sie begannen, von der Zukunft zu träumen, weit weg von hier. Der Bach plätscherte vor sich hin. Einmal kam sogar ein Schwan vorbei, ein Bote des Hades, oder hatten sie da etwas durcheinandergebracht? Die Nacht war windstill, der Mond verbreitete ein fahles Licht. Zu dieser Jahreszeit war es immer sehr warm, selbst spät in der Nacht. Aber hier am Bach ließ es sich gut aushalten. Plötzlich hatte er ein seltsames Gefühl, ohne zu wissen, warum.

FAHRENZBURG, HEUTE

Stöhnen, Schmerzen, Hitze, Kälte. War das das Ende? Das Leben sickerte langsam, fast behutsam, aus dem Körper, der mit einem Mal ausgedient hatte. Zu früh, das war doch zu früh. Und überraschend. Langsam, ganz langsam. Keine Luft mehr. Atmen. Plötzlich war alles kristallklar, die Geräusche, die

Gerüche, das Blut, das in den Adern floss. War sterben so einfach? Minuten? Sekunden? Ganz ohne Kampf? Aus die Maus.

***

Es war ein ganz normaler Wochentag, keine Ferien in Sicht. Die Kinder gingen in die Schule, manche Mütter zur Arbeit, auch viele Väter, aber im Wesentlichen blieben doch genug zu Hause, um die Krise zu kriegen. Auf dem Ordnungsamt klingelte seit Tagen pausenlos das Telefon. Leider war der zuständige Beamte seit Dienstag krankgemeldet. Die Bellerei bohrte sich durch alle Radio- und Fernsehlautstärken hindurch, weil selbst der kräftigste Bass einmal eine Pause machte und das Wiff-Wiff-Wiff dazwischenkam, ständig, immer, zuverlässig. Es ließ sich nicht niedertönen. Bäffbäff, wäffwäff, jiffjiff. Manche stürzten sich in heftiges Work-Out, erfolglos. Auch Lachübungen und spezielle Atemtechnik halfen nicht. Auch nicht Aerobic, Joggen oder Tango. Andere machten Yoga mit Oropax. Die Bläfferei hatte allerdings eine Frequenz, gegen die das Ohrenwachs nichts ausrichten konnte. Roswitha Kasuppke strickte. Die Nadeln klapperten monoton auf und ab. Zu jeder anderen Zeit hätte das einschläfernd gewirkt. Aber heute? Dauernd verlor sie eine Masche. Wieder andere meditierten. Doch selbst Rosenkränze und Gebetsperlen, die im Ruf standen, konzentrationsfördernd zu wirken, erwiesen sich als nutzlos. Armin Kasuppke versuchte es zunächst mit leierigen tibetanischen Gebetsgesängen. Er wiegte seinen Körper dabei sanft hin und her. Neben dem Heizölkeller hatte er einen kleinen Raum mit einer Buddhafigur und bunten Sitzkissen ausgestattet sowie Duftkerzen und einem Räucherfässchen. Dann ließ er die 108 Holzkugeln langsam und mit Bedacht durch die Finger gleiten, um seinen Geist zu leeren. Immer wieder aufs Neue. Er hatte sich mehrere weiße Kerzen angezündet. Es sah aus, als ob die Flammen bei jedem Wiff zusammenzuckten. Er hatte Kräuter verbrannt, die zur Reinigung beitragen sollten, ein extra dünnes Sitzkissen genommen und die Beine sorgfältig ineinander gefaltet. Nun saß er lächelnd und mit geschlossenen Augen im Schneidersitz auf seinem Hinterteil. In der Ruhe liegt die Kraft, genau. Wiffwiffwiff. Kasuppke knallte die Holzkette in eine Ecke und machte sich ein Bier auf. Roswitha weinte. Es war erst kurz nach sechs.

***

Der alte Mann ging gern früh morgens mit seinem Hund spazieren. Dann war es noch nicht so heiß. Gerade kehrte der kleine Racker aufgeregt von einer Extra-Tour zurück, laut bellend. Der Schwanz ging wie irre.
»Ruhig, ganz ruhig. Komm einmal her!«
Der alte Mann blieb stehen und beugte sich zu ihm hinunter, um ihn zu streicheln. Dabei bemerkte er etwas Klebriges unten am Bauch. Augenblicklich stellten sich ihm sämtliche Haare auf. Um diese Uhrzeit war der Verkehr noch erträglich. Der Himmel über dem schönen Junimorgen war noch rein und klar von der Nacht und bereits so blau, dass man die Hitze des Tages bereits ahnen konnte.
»Wo bist du denn schon wieder gewesen?«
Er nahm ein Taschentuch, um den Hund abzuwischen, aber der entwand sich ihm geschickt. Am Himmel hingen so überhaupt keine Wolken, aber der Wind war angenehm kühl. Ein paar Krähen zogen ihre Kreise. Eigentlich wollte der Mann langsam nach Hause. Über ihm im Baum balancierte ein kleiner Spatz auf einem Astende. Als er sich aufplusterte, fiel er herunter. Der kleine Racker bellte aufgeregt, sprang hoch und fegte um die nächste Straßenecke wieder davon. Der alte Mann ging hinterher. Der Hund bellte nun lauter und auch irgendwie besorgt.
»Racker! Komm zurück, Racker, Fuß!«
Aber das Gebell entfernte sich. Dem alten Herrn blieb nichts anderes übrig, als zu folgen. Ihm fröstelte. Es war doch kühler

als gedacht. Er hätte eine Jacke mitnehmen sollen. Täuschte er sich, oder hörte er irgendwo ein Donnergrollen? Er stockte. Zögerlich setzte er einen weiteren Schritt nach vorn, dann noch einen. Er wollte stehen bleiben, aber irgendetwas ließ ihn weitergehen, zog an ihm, lockte ihn. Im Fernsehen käme jetzt gefährliche Musik, etwas mit tiefem Brummen. Ein Gong zur Höhepunktsteigerung. Die Angst traf ihn wie ein Hammerschlag. Er bekam weiche Knie und fasste sich an sein Herz.

Der Mann lag auf der Erde, neben einer Mülltonne, und drumherum Blut. Sehr viel Blut. Fassungslos ging der alte Mann noch einige Schritte weiter und blieb dann stehen, nicht sicher, was nun zu tun war. Puls fühlen? Sah aber alles so klebrig aus. Und voller Fliegen, ekelig. Er beugte sich hinunter, doch der Körper war eiskalt. Ein Mann in den besten Jahren, gepflegt, guter Anzug, weißes Hemd, Krawatte. Die Hände wie Krallen über dem Bauch, die Beine weit gespreizt. Der Kopf in Blut getaucht, eingeschlagen, das Gesicht kaum noch zu erkennen, Hemd, Krawatte und Jackett ebenfalls verschmiert. Und überall Fliegen. Sie flogen in Schwärmen um die Leiche herum. Große, kleine, blaue, grüne. Sie saßen sogar in den Augen und Nasenlöchern. Im Gebüsch zeterten die Spatzen. Eine Hummel torkelte über den Boden. Können Hummeln betrunken sein?

***

Winkler machte den Fehler, zum Kaffee die Zeitung zu lesen.

Neues vom Schokotiger
Fahrenzburg, 30. Juni
Exklusiv bei FN! Bei dem am Samstag unter schockierenden Umständen zu Tode gekommenen Mann deuten Schmierspuren um den Hals auf ein Ersticken durch eine Plastiktüte hin. Die Mordwaffe ist unseren Informationen zufolge noch nicht gefunden worden. Weiter S. 7.

Er hieb die Zeitung auf den Tisch. Ihm kam fast das Frühstück wieder hoch.

»Was soll denn dieser Blödsinn? Können die nicht einmal was Vernünftiges schreiben? Und woher haben die das?«

Winkler blätterte weiter zu Seite sieben.

Schokotiger schikaniert
Bei der Mordwaffe des am Samstag unter mysteriösen Umständen zu Tode gekommenen Mannes handelt es sich offenbar um eine Plastiktüte.
Die Plastiktütenmethode (PTM) gilt als ein sehr beliebtes Tötungsmittel. Tüte bzw. Beutel bestehen aus Plastik, sind luftdicht und werden über den Kopf gestülpt, so dass die Zielperson keine Luft mehr bekommt. Aufgrund des Sauerstoffmangels tritt in etwa fünfzehn bis zwanzig Sekunden Bewusstlosigkeit ein, was für einen angenehmen Tod von Vorteil ist. Später kommt es zu Hirnschäden und dann Tod durch Atemstillstand, oft innerhalb von wenigen Minuten. Potenziellen Nutzern stehen mehrere Modelle zur Verfügung, die im Handel erhältlich sind. Die PT-Opfer sind in der Regel männlich, etwa 50 und werden zumeist zu Hause gefunden. All dies trifft auf unseren Toten zu!

Winkler rief in der Rechtsmedizin an.

»Hast du das gelesen?«

»Jaja«,

wiegelte der Rechtsmediziner ab und fragte:

»Habt ihr eine Tüte gefunden oder nicht?«

»Nein.«

»Also, worüber regst du dich dann so auf?«

»Weil da einer rumphantasiert. Habt ihr schon die molekularbiologische Analyse?«

»Nein, aber die wird auch nicht viel helfen. Bei einem Tod durch Ersticken in einer Plastiktüte reichen die Befunde der Autopsie selten aus, um eine Diagnose zu erstellen. Das müssen die Spuren am Tatort und die Auffindesituation leisten. Und wenn ihr keine Tüte habt, tja.«

»Was weißt du darüber, ich meine, grundsätzlich?«

Der Rechtsmediziner holte tief Luft, um ihm die Basisfakten zu vermitteln. Das übliche *Also* schluckte er dabei hinunter.

»Bei Ersticken durch Plastiktüte handelt es sich in den überwiegenden Fällen um Selbstmord. Das Opfer ist typischerweise männlich, knapp über fünfzig, leidet zumeist an einer tödlichen Krankheit, ist deswegen depressiv und wird zu Hause gefunden. Und zwar angezogen. Insofern hat der Zeitungsfritze zwar ordentlich recherchiert, aber ein bisschen was weggelassen. Und in etwas weniger als der Hälfte aller Fälle ist die Tüte dann noch über dem Kopf, weil sie nämlich festgebunden ist.«

Das passte nicht so gut zu dem, was in der Zeitung stand. Der Arzt fuhr fort.

»Das Ganze ist auch eine beliebte autoerotische Praxis. Asphyxiophilie. Autoerotische Unfälle sind nicht gar so selten. Bei hoher Dunkelziffer. Dabei handelt es sich um verschiedene Arten von Todesfällen, die versehentlich bei der Masturbation auftreten, zum Beispiel Staubsaugerunfälle, auch Morbus Kobold genannt. Es sind fast nur Männer betroffen, also insgesamt auf alle Fälle gerechnet. Gerade Sauerstoffmangel ist sehr beliebt, weil das bei einigen zu sexueller Erregung führt. Ich zitiere, was jeder auch im Internet lesen kann: Zunächst einmal wird Adrenalin ausgeschüttet. Der Sauerstoffmangel löst im Gehirn eine narkotische und gleichzeitig euphorisierende Wirkung aus. Bei gleichzeitigem Orgasmus kann ein Dopaminschub ausgelöst werden, der den Orgasmus intensiver macht. Diese Kombination soll einen Rausch erzeugen, der einem Drogentrip ähnelt. Unnötig zu erwähnen, dass das eine ziemlich gefährliche Praxis ist. Ich kann davon nur abraten.«

»Aber erstickt ist er schon, oder?«

»Ja, das steht fest. Asphyxie ist zunächst Sauerstoffmangel im Blut und im Gewebe. Das kann zu Bewusstseinsstörungen, Koma und Tod führen. Dann findet man bei der Autopsie auch die entsprechenden Anzeichen. Petechien im Gesicht, in Augen und Mund. Also sehr kleine, punktförmige Einblutungen in den Augenbindehäuten und in der Schleimhaut im Mund. Blutstauungen in den inneren Organen.«

Der Rechtsmediziner machte eine kurze Pause.

»Wenn das Gehirn keinen Sauerstoff mehr erhält, kollabiert es, und man wird bewusstlos. Es gibt dann praktisch immer kleine rote Punkte um die Augen herum, an den Augenlidern, an den Wangen, auf der Stirn, auch im Körper, am Herzen etwa. Diese nadelspitzen Blutungen werden Petechien genannt.«

»Und was glaubst du?«

»Es kommt vor, dass ein Opfer die Wirkung der Plastiktüte unterschätzt. Er wird zu schnell ohnmächtig, um sie wieder abziehen zu können und erstickt in ihr.«

»Aber dann hätte er doch die Tüte noch über dem Kopf haben müssen.«

»Ganz genau.«

Winkler legte frustriert auf.

Die Auswertung der Spuren, die sie bei dem Erstickungstod gefunden hatten, war noch nicht abgeschlossen. Außerdem hatten Gespräche mit Nachbarn und der Freundin auch nichts Hilfreiches ergeben. Winkler beschloss, in der Redaktion dieser Zeitung anzurufen. Der zuständige Journalist verweigerte aber die Preisgabe seiner Quellen und zeigte sich auch von seinen Einschüchterungsversuchen unbeeindruckt. Pressefreiheit.

***

Meyerle hing vor dem PC in der Redaktion und sichtete die neuen Aufnahmen, während Meier die Dateien studierte, die er in der Nacht vom Polizeicomputer in der Rechtsmedizin überspielt hatte. Der vorläufige Obduktionsbericht zu Nonis Leiche gab ihm Rätsel auf. Er ächzte etwas, stöhnte etwas, rieb sich die Stirn mit dem linken Zeigefinger, suchte im Online-Wörterbuch nach der Übersetzung medizinischer Fachtermini, zündete sich eine Zigarette an, stöhnte wieder und war sehr, sehr unzufrieden. Er beschloss, aufzustehen und einen Kaffee zu holen. Dann wandte er sich seinem Fotografen zu.

»Sag mal, hast du nicht doch irgendetwas Interessantes im Zimmer der Studentin auftreiben können?«

»Nö.«

Meyerle schüttelte den Kopf. Er schien mit den Gedanken woanders zu sein.

»Bist du sicher?«

Einige Minuten verstrichen, dann fragte Meyerle:

»Was meinst du denn mit *interessant*?«

Meier fand die Formulierung verdächtig.

»Was hast du denn überhaupt gefunden?«

»Nichts Besonderes.«

Meier stand auf und sah seinem Kollegen über die Schulter.

»Was liest du denn da?«

Meyerle war so vertieft, dass er gar nicht reagierte.

»Die unsagbare Schwerelosigkeit der menschlichen Existenz im Spannungsfeld zwischen Dasein und Jenseits«,

las er laut vor.

»Was. Liest. Du. Denn. Da?«

Meyerle drehte sich um.

»Hey, nicht so unfreundlich.«

Kunststück, der hatte sich ja auch nicht im Keller des Polizeipräsidiums die halbe Nacht um die Ohren gehauen.

»Das sind die Essays von Noni Otto. Hat sie wohl in verschiedenen Zeitungen veröffentlicht.«

»Wo hast du die denn her?«

»Hier, die waren auf dem Daten-Stick, habe ich in ihrem Zimmer gefunden, in einer Schublade.«

Er gab Meier ein kleines Kruzifix. Meier sah verstört seinen Kollegen an, dann begann er aber doch, an den Ärmchen des Kreuzes herumzuziehen. Einer war ein Deckel, der Rest ein Stick.

Meier steckte ihn in seinen Computer. Wow.

Er griff zum Telefon.

»Hi, hier Meier, könntet ihr dafür sorgen, dass wir die nächsten Stunden nicht gestört werden?«

»Ok, kein Problem. Auch wenn was Wichtiges kommt?«

Die Sekretärin, sie war neu und noch etwas schüchtern, fragte sicherheitshalber nach.

»Auf jeden Fall, auf keinen Fall, ist das klar?«

Sie fand nicht, aber sagte trotzdem ja.

Meier begann, die Texte durchzuarbeiten. Einige lasen sich zäh und umständlich. Aber es gab auch Short Stories, die waren sogar richtig gut. Das Handy ging.

»Ich habe doch gesagt, ich will nicht gestört werden«,

schnauzte Meier hinein, ohne groß zu hören, wer dran war und worum es ging und machte es gleich wieder aus. Dann läutete das Telefon. Noch bevor Meyerle abnehmen konnte, blaffte Meier schon:

»Ich will mit niemandem reden.«

Pflichtgemäß gab Meyerle das weiter.

»Leider, er will momentan mit keinem Menschen reden.«

Er hörte noch etwas zu und legte schulterzuckend auf. Es dauerte mehrere Stunden, bis die beiden die Dateien durchgekämmt und komplett durchgelesen hatten. Meyerle sah zwischendurch wieder seine Fotos an.

»Was ist das denn?«

fragte Meier seinen Kollegen, als er ihm einmal über die Schulter sah.

»Ein Porsche 911 Carrera Speedster WTL.«

»Das sehe ich selbst.«

»Warum fragst du dann?«

»Ich meine, was hat der mit dem Fall zu tun?«

»Nichts, aber sieh dir mal die Felgen an.«

Sie verglichen ihre Notizen. Meyerle sortierte passende Fotos zusammen, und Meier machte sich an einen neuen Artikel für die nächste Ausgabe. Er musste allerdings erst noch etwas recherchieren. Schweigend saß er vor dem Bildschirm. Durch die geöffneten Fenster drang lustiges Vogelgezwitscher, dann ein Rabenkrächzen. Er schaute hinaus. Was könnte man als Schlagzeile nehmen? Es war wichtig, und das würde richtig gut. Sein Start. Seine Chance auf einen Preis oder, besser gesagt, Award. Er fokussierte den Bildschirm. Intensiv. Nach einigen Stunden wusste er ungefähr, wie er anfangen würde. Begeistert druckte er sich die erste Version aus.

Mafia mordet in Fahrenzburg
Fahrenzburg, 1. Juli
Die letzten Freitag zu Tode gekommene Studentin N. O. (FN berichtete) wurde höchstwahrscheinlich von Vertretern der Mafia ermordet.

Ein super erster Satz. Meier lehnte sich befreit zurück. Beide Journalisten waren so vertieft, dass sie nichts von dem aktuellen Polizeieinsatz mitbekamen.

In der Rechtsmedizin wurden zwei Leichen zerlegt. Zwei Ärzte sortierten Etiketten, Präparatengläser und gefährliche Instrumente auf einen Tisch. Ganz rechts auf einem der Autopsieliegen lag ein blasser nackter Mann, der eine Autofahrt nicht überlebt hatte. Die Rechtsmediziner in Kittel, Gesichtsmasken und Handschuhen beugten sich über ihn. Die Kopfhaut lag aufgeschnitten, auseinandergeklappt und nach hinten gezogen da. Der Schädel war mit einer elektrischen Vibratorsäge aufgesägt und ein großes Knochenstück weggenommen worden, so dass man gut das Gehirn sehen konnte. Einer der Ärzte hielt den Kopf fest, der andere nahm es heraus. Es gab ein seltsam schmatzendes Geräusch. Dann wurde das Gehirn abgespült, gewogen und in eine Schale gelegt. Zwischendurch machten sie immer wieder einmal ein Foto. Dann nahmen sie sich eine Art Metzgermesser vom Beitisch.
»Sieht normal aus«,
sagte der Mediziner. Er begann mit der y-förmigen Öffnung des Körpers. Mit dem Skalpell schnitt er die Haut auf, von

einer Schulter zur anderen, dann mittig ganz hinunter, so dass die Organe freigelegt wurden. Für die Rippen benutzte er eine spezielle Schere. Sein Kollege knipste. Ab und zu hörte man, wie ein Organ auf die Waage platschte.

»Mmh, ich glaube, eine toxikologische Untersuchung wird nicht nötig sein.«

Winkler und Pfeifer sahen zu, wie an einem der anderen Tische die Organe ihrer neuen Leiche sorgfältig entnommen, begutachtet, gemessen und gewogen wurden. Der Geruch im Raum war niederdrückend. Im Hintergrund kreischte eine Säge. Auf dem PC direkt neben dem Seziertisch waren die Röntgenaufnahmen zu sehen.

»Auch wieder erschlagen, oder?«

»Langsam, langsam.«

Der Arzt ließ sich auf keine endgültige Diagnose ein. In aller Seelenruhe fuhr er mit seiner Arbeit fort.

»Den Ast hätten wir jedenfalls.«

»Ja, ja. Gehirnblutung, massive stumpfe Gewalt, Schädelfraktur.«

Als der Rechtsmediziner schwieg, sagte Winkler:

»Und Blut ist auch dran. Und Haut und so weiter.«

»Ja, augenscheinlich, das reicht aber nicht.«

Der Mediziner schabte weiter an der Leiche herum.

»Ich bin mir nicht so sicher, dass die Verletzung durch den Ast ursächlich für den Tod war.«

Pfeifer betrachtete unterdessen die bereits eingetüteten Spuren.

»Ein mittellanges blondes Haar, ein braunes langes, ein schwarzes langes, mehrere rote lange. Der Mann war fleißig gewesen. Und wer er war, wissen wir auch.«

»Das blonde war aber nicht echt.«

»Nicht echt?«

»Nein, gefärbt.«

War das wichtig? Winkler sah auf den toten Körper hinunter. So viele lange Haare, dabei war der Mann leidlich mittelgroß, etwas dicklich, hatte schütteres Haar und, zumindest aus seiner Sicht, ein eher hässliches Gesicht, rundlich, fleischig mit angeschrägten Augen, irgendwie mongoloid. Nee, falsches Wort, trisomisch. Und einen Bauch. Der schwabbelte, frisch zugenäht, gerade etwas nach links. Versteh einer die Frauen.

Die Papiere hatte er dabeigehabt.

»Klaus Möller, wohnhaft in Fahrenzburg.«

»Der Name sagt mir doch was.«

Winkler schnippte mit den Fingern.

»Das war doch dieser Professor, bei dem unsere erste Tote studiert hat. Interessant. Google den doch mal, bitte.«

Was war denn plötzlich nur los, dass sie dauernd tote Leute fanden? Warum gerade jetzt? Schlimmer konnte es nicht mehr werden.

Es wurde schlimmer. Sie fuhren zu den beiden Ottos, um ihnen mitzuteilen, dass die Leiche freigegeben worden war. Und weil sie sie erneut befragen wollten.

»Nochmals unser herzlichstes Beileid.«

Winkler und Pfeifer betraten die Wohnung, die eher desolater anmutete als beim letzten Mal. Alle nahmen im Wohnzimmer rund um den kleinen Couchtisch Platz, der ganz offenkundig immer noch nicht gereinigt worden war. Leere, schmutzige Gläser, Teller mit Essensresten, Zeitungen, benutzte Papiertaschentücher. Alles zeugte von dem trostlosen Seelenzustand der Eltern.

»Sie sollten wissen, dass es noch einige offene Fragen im Zusammenhang mit dem Tod Ihrer Tochter gibt.«

Winkler machte ein besorgtes Gesicht.

»Ihre Tochter hatte keine Tattoos?«

»Nein, wir, wir wollten das nicht.«

»Und sie hat sich daran gehalten?«

»Ja, natürlich.«

»Das ist heutzutage keineswegs natürlich.«

Winkler blätterte durch seine Notizen.

»Noni schien es gesundheitlich nicht gut gegangen zu sein, bevor sie starb. Wissen Sie etwas darüber?«

Die Eltern schüttelten mit dem Kopf und sahen nach unten.

»Sie hatte längere Zeit nichts zu sich genommen, weder Nahrung noch Flüssigkeit.«

Die Mutter brach in Tränen aus, ihr Mann nahm sie in den Arm.

»Sie müssen doch irgend etwas bemerkt haben. Sie hat doch bei Ihnen gewohnt.«

Leider kam keine Reaktion von den Eltern.

»Ist Ihnen mittlerweile irgendetwas eingefallen, wo sie seit Montag gewesen sein könnte? Das ist der Tag, an dem mehrere Zeugen sie zuletzt gesehen haben.«

Nein, die Eltern schwiegen verbissen. Da war nichts zu machen. Winkler und Pfeifer verabschiedeten sich und setzten sich dann in den Golf.

»Und was gibt es zu unserem neuen Toten?«

»Dem Theologieprofessor? Der war alleinstehend, keine Eltern, keine Kinder.«

»Aber diverse Frauenbekanntschaften, wie es scheint. Dann wollen wir uns mal bei dem etwas umsehen. Die Adresse hast du?«

Philip Pfeifer hatte sie und fuhr los.

Der Professor wohnte in einer großzügigen Vier-Zimmer-Wohnung in einem kleineren Haus, das östlich des Flusses in einem der besten Viertel Fahrenzburgs lag mit zahlreichen Villen auf großzügigen, gepflegten Grundstücken. Die Spurensicherung war schon da gewesen. Die Teppiche schienen teuer zu sein. Wie zu erwarten hatte Möller stapelweise Bücher und einen Schreibtisch, der eindeutig viel benutzt wurde. Auf einem der Regale gab es mehrere Papierstöße, sorgfältig eingeteilt und beschriftet, Korrespondenz Staaten, Rechnungen, Finanzen, Buch Markus, Artikel Strullendorf, Sonstiges. Der Raum war mit Nussbaum getäfelt und strahlte eine düstere Atmosphäre aus. Morbide, das war es, was Winkler dazu einfiel.

Den PC hatten die Leute der Spusi mitgenommen. Alles wirkte wie eine ganz normale Junggesellenwohnung, nüchtern und praktisch. Keine Topfpflanzen, wenig Deko, wenig Farben, weiße Wände, dunkle Holzmöbel, großer Flachbildschirm, ein Plattenspieler und Schallplatten, hauptsächlich Klassik, insgesamt ordentlich und aufgeräumt. Wahrscheinlich eine Putzfrau. Im Kühlschrank stand kein Bier, keine Milch, nur Wasser und Gemüse, Butter, Käse. In der Speisekammer lagerten einige Flaschen Wein, Cognac und Whisky. Spuren von Damen fanden sie nicht, weder irgendwelche vergessenen Schmuckstücke noch Dessous noch eine zweite Zahnbürste oder Toilettenartikel, die typisch für Frauen gewesen wären, stattdessen eine ganze Palette an Herrenhautpflegeprodukten, Beauty-Satin-Skin-Care, Total Revitalizer Luxus Edition, Moisturizer Anti-Age.

Nach einer Stunde hatten sie genug gesehen.

»Wohin jetzt?«

wollte Pfeifer wissen. Sie saßen wieder im Auto.

»Zur Sekretärin.«

Aber das mussten sie verschieben, denn das Handy meldete sich. Neuigkeiten von der Rechtsmedizin.

Eine halbe Stunde später versammelten sich Winkler, Pfeifer und die Staatsanwältin um die Leiche von Egon Klein und warteten auf die neuesten Enthüllungen, als sich die Tür öffnete. Im Raum hing der übliche Geruch aus Tod und Verwesung und Reinigungsmittel. Trotz Klimaanlage war diese Mischung deutlich spürbar.

Alle waren überrascht, als sie von einer jungen, hübschen Frau begrüßt wurden. Die dunkelbraunen Augen leuchteten übermütig. Die blonden Haare waren zu einem Pferdeschwanz zusammengefasst. Der Kittel konnte die Spitzenfigur nicht ganz verbergen.

»Guten Abend, die Herren, mein Kollege ist krank. Ich springe kurzfristig für ihn ein. Ich bin Insa. Insa Berg.«

Sie reichte ihnen nicht die Hand.

»Und Sie sind sicher Kriminaloberkommissar Winkler und Sie sind Philip Pfeifer. Und Sie sind Staatsanwältin Schmied. Nicht wahr? Angenehm. So, gleich geht's los.«

Die braunen Augen glitzerten. Sie schienen Funken zu schlagen. Umwerfend. Und der Duft? Vorsichtig bewegte Pfeifer seine Nasenflügel. Desinfektionsmittel. Insa sah ihn blitzend an. Ein pflaumenfarbenes Textilstück lugte unter dem Kittel hervor. Die Farbe passte perfekt zu ihren Augen. Mit einem betörenden Lächeln holte Insa tief Luft und begann mit der Geschichte.

»Wir unterscheiden zunächst einmal zwischen Bisswunden durch Menschen und Bisswunden durch Tiere. Bekannt sind natürlich Fälle von Leichenfraß durch Ratten und Hunde, aber auch durch Goldhamster, Katzen oder Hasen. Tiere nehmen gern weiches Gewebe, etwa im Gesicht, an Arm oder Rumpf. Allerdings gehen Hunde und Katzen nur an Menschen, wenn sie wirklich Hunger haben. Sie brauchen also keine Angst zu haben. Und natürlich fressen sie auch nur tote Leute an. So. Wie die Bisse hier verteilt sind, deutet das auf ein Tier hin.«

Das hatte Winkler sowieso angenommen. Insa war voll in Fahrt.

»Unser Wissen um Bisswunden rührt primär von den Analysen der Bisswunden durch den Menschen und ihrer Zuordnung zu bestimmten Personen her. Weiterhin ist anzumerken, dass die Spurenlage natürlich einmal auf der oder den Bisswunden selbst beruht, hervorgerufen durch Zähne, dann aber auch auf Begleitspuren wie kratzartigen Abrasionen, Exkrementen etwa. In unserem Fall zeigen die Wundränder keine Vitalreaktionen. Wir haben keine Blutspuren gefunden. Es handelt sich also um postmortale Verletzungen.«

Wenigsten das. Insa schwenkte ihren Pferdeschwanz um hundertachtzig Grad und legte in einer einmalig grazilen Fingerbewegung eine Haarsträhne von der Stirn weg über ihr linkes Ohr.

»So einfach lassen sich Bissspuren aber nicht untersuchen. Das hat zwei Gründe. Erstens sind die Größe der Zähne, ihr Abstand sowie ihre Position schwer messbar, weil die Haut viel zu dehnbar und geschmeidig ist.«

Zur Illustration drückte sie mit einem behandschuhten Finger auf ihrem Unterarm herum. Dann pustete sie die Haarsträhne aus dem Weg, sie hatte ihren ihr zugewiesenen Platz verlassen. »Sehen Sie? Egal was ich mache, die Haut kehrt immer wieder in ihren alten Zustand zurück.«

Die Staatsanwältin verblieb unschlüssig im Hintergrund. Die Männer betrachteten eingehend Insas geschmeidigen Unterarm. Er war wunderschön.

»Diese viskoelastischen Eigenschaften der Haut hängen ab von der Verteilung von Kollagen, Elastin und den Proteoglykanen, die an verschiedenen Stellen des Körpers unterschiedlich ausfällt. Dazu gibt es keine für die Forensik nutzbaren Systematiken. Zweitens kommt es bei einem Biss zwischen Zahn und Haut gleichzeitig zu Druck- und Scherspannung bei hoher Zugbelastung durch die Zähne. Also müssen wir uns Hilfe von Spezialisten holen, die mit digitalen Bildverbesserungen der Tatortfotos arbeiten. Die computergestützte Bissspurenanalyse hat in den letzten Jahren enorme Fortschritte gemacht.«

»Was ist mit Speichelproben?«

fragte Philip Pfeifer ehrfürchtig.

»Ja natürlich. Man könnte an den Wundrändern einen Abstrich machen. Aber das ist meist nicht notwendig.«

Insa beugte sich etwas zur Leiche hinunter. Die Strähne fiel ihr wieder vor die Nase. Sie schob sie zurück an ihren korrekten Platz, hinter das Ohr. Sie schaute nun liebevoll die Leiche an und fuhr mit fröhlicher Stimme fort.

»In unserem Fall handelt es sich um sowohl scharfe als auch eingekerbte Wundränder sowie angrenzende punktierte Stichwunden, die den Abdrücken von Eckzähnen entsprechen. Spuren von Exkrementen wurden nicht gefunden. Das Fenster war auf. Tiere hatten ungehindert Zugang. Man könnte jetzt fast auf einen Hund tippen.«

Insa strahlte ihr Publikum triumphierend an. Dieses schwieg andächtig, atemlos, erwartungsvoll.

»Aber nein.«

Insa hielt einen Zeigefinger in die Luft.

»Sehen Sie sich diese Fotos an! Vergrößerungen und computergestützt bereinigt. Bei Verletzungen durch Katzen haben wir stichkanalartige Wunden in der Nähe der Verletzungen. Sie entstehen durch die spitzen Eckzähne der Katze. Und, was sehen Sie?«

Man schwieg.

»Stichkanalartige Wunden.«

Insa leuchtete förmlich. Das Lächeln, die Augen, die Haut. Die süße, kleine Nase. Alles strahlte. Niemand wagte sich zu rühren. Niemand atmete. Keine Stecknadel fiel. Die Spannung wuchs, wurde unerträglich. Dieses Lächeln. Diese Augen. Offenbar wartete Insa auf eine Reaktion. Aber alle schauten sie nur mit großen, ergriffenen Augen an. Immer noch keine Stecknadel.

»Es war eine Katze.«

Als ob sich ein Vorhang gesenkt hätte, atmeten nun alle erleichtert aus. Insa wandte ihre blitzenden Augen wieder ab. Zur Leiche. Als ob die was davon hätte.

»Ich schätze, sie ist, als er schon eine Weile tot war, und Katzen haben natürlich einen sehr gut ausgeprägten Geruchssinn, durch das Fenster hereingekommen und hat sich dann an den weichen Stellen, hier sehen Sie, an Brust und Oberarm, zu schaffen gemacht. Vielleicht ist sie gestört worden. Jedenfalls ist sie dann auch wieder durch das Fenster verschwunden. Der Tote hat auf jeden Fall nichts mehr davon mitbekommen. Eigentlich finden wir postmortalen Tierfraß eher im Gesicht und am Hals. Das ist hier aber nicht der Fall.«

»Und was bedeutet das?«

Winkler hatte sich wieder gefasst.

»Tja, das ist merkwürdig.«
»Und?«
warf Pfeifer vorsichtig ein.
»Nichts und. Das müssen Sie herausfinden.«

Meyerle liebte Spaziergänge. Das war die einzige Art von Sport, die er sich zumutete. Dabei achtete er ganz bewusst auf die Natur. Dann hatte er seinen Fotoapparat dabei und versuchte, Motive von Schönheit und Perfektion zu finden. Das lenkte ihn immer sehr schnell von den Problemen ab, mit denen er sich tagsüber sonst herumschlug. Wie immer war auch das Handy ausgeschaltet. Es war mittlerweile spät, denn sie hatten lange in der Redaktion zu tun gehabt. Aber schließlich war der Artikel doch noch rechtzeitig fertig geworden. Der Himmel wölbte sich in einem satten Dunkelblau über die Stadt. Die Luft war frisch hier am Ufer des Flusses. Meyerle war nicht allein. Auch andere nutzten die Kühle des späten Abends, um vor dem Schlafen noch ein paar Schritte zu tun. Ein paar Schwäne zogen vorbei und betrachteten skeptisch die Menschen, zusammengeknüllte Bonbonpapierchen schätzten sie nicht. Er sah zum Himmel hoch und freute sich auf ein Bier und auf etwas Sport im Fernsehen.

Meier hingegen nahm den Schlüssel zum Keller des Präsidiums, den er hegte wie einen Schatz, und wartete bis kurz nach Mitternacht, um sich wieder am PC der Rechtsmedizin auf den neusten Stand zu bringen. Er konnte nicht ahnen, dass er haarscharf an einem Herzinfarkt vorbeisegeln würde.

CEPPAIONA, VIERZIG JAHRE ZUVOR

Die drei Jungs und die beiden Mädchen waren mittlerweile ordentlich angesäuselt, bis auf einen, der bei Limo geblieben war. Sie lagen auf dem Rücken, blickten verträumt in den

Himmel und überlegten, die Nacht da zu bleiben. Die Luft war samtig und weich. Die Vögel hatten ihre Diskussionen beendet und wurden von den Nachtfaltern abgelöst. Die beiden Mädchen hatten Kerzen mitgebracht, die sie nun anzündeten und in leere Gläser stellten. Die Nachtfalter fassten das als Einladung auf, die tödlich enden sollte.

»Ich mag nicht nach Hause.«

»Ich auch nicht.«

»Meine Mutter geht mir so auf die Nerven.«

»Mein Vater auch.«

»Meine Brüder sind so lästig. Die spionieren mir immer nach. Fast hätten sie mitbekommen, dass ich hier bin. Wenn die das rauskriegen …«

»Bei uns im Zimmer ist es so eng.«

Sie teilte sich ihr Zimmer mit zwei Schwestern. Es folgten diverse Argumente, die alle gegen das elterliche Zuhause sprachen.

»Los, lasst euch nicht so hängen!«

Aber sie waren müde.

»Ich habe eine Idee.«

»Ach hör auf!«

»Wollen wir ein Rennen fahren?«

Im Gegensatz zu den anderen wollte er wirklich zurück, weil er am nächsten Morgen früh aufstehen musste, um seinem Vater zu helfen. Er sah auf die Uhr. Es wurde Zeit.

»Nee, kein Bock.«

»Los, wer als erster bei der Scheune ist.«

»Warum?«

»Der letzte gibt den anderen das nächste Mal einen aus.«

»Nee.«

»Ok, wenn ich verliere, dann gebe ich einen aus.«

»Ich weiß nicht.«

»Ok, wenn einer von euch gewinnt, dann gebe ich einen aus.«

»Warte mal, das ist doch das gleiche.«

»Also, wenn ich verliere, dann ...«

Er musste ernsthaft nach Hause, sonst gab es Ärger. Aber das konnte er vor den anderen schlecht zugeben.

»Dann gebe ich euch das nächste Mal einen aus.«

»Allen?«

»Naja, ok.«

»Was denn?«

»Egal.«

»Cola Rum?«

Eins der Mädchen war aufgestanden. Da es nur drei Mopeds und drei Fahrer gab, gehörte sie bereits jetzt zu den Gewinnern.

»Nee, ich bin müde.«

»Hier, ich habe noch eine Cola.«

»Na gut, gib her!«

»Aber wir fahren über den Friedhof.«

Die beiden Mädchen quietschten. Langsam rappelten sich alle auf und ließen die letzte Coladose herumgehen. Plötzlich waren alle wieder wach. Mit viel Gekicher und Geschubse sammelten sie ihre Sachen ein und holten die Mopeds. *Drivin' my life away. You know you taught me to fly.*

FAHRENZBURG, HEUTE

Ein milder Morgen brach an. Juli, Hochsommer. Immer noch viel zu heiß. Die Sonne ging langsam auf und tauchte alles in ein goldenes Licht. Die Natur erwachte still und friedlich wie immer. Sie kümmerte sich nicht um Menschenwerk und Menschenbeitrag.

Manuela Krüger ging es nicht gut. Kopfschmerzen. Tag und Nacht in letzter Zeit.

»Ich halte das nicht mehr aus. Ständig diese Kläfferei. Diese verdammten Köter. Dieser verdammte Zirkus.«

Sie donnerte die Kanne Kaffee auf den Frühstückstisch. Ihr Gatte, der auf Stress und Lärm mit äußerlicher Ruhe und innerlichen Magenkrämpfen reagierte, faltete die Zeitung betont langsam zusammen und beschloss, auf das weitere Frühstück zu verzichten und gleich ins Büro zu fahren, auch wenn Samstag war. Sein Magen meldete sich infolge der aktuellen nachbarlichen Verhältnisse und, daraus resultierend, der häuslichen, beinah durchgängig mit Ziehen und Zwicken. Eine Woche Gebell und Gekeife. Manuela stellte ihm eine Tasse auf den Tisch, ging und knallte die Tür hinter sich zu. Sie musste daheim bleiben. Sie konnte nicht schon wieder zur Schwiegermutter ausweichen. Oder einkaufen. Es war wirklich alles da, was sie brauchte. Sogar Klopapier für mindestens ein halbes Jahr.

Philip Pfeifer verbrachte die Nacht mit wunderschönen Träumen, die nach Desinfektionsmittel dufteten, und Pferdeschwänzen, die lustig im Wind hin und her schwangen, aber ohne Pferde. Doch Pfeifer ließ sich davon nicht irritieren. Er genoss den Präriewind und wurde einmal durch einen lauten Knall geweckt. Sicher ein Schuss, dachte er, hörte noch ein bisschen dem dünnen Verkehr auf der Straße zu und schlief dann wieder ein. Mit der allerbesten Laune machte er sich morgens auf den Weg zur Arbeit.

Johannes Winkler nahm dankbar die Tasse Kaffee an und rührte gedankenverloren darin herum. Dann warf er einen Blick durch die Tür auf den Flur, in den kaum Licht gelangte. Das Fenster war geöffnet und ließ etwas kühle Morgenluft in das Wohnzimmer. Er stand auf, nippte an der Tasse und blickte hinaus in einen verwilderten Garten. Etwas raschelte ständig im Gebüsch. Die kleinen Spatzen übten, auf Zweigen zu landen. Mit mäßigem Erfolg. Im Garten nebenan brachte eine Oma ihrem Enkel Trampolinspringen bei.
»Hui, haha, hui, huiii, hahaha.«
Ein Handwerker schlurfte vorbei, in der einen Hand einen Eimer, in der anderen eine Zigarette.

»Hui.«

Auch Frau Hohlmer las Zeitung. Die Fahrenzburger Nachrichten lagen auf dem Esstisch. Sie zeigte darauf.

»Haben Sie das schon gelesen? Das macht mir richtig Angst.« Winkler bezweifelte, ob irgendetwas dieser Frau Angst machen konnte. Sie wirkte stahlhart, und sie hatte sich bemerkenswert flott gefasst, als sie ihr vor einer Viertelstunde die Todesnachricht überbracht hatten.

Mafia mordet in Fahrenzburg
Fahrenzburg, 1. Juli
Die letzten Freitag zu Tode gekommene italienische Studentin N. O. (FN berichtete) wurde höchst wahrscheinlich von Vertretern der Mafia ermordet. Wie aus internen Kreisen verlautbart befinden sich mehrere Vertreter zurzeit in der Gegend um Fahrenzburg. Die in Deutschland aktiven Mafia-Clans erzielen jährlich etwa den dreifachen Umsatz der Deutschen Bank. Längst läuft das Geschäft nicht mehr so friedvoll ab wie in den Zeiten von Pate und Co. Drogen, Windparks und Geldwäsche stehen oben auf der Liste der favorisierten Aktivitäten, begünstigt durch die bundesdeutsche Gesetzgebung, die Geldwäsche förmlich anzieht. An die hundert Milliarden Euro im Jahr werden so in legales Geld umgewandelt. Die Mafia-Bosse pflegen Kontakte zu Polizei und Ministerien und lassen sich gern öffentlich in Begleitung wichtiger Politiker sehen. Vielleicht liegt hier ja der Grund, warum die Polizei mit ihren Ermittlungen nicht vorankommt? Schützt sie eigene Verbindungen? Wir bleiben dran!!!!

»Huii. Huii.«

»Wann haben Sie das letzte Mal mit Professor Möller gesprochen?«

»Vorgestern, vormittags. Er ist immer nur kurz im Büro.«

»Gestern nicht?«

»Nein, freitags kommt er nur selten vorbei.«

»Sie haben ihn also nicht vermisst? Es war nicht ungewöhnlich, dass er gestern nicht da war?«

Gabi Hohlmer wohnte in einem exklusiven Teil Fahrenzburgs. Die beiden Beamten waren auf ihrem Weg an einigen imposanten Wohnhäusern vorbeigekommen mit eindrucksvollen Gärten und Grünanlagen mit Springbrunnen und opulentem Blühzeugs. Vor dem Haus nebenan hielt ein Lieferwagen. Ein Arbeiter in blauer Montur stieg aus, in der Hand einen Werkzeugkoffer.

»Nein.«

»Hatte er Feinde?«

»Nein.«

»Ist Ihnen irgendetwas aufgefallen?«

»Nein.«

»Was wollte er am Donnerstag?«

»Huiii.«

»Dass ich ein Handout schreibe.«

»Wozu?«

»Na, für die Vorlesung.«

»Worum ging es da.«

»Apostelgeschichte.«

»Aha.«

Winkler drehte sich wieder dem Fenster zu.

»Wissen Sie etwas über sein Privatleben? Bekannte? Freunde?«

Gabi dachte nach. Sie war nicht dumm. Wahrscheinlich würden die das sowieso herausbekommen.

»Nun, Verwandtschaft hatte er keine, soviel ich weiß. Dann diverse Bekannte in Professorenkreisen, das war aber eher beruflich. Allerdings.«

Gabi sah die beiden Beamten schweigend an. Winkler war es unheimlich, wie sie ihre Augen so lange auf ihn richten konnte, ohne zu blinzeln. Er mochte sie nicht.

»Er hatte öfter eine Liaison.«

Sagte sie tatsächlich Liaison? Als nichts mehr kam, hakte Winkler nach.

»Könnten Sie uns vielleicht etwas mehr dazu sagen?«

»Selbstverständlich. Er bat mich hin und wieder, ihm einen Tisch für zwei Personen in der Pizzeria Pizza Perfetta zu reservieren.«

Gabi Hohlmer hob ihr Kinn noch eine Nuance weiter hoch als ohnehin schon, um ihre Missbilligung optisch zum Ausdruck zu bringen, und machte eine theatralische Pause. Philip übernahm. Der schlanke, große, sympathische junge Mann nahm bei Bedarf den ganzen Raum für sich ein, vor allem bei weiblichem Publikum. Dann konnte er ein Gespräch meist in die gewünschte Richtung lenken. Mit einem liebenswürdigen Lächeln sagte er:

»Und wissen Sie noch, wann er mit wem dort war?«

Die Gesichtszüge bereits etwas weicher, beantwortete Gabi die Frage relativ flott.

»Selbstverständlich.«

»Könnten Sie uns das aufschreiben?«

»Selbstverständlich. Einen Moment, bitte. Ich bin gleich zurück.«

Sie begab sich nach nebenan. Kurze Zeit später kam sie mit einer ansehnlichen Liste zurück, die sie Pfeifer in einem eleganten Schwung überreichte. Kam da etwa ein Lächeln durch?

»Er hat sich seine Damen natürlich nicht wegen ihrer intellektuellen Fähigkeiten ausgesucht.«

»Natürlich.«

Winkler sah auf die Liste.

»Also war er am Donnerstagabend mit einer gewissen Yvette Krüger in der Pizzeria.«

»Das nehme ich doch an.«

»Und am Dienstag mit Melanie Schmied und davor am Freitag mit Lara Schmitt.«

»Ja, soweit ich weiß.«

»Wo waren Sie gestern Abend?«

»Na hier, zu Hause, und nein, Zeugen oder Zeuginnen habe ich nicht.«

»Vielen Dank, Sie haben uns sehr geholfen. Und danke für Ihre Zeit.«

Sie wollten gehen, aber Johannes Winkler drehte sich noch einmal um.

»Ach, wissen Sie zufällig, ob er einmal mit Noni Otto unterwegs gewesen war?«

Jetzt stahl sich ernsthaft ein leises Lächeln auf das Gesicht der Sekretärin.

»Nein, Frau Otto hatte wirklich nur ihr Studium im Kopf. Und ihre literarischen Werke.«

Oh nein, die mussten sie ja auch noch fertig lesen. Und wahrscheinlich lagen auf dem Schreibtisch schon wieder neue Laborergebnisse und Polizeiberichte. Immerhin hatten sie jetzt drei Tote, von denen zwei garantiert Mord waren.

»Danke sehr.«

Winkler zögerte.

»Er war nicht verheiratet?«

»Nein.«

»Geschieden?«

»Nein.«

Gabi wollte schon die Türe schließen.

»So eine Ehe ist kein Vergnügen«,

sagte sie dann. Winkler drehte sich zu ihr um.

»Das ist Arbeit. Eine Beziehung will gepflegt werden wie ein Auto. Das kostet Zeit, Geld und Nerven.«

Winkler sah Pfeifer fragend an und ging noch einen Schritt. Er war schon fast draußen, als ihm noch etwas einfiel.

»Sagen Sie, Frau Hohlmer. Hat der Professor eine Hausangestellte gehabt? Jemand, der zum Reinigen kam vielleicht.«

»Selbstverständlich.«

»Ich nehme an, Sie haben Namen und Adresse für uns?«

Die Sekretärin hat ja wohl ziemlich genau gewusst, was der Professor so trieb. Ob die noch mehr weiß, überlegte Winkler, als sie das Haus verließen.

»Wir müssen noch die Anlieger abklappern. Gott sei Dank wohnen in dem Viertel nicht allzu viele Leute.«

Währenddessen verzog sich Gabi in ihre Küche, um sich einen Kaffee zu machen. Eine unbestimmte Vorahnung braute sich in ihr zusammen wie von etwas Bösem.

»Verdammt, was soll das denn werden?«

Enrico stand breitbeinig vor dem halben Zelt, in dem sich sämtliche Tiere zur schönsten Tageszeit aufhielten, die Fäuste in die Hüften gestemmt, die schwarzen Augen loderten. Er schob den Kaugummi wütend im Mund herum. Enrico gehörte zu der etwas schmächtigeren Sorte, was seiner Aggressivität immensen Vorschub leistete. Schon in der Schule. Um so verwunderlicher war seine ausgeprägte Tierliebe. Bereits als Kind hatte er sämtliche Tauben und Igel gerettet. Niemand verstand das. Die vier grauweißen Hengste waren an extrem kurzen Leinen angebunden.

»Warum sind die nicht auf der Wiese?«

Enricos Augen leuchteten gefährlich, als sie die Rasenfläche nach einem Verantwortlichen abscannten. Um das Zelt herum erstreckten sich eine große Grasfläche, auf der mittlerweile das Hauptzelt, neun große Wohnwagen, zwei kleinere und einige LKWs standen. Dazwischen hastete der kleine Junge herum, der die Tiere versorgte. Und nicht in die Schule ging, um das noch einmal zu betonen. Enricos Kumpel stand breitbeinig neben ihm. Carlo war etwa eins achtzig groß, kräftig, mit wenigen Haaren, eng beieinanderstehenden Augen und einem Stiernacken. Einige Zähne fehlten. Er war der Mann fürs Grobe, und ihm waren die Tiere ziemlich egal.

Constanze Wagner stand würdevoll und mit gefalteten Armen vor ihnen. Sie war etwas rundlich, hatte grau melierte Dauerwellen, rosige Bäckchen, trug ein Blümchenkleid und wirkte alles in allem sympathisch, gemütlich und zuvorkommend.

»Aber kommen Sie doch herein«,

sagte sie liebenswürdig. Pfeifer und Winkler kamen herein.

»Möchten Sie vielleicht einen Kaffee angesichts der fortgeschrittenen Stunde?«

»Nein danke, wir würden gern…«

»Einen Tee?«

»Nein, wir haben nur ein paar Fragen.«

»Assam Broken würzig aromatisch oder eventuell Darjeeling. Ich habe eine rassig-milde Variante? Kamille? Pfefferminz?

»Nein, wir…«

»Vielleicht eine Kleinigkeit zu essen?

»Nein.«

»Ein paar Kekse?«

»Nein danke, aber…«

»Kuchen? Ich habe selbst gebacken.«

»Nein, wir…«

»Oder vielleicht etwas Herzhaftes?«

Winkler machte nur noch den Mund auf.

»Etwas Deftiges?«

»Nein.«

»Kräcker?«

Er schüttelte den Kopf.

»Ein paar Käsewürfel?«

»Bitte lassen Sie uns doch…«

»Gürkchen oder Oliven? Die guten aus Griechenland? Oder beides?«

»Nn.«

»Oder Ananas?«

Himmel.

»Ich kann auch eine Dose Tunfisch aufmachen, wenn Ihnen das lieber ist.«

Mann.

»Oder vielleicht doch etwas zu trinken?

»Nein.«

»Wasser? Saft? Oder etwa ein Bier?«

Das klang geradezu empört. Winkler und Pfeifer schüttelten simultan den Kopf.

»Zuckerhaltige Getränke sind ungesund.«

»Ja.«

»Frisches Obst, wenn sie nichts aus der Dose mögen? Ich hätte Äpfel, Birnen und Bananen da?«

»Nein, bitte Frau…«

»Ein Brot, ein Stück Brot, mit Schinken?«

»Nein.«

»Oder Salami?«

»Dann vielleicht ein Müsli, mit Joghurt oder Milch?«

»Neeiin.«

»Trocken?«

»Jetzt bitte, Frau Wagner. Lassen Sie uns endlich ausreden. Wir würden Ihnen gern ein paar Fragen zu Herrn Möller stellen.«

»Ein Sandwich?«

»Das hatten wir schon.«

Endlich konnte Pfeifer auch einmal etwas sagen.

»Nein, das waren Brote, belegt, das ist etwas anderes.«

»Und?«

Winkler wartete. Sie reagierte nicht. Tief in ihrem Inneren schien es zu arbeiten.

»Er mag auch kein Bier. Das macht einen Menschen doch gleich viel sympathischer, finden Sie nicht?«

Frau Wagner bedachte sie mit einem schelmischen Blick.

»Doch.«

»Er ist ein Weinkenner.«

»Frau Wagner.«

»Besonders die italienischen, die liebt er sehr.

»Frau Wagner.«

»Und Rosé.«

»FRAU.«

»Was brüllen Sie denn so?«

»Liebe Frau Wagner. Leider müssen wir Ihnen mitteilen, dass Herr Möller verstorben ist. Und wir müssten Sie darum fragen …«

»Was?«

»Sie kannten ihn doch …«

»Oh mein Gott. Oh mein Gott. Ich hab's ja immer gesagt. Zuviel rotes Fleisch.«

»Frau Wagner, es tut uns wirklich leid. Aber könnten Sie vielleicht etwas über ihn sagen?«

»Er mochte so gern mein Risotto.«

»Wir meinen nicht das Essen.«

»Vor allem das mit Steinpilzen.«

»Es geht uns nicht ums Essen.«

»Und Spaghetti mit Knoblauch und Öl.«

»Hatte er besondere Vorlieben?«

»Aber das ging nur selten, wenn er am nächsten Tag nicht an die Universität musste. Er war Professor, wissen Sie.«

»Ja.«

»Knoblauch liebte er auch.«

»Kannten Sie seine Bekannten, Freunde?«

»Nein, er hatte nie Besuch, zumindest nicht, wenn ich da war.«

»Und wie sieht es aus mit Nachbarn? Hatte er Hobbies?«

»Sie meinen, außer essen und lesen?«

»Nein, ja.«

»Er hat gelesen, Bücher. Aber dass er in diese Pizzeria ging, das habe ich ihm schon sehr übel genommen. So gut kochen die da auch nicht.«

»In welche?«

»Irgendeine Pizzeria, noch nicht einmal ein ordentliches Restaurant.«

»Wann ging er dorthin?«

»Manchmal dienstags, manchmal mittwochs, manchmal do….«

»Danke, schon verstanden. Und wann haben Sie ihn zuletzt gesehen?«

»Das war am Donnerstag. Da hat er wieder diesen Duft aufgelegt. Und ich durfte schon am Tag vorher nichts mit Knoblauch kochen. Da war ja wohl alles klar.«

Sie wischte sich die Tränen aus den Augen und schniefte einmal ganz kurz. Dann hatte sie sich wieder gefasst.

»Hatten Sie einen Schlüssel zur Wohnung?«

»Ja.«

Constanze Wagner machte ein sehr trauriges Gesicht und begann, mit einem Taschentuch an den Augen herumzutupfen. Sie hatten noch einige Routinefragen, dann wandten sie sich zur Tür. Philip Pfeifer zögerte.

»Bevor ich es vergesse, was ist eigentlich der Unterschied zwischen einem belegten Brot und einem Sandwich?«

»Pfeifer!«

Winkler sah auf seine Armbanduhr. Es war kurz nach zwanzig Uhr.

»Lass uns den Schreibkram erledigen und morgen weitermachen.«

Auch woanders wurde Zeitung gelesen, aber nicht mit Ärger. Mit wachsender Sorge registrierte man die Anhäufung der Leichen. Mit noch größerer Sorge nahm man die in diesem Zusammenhang aufgelisteten Vorwürfe zur Kenntnis. Wussten die was? Und wenn ja, was? Wieviel?

***

Der nächste Tag war ein Sonntag. Die aufgehende Sonne verzauberte die Natur. Die Hitze dauerte nun schon viele Tage an, und jeder kleine Lufthauch bedeutete Erleichterung. An Ausschlafen war nicht zu denken. Bereits gegen sechs trieb einer der Zirkusleute die Pferde auf die Wiese und schickte sie in die Runde, wogegen sie laut wiehernd protestierten, begleitet vom Sirenengesang der kleinen Hunde. Das war bestimmt nett gemeint, denn später würde es sehr heiß werden. Mit schrillen Pfiffen trieb er die Tiere an.

»Apollo! Apollo!«

Der Dompteur oder wie man ihn nennen sollte schaute auf sein Handy. In der anderen Hand hielt er die Leinen. Die vier

Pferde sollten dicht hintereinanderher laufen. Eines versuchte es mit Bummelstreik.

»Abdul, Abduuul! Ho!«

brüllte er.

»Johnny! Komm jetzt, komm!«

Die Peitsche knallte.

»Hopp hopp hopp!«

Eines der Pferde trödelte und schnaubte.

»Bamboo, komm komm komm. Koooommm!«

Wiehern.

»Johnny, Johnny, Johnny, weiter, weiter, weiter!«

Die Pferde trabten nun brav im Kreis, so dass sich der junge Mann wieder seinem Handy widmen konnte. Sicherheitshalber brüllte er ab und zu:

»Hohoho! Hopp!«

Ein kleines Kind schrie. Die Hunde bellten. Jemand machte ein Video von den Kamelen, die sich in ihrer Gruppe zusammenknuddelten. Sie bewegten sich bedächtig zwischen Unterstand und Heuballen hin und her und drehten ihre Köpfe interessiert Richtung Aufnahmegerät. Eines schaukelte mit den Höckern und grinste in die Kamera. Das Babykamel trank ab und an einen Schluck Milch. Langsam legten sie sich hin, dann standen sie wieder auf, ständig vor sich hin kauend. Kamele sind erstaunlich neugierig.

Alles hätte leicht und fröhlich sein können. Wenn er nicht wieder eine Nacht durchrecherchiert hätte. Meier wollte berühmt werden. Sein jetziges Leben war hart. Er hatte einen anstrengenden Job und schon viel investiert in langweilige Teamsitzungen, Meetings, Überstunden und Nachtschichten für diese bescheuerte Redaktion. Er beantwortete Mails innerhalb weniger Minuten. Er ging auch ans Handy, wenn es nachts klingelte. Er übernahm belanglose Stories. Dabei war er ein begnadeter Texter. Das war ihm klar. Leider stieg er nur langsam in der Redaktionshierarchie auf. Natürlich kannte er das Sunk-

Cost-Syndrom, ein Gedankenfehler, aus dem man nur schwer wieder herauskam. Man investiert mehr Zeit, Energie und/oder Geld, weil man schon soviel investiert hat und weil das nicht umsonst gewesen sein soll, obwohl das Ergebnis den Einsatz längst nicht mehr lohnt. So wie seine Arbeit gerade. Die FN hätte ihm längst einen Leitungsposten anbieten müssen. Meier war frustriert. Doch jetzt hatte er DIE Story, nicht nur zwei, sondern drei Tote, alle im gleichen Stadtviertel, alles innerhalb von wenigen Tagen. Und einen Exklusivzugang zu den Polizeiakten. Das würde SEINE Story werden. Aber schon wieder hatten sie den wichtigsten Teil verpennt. Mist. Kacke. Er fluchte weiter, ohne Luft zu holen.

Meier griff zum Handy. Sonntag hin oder her, sie mussten an die Arbeit. Er ließ es zehnmal klingeln. Noch nicht einmal die Mailbox ging ran. Wahrscheinlich ist er wieder spazieren und fotografiert Ameisen, dachte er.

»Mann, ich habe den ganzen Vormittag versucht, dich zu erreichen.

»Und, hast du mich erreicht?«

»Nein.«

Meier war so wütend, dass er gar nicht merkte, wie Meyerle kicherte. Der hatte das Tütchen von Egon Kleins Nachbarn behalten.

Die Kirche war aus. Man stand in Grüppchen auf dem Vorplatz und unterhielt sich ein wenig. Langsam kamen die Gläubigen bei Maria und Raphael Otto vorbei und kondolierten. Die beiden verabschiedeten sich bald, denn sie mussten die Beerdigung vorbereiten.

Zu Hause gingen sie direkt in das Zimmer ihrer Tochter, um zu sehen, ob sie etwas für die Feier fanden, was ihr besonders am Herzen gelegen haben könnte, ein Musikstück, ein Buch, einen Text. Schon bald setzte sich Maria auf das Bett, nahm den Schlafanzug ihrer Tochter in beide Hände, hielt ihn vor ihr

Gesicht und begann, wieder zu weinen. Raphael suchte. So viele Bücher, sollte er aus einem etwas vorlesen? Er schaute nach, ob irgendwo etwas angestrichen war. Nach zwei Stunden setzte er sich zu seiner Frau. Dann ging er zum Fenster. Mit dem Rücken zum Garten sah er sich im Zimmer seiner Tochter um. Er wollte schon zurück zu seiner Frau schleichen, als eines der Dielenbretter knarrte. Vorsichtig trat er nochmals darauf und sah, dass es am Rand etwas dunkler war als die anderen. Es reichte direkt zur Wand. Neugierig geworden beugte er sich hinunter und betastete die Bretter und die Wandleiste, bis er merkte, dass eine der Leisten locker war. Behutsam versuchte er, das schmale Brettchen zu lösen. Dann nahm er es weg, schob die Hand dahinter und zog scharf die Luft ein. Ein kleiner Hohlraum. Er tastete im Dunkeln, bis er an ein Hindernis stieß. Er zog etwas heraus und setzte sich auf den Boden. Ein Büchlein, voller Notizen, in der Handschrift seiner Tochter. Raphael begann zu lesen.

»Schau mal, sie schreibt hier öfter von ihrer Vermutung. Weißt du, was sie damit gemeint haben könnte? Hier steht das Wort *Verdacht*. Worum ging es da?«

Aber Maria reagierte nicht. Sie lag noch immer auf dem Bett wie betäubt, in den Händen den Schlafanzug, der genauso roch wie Noni. Dann klingelte es. Maria rappelte sich benommen hoch. Auch Raphael stand auf. Er ging zur Tür und öffnete einer großen, hageren Frau, die einen kleinen Strauß weißer Nelken in der Hand hielt.

»Guten Tag, mein Name ist Gabriele Hohlmer. Ich möchte Ihnen mein Beileid aussprechen.«

Sie hielt ihm die Blumen hin.

»Oh. Danke. Vielen Dank. Wollen Sie vielleicht hereinkommen?«

Die beiden Ottos gingen voran ins Wohnzimmer. Gabi suchte sich einen Platz auf der Couch.

»Wissen Sie, ich habe Ihre Tochter wirklich sehr geschätzt.«

Gabi sah sich in dem Raum um, der eindeutig schon bessere Zeiten erlebt hatte. Ihr Gehirn registrierte jede Auffälligkeit.

»Mhm.«

Sie räusperte sich.

»Ich habe alles gelesen, was sie geschrieben hat.«

»Tatsächlich?«

Raphael wusste nicht, was er darauf sagen sollte. Aber Maria schöpfte etwas Atem und lächelte. Sie unterhielten sich bereits eine ganze Weile über die Geschichten, von denen die meisten in der einen oder anderen Zeitung gestanden hatten, als das Telefon klingelte.

»Entschuldigen Sie bitte.«

Raphael stand auf und ging mit dem Apparat ins Nebenzimmer.

»Tja, was soll ich sagen, sie war eine begnadete Schreiberin.«

Gabi nahm den Faden wieder auf. Maria Otto lächelte traurig.

»Finden Sie? Wir haben nicht unbedingt alles verstanden, was sie geschrieben hat. Wir haben auch nicht alles gelesen.«

Eine kurze Pause entstand.

»Dürfte ich vielleicht einmal ihr Zimmer sehen?«

»Oh.«

Maria Otto war sich nicht sicher, dann obsiegte die Höflichkeit. Die Polizei war ja sowieso schon drin gewesen.

»Aber natürlich, kommen Sie doch mit!«

Die Sekretärin begleitete sie durch den Flur. An der Tür zu Nonis Zimmer blieben sie stehen.

»Wie seltsam. Hier hat sie also ihre Geschichten geschrieben.«

Gabi wirkte ergriffen, wie sie so ihre Hände vor der Brust faltete. Sie ging hinein und sah sich andächtig um. Maria bekam wieder Tränen in die Augen.

»Darf ich Sie allein lassen?«

Gabi nickte und komponierte den Anflug eines Lächelns auf ihr Gesicht. Maria floh in die Küche.

»Schon wieder diese Zeitungsleute, so lästig, also ehrlich.«

Raphael setzte sich an den Küchentisch und schimpfte. Maria machte wortlos Kaffee. Auch wenn es ihr schwerfiel. Es gab kaum noch sauberes Geschirr, und die Wohnung sah aus. Sie sollte mit dem Aufräumen beginnen. Das Leben musste schließlich weitergehen.

Winkler und Pfeifer nahmen sich eigenartig gut gelaunt die Liste der Studentinnen vor, die sie von der Sekretärin bekommen hatten. Gleich die erste war zu Hause und machte die Türe schwungvoll auf. Bildschön, das musste man zugeben. Dunkelblauer Minirock, marineblaues Seidentopp. Goldene Ohrringe, Halskettchen. Anfang, Mitte Zwanzig, höchstens.
»Guten Morgen!«
sagte Johannes Winkler als erstes, denn es war Morgen. Gern kamen Winkler und Pfeifer der Aufforderung nach, hereinzukommen und sich zu ihr an den Tisch zu setzen. In einer wunderbar fließenden Bewegung goss sie sich elegant auf einen der Stühle. Erst dann setzten sich die beiden Beamten hin. Sie hatte sehr lange Beine, die sie nun gekonnt übereinanderschlug. Man startete das Eingangsgeplänkel. Dabei ließen sie sich sehr viel Zeit. Sie sprachen über das Wetter, über die Stadt, über die Schwierigkeiten, die verschiedenen Anforderungen des Lebens mit einem Studium in Einklang zu bringen, über die Notwendigkeit, die Präsenz in den Social Media kontinuierlich zu pflegen, über die gestiegenen Preise der Luis-Futton-Handtaschen und derlei mehr. Pfeifer führte die meiste Zeit das Gespräch, weil er sich besser auszukennen schien. Melanie Schmied berichtete ausführlich auch über ihre Vergangenheit als einziges Kind in einer Anwaltsfamilie. Sie hatte es schwer gehabt, so ohne Geschwister. Im Laufe des Vormittags kamen sie dann zunächst auf das Studium und schließlich auch auf den Professor zu sprechen. Dabei verlief das Gespräch schon weniger flüssig. Die Pausen wurden länger, so dass die Beamten Gelegenheit hatten, sich unauffällig umzusehen. Die Wohnung war genauso gepflegt wie die Studentin, groß und

ziemlich anspruchsvoll eingerichtet. Eine Kombi aus Weiß, Stahl, Glas und Neon. Es gab kaum Farben. Eine Zimmerpalme im Stahlübertopf war geschickt und designgerecht in einer Ecke platziert, wo sie nicht störte.

»Ja, Herrn Professor Möller habe ich natürlich ab und an gesehen. Aber die Vorlesungen hielt er gar nicht selbst. Man musste, wenn man ihn sprechen wollte, schon einen Termin beantragen. Und das war gar nicht so leicht, kann ich Ihnen sagen. Mails las er nicht unbedingt sofort, das konnte dauern. Also musste man zu seiner Sekretärin. Und die ist mehr als schwierig. Sehr reserviert, kalt irgendwie. Man hatte immer den Eindruck, mit Schal und Mantel auftauchen zu müssen. Aber wenn man es geschafft hatte, den Professor einmal zu erreichen, ging es danach schon besser. Ich kann es immer noch nicht glauben. Er stand mitten im Leben. Er war immer so voller Energie. Er war schon etwas Besonderes.«

Melanie Schmied schwieg kurz.

»Unfassbar. Er war so eine imposante Erscheinung. Eine Persönlichkeit.«

Winkler wusste nicht so recht, wie er diese Beschreibung mit dem, was er in der Rechtsmedizin gesehen hatte, zusammenbringen sollte.

»Wann haben Sie ihn das letzte Mal getroffen?«

Die Studentin ließ sich Zeit mit der Antwort.

»Lassen Sie mich nachdenken. Ich glaube, das war am Dienstag.«

»Und worum ging es?«

Nun schwieg die Studentin und sah erst Winkler, dann Pfeifer an. Sie lehnte sich etwas zurück, blinzelte, sah nach oben, setzte sich erneut hin, schlug die Beine übereinander, die nun zur Tür zeigten, und sagte schließlich:

»Es ging um meine Bachelorarbeit.«

»Danach haben Sie nicht mehr mit ihm gesprochen und ihn auch nicht mehr gesehen?«

»Nein, wenn man keinen Termin hatte, sah man ihn auch nicht.«

»Könnten Sie sich vorstellen, warum ihn jemand hätte umbringen wollen?«

Melanie schüttelte den Kopf.

»Nein, ich habe absolut keine Ahnung. Ich meine, hey, ein Theologieprofessor. Was macht der schon, außer irgendwelche Predigten schreiben.«

»Kannten Sie jemanden aus seinem Umfeld?«

»Nein, tut mir leid.«

»Wissen Sie, ob er an irgendetwas Besonderem gearbeitet hat?«

»Gearbeitet?«

»Naja, was man halt so macht. Ein Buch schreiben, recherchieren.«

»Nein, keine Ahnung.«

Nun beugte sich Philip Pfeifer vor und brachte ein Lächeln in sein Gesicht, dass einem nichts mehr einfiel.

»Worüber haben Sie sich noch unterhalten, außer über die Bachelorarbeit?«

Melanie strich sich eine Locke aus der Stirn und sah ihn mit großen Augen an, bevor sie in etwas höherer Stimme antwortete.

»Ich bin mir nicht sicher, ich glaube, über die Apostelgeschichte. Genau weiß ich es nicht mehr.«

»Und können Sie uns sagen, wo Sie am Abend des 29. Juni waren?«

Nach einer kurzen Pause antwortete die Studentin:

»Zu Hause.«

»Allein?«

»Ja, ich habe mich auf die nächste Woche vorbereitet, Referat.«

Irgendwann gab es nichts mehr zu fragen, und die Beamten verabschiedeten sich.

»So, wer ist die Nächste?«

Weit fahren mussten sie nicht. Auch diese junge Dame war zu Hause, obwohl der Sonntagmorgen einem Sonntagmittag gewichen war.

»Guten Tag, dürften wir Ihnen kurz ein paar Fragen stellen?«
Lara Schmitt blickte sie mit blauen Kulleraugen an, ohne zu reagieren. Na, wohl nicht die hellste Kerze auf dem Kuchen. Aber sie war hübsch, dezent geschminkt, gut gekleidet mehr so Richtung brav, schlank, lange Beine, optisch also wunderbar.

»Dürften wir vielleicht kurz hereinkommen?«
Sie zeigten ihr die Dienstausweise. Mit leicht döflichem Gesichtsausdruck sah Lara Schmitt kurz auf die Ausweise, dann hob sie den Blick, ohne zu sprechen.

»Sie sind Lara Schmitt?«
Sie nickte.

»Sie studieren Theologie?«
Sie nickte.

»Sie kannten Professor Möller?«
Jetzt kam Leben in die junge Frau.

»Ja. Natürlich. Wir wollten heiraten«,
sagte sie feierlich.

»Ach tatsächlich?«
entfuhr es Winkler.

»Ja, tatsächlich.«
Sie hob das Kinn. Wie alt sie wohl war, einundzwanzig, zweiundzwanzig vielleicht? Er war kurz aus der Bahn gebracht.

»Wann haben Sie ihn das letzte Mal gesehen oder gesprochen?«

»Gesehen oder gesprochen?«

»Ja, gesehen oder gesprochen.«

»Was denn?«

»Wie bitte?«
Winkler war irritiert. Lara sagte:

»Gesehen oder gesprochen?«

»Frau Schmitt, beantworten Sie bitte meine Frage!«

»Welche jetzt?«

Lara Schmitt sah äußerst beunruhigt aus und guckte mit ihren großen Kulleraugen zwischen Winkler und Pfeifer hin und her. Die schwarz-gerahmte Brille rutschte ihr etwas die Nase herunter, und sie schob sie mit dem rechten Zeigefinger wieder hoch. Im Flur roch es nach Essen. Winkler bekam Hunger. Sein Magen knurrte. Pfeifer sprang ein.

»Wann haben Sie ihn zuletzt gesehen?«

»Das weiß ich nicht mehr.«

»Und wann haben Sie das letzte Mal mit ihm gesprochen?«

»Das weiß ich nicht mehr.«

»Denken Sie bitte nach, schließlich haben Sie bei ihm studiert.«

»Ich weiß.«

»Und wenn er, wie Sie sagen, sie heiraten wollte, müssten Sie doch wissen, wann Sie das letzte Mal Kontakt hatten.«

»Jetzt geht es um Kontakt? Also, was wollen Sie eigentlich?«

Winkler holte tief Luft.

»Gut, versuchen wir es anders. Als Sie das letzte Mal mit ihm geredet haben, worum ging es da?«

»Ich glaube, es ging um das Testament.«

»Welches Testament?«

»Das weiß ich nicht mehr.«

Dann, nach einer Weile, fügte sie noch hinzu:

»Aber so viele gibt es da ja nicht, glaube ich.«

Die Studentin begann, von einem Fuß auf den anderen zu treten. Winkler atmete aus und wieder ein. Pfeifer lächelte und fragte:

»Wann haben Sie denn über das Testament gesprochen?«

Die Studentin riss ihre Augen noch weiter auf, falls das überhaupt möglich war, und dachte eindeutig nach.

»Ich glaube, das war irgendwann letzte Woche.«

»Wissen Sie noch, wann genau?«

»Nein, und würden Sie jetzt bitte gehen. Schließlich bin ich in Trauer.«

Sie sah gar nicht so aus. Aber gut, jeder trauert anders.

»Frau Schmitt, wo waren Sie am Abend des 29. Juni?«

»Hier?«

War das eine Frage?

»Hier?«

wiederholte er.

»Ja?«

Schon wieder eine Frage.

»Verstehe ich Sie richtig, Sie waren hier?«

»Ja, das sagte ich bereits.«

»Und gibt es dafür Zeugen?«

»Zeugen?«

Winklers Magen knurrte schon wieder. Das hatte wohl nicht viel Sinn. Sie bedankten sich, obwohl sie nicht wussten, wofür eigentlich.

Im Verlauf des restlichen Tages verbrachten die beiden Beamten viele angenehme Stunden in der Gesellschaft von vier weiteren Frauen, eine hübscher als die andere. Des Professors Vorlieben tendierten zu elegant gekleidet, geschmackvoll geschminkt, schlank, Haarfarbe egal. Gegen zwanzig Uhr beschlossen sie, Feierabend zu machen und nicht mehr auf das Präsidium zu fahren. Winkler ging eine halbe Stunde spazieren, um müde zu werden. Mitten durch den Sound-Track der Großstadt. Ein Laden am Bahnhof hatte noch auf, und er kaufte sich etwas für das Abendessen. Zu Hause stellte er die Schuhe an die Seite, wusch sich die Hände und zog die Vorhänge vor das Wohnzimmerfenster. Dann ging er in die Küche und goss sich ein Glas Wein ein. Auf einem Teller sortierte er Baguette, Käse und Schinken so hin, wie er es in einem französischen Restaurant gesehen hatte. Nur das Dekogrün ließ er weg. Zufrieden setzte er sich in seinen Lieblingssessel und aß. Nach dem zweiten Glas wurde er schon ruhiger. Irgendwann ging er ins Bett. Zum Duschen war er zu müde. In der Nacht begann es zu regnen.

CEPPAIONA, VIERZIG JAHRE ZUVOR

Alle drei Maschinen waren älter und hochfrisiert, lauter und schneller, als sie sein durften. Die Mopeds holperten durch das Unterholz und scheuchten einige Nachtvögel auf, die ihnen verärgert um die Ohren flatterten. Sie lachten laut auf, wenn sie wieder einmal über einen der großen Steine, die überall herumlagen, fuhren und unsanft landeten. In der Luft lag der Duft von Kräutern und Pinien. Besonders viel Licht hatten sie nicht. Vorne lag der mit der leichteren Fracht, die Reste ihres Picknicks. Die anderen hatten jeweils eines der Mädchen auf dem Gepäckträger. Die Wege waren schmal und uneben und wanden sich in vielen Kurven durch das unwegsame Gelände. Im Strahl der Scheinwerfer tanzten die Mücken.

In dem kleinen Dorf gab es nachts keinen Verkehr, die Welt gehörte ihnen. Mitternacht, sie hörten die Kirchturmuhr schlagen. Die fünf jungen Leute waren alle nicht älter als fünfzehn, sechzehn und hatten nur noch ein, zwei Jahre, bevor die Schule sie ins Leben spie. So spät waren sie noch nie nachts unterwegs gewesen, aber heute war letzter Schultag. Die drei Mopedfahrer fuhren mit überhöhter Geschwindigkeit und genossen die Brise. Die Mädchen klammerten sich eng an sie. Dann kamen sie schon an den Friedhof, der in schwerer Dunkelheit vor ihnen lag, denn der Mond hatte sich hinter einer Wolke versteckt. Die Mädchen kicherten und quietschten, unentschieden zwischen Aufregung und Angst, die Jungs cool, gelassen und nicht minder aufgeregt, denn die Alten des Dorfes sparten nicht mit Geistergeschichten, die alle ihren Ursprung auf diesem Friedhof hatten. Die beiden Mädchen drückten sich noch etwas enger an ihre Fahrer, wenn das überhaupt möglich war. Dann hielten sie die Mopeds an und schalteten die Scheinwerfer aus. Der Mond schickte immer noch nur wenig Licht hinunter auf die Erde. Ein Uhu meldete sich, allen gruselte es. Mit einem seltsamen Gefühl im Rücken betrachteten sie die vielen Grabsteine, die silbrig schimmernd vor ihnen lagen. Eine tiefe Ruhe lag über dem Friedhof, und sie hatten das Gefühl zu stören.

»Los, weiter! Wir wollten doch zur Scheune.«

Die Motoren brummten laut auf. Eines der Mädchen sah ängstlich nach hinten. Hoffentlich hatte der Padre nichts gehört. In der Ferne irgendwo sah man den Streifen des Horizonts. Sie jagten wieder los. Es gab nur wenige Möglichkeiten zu überholen. Langsam vergrößerte sich der Abstand zu seinen beiden Freunden, als auch noch sein Motor zu stottern begann. Er verlor die anderen aus den Augen. Aber er gab den Kampf noch nicht auf. Er würde sie sicher bald einholen. Eine Stimme flüsterte irgendwo in seinem Kopf. Weiter! Weiter! Bald hatte er die Maschine wieder im Griff und wurde immer schneller. Von hinten feuerte ihn das Mädchen an. Die Geschwindigkeit machte ihn unvorsichtig. Die Freiheit war grenzenlos.

Aber im Halbdunkel konnte man nur wenig sehen.

Seine beiden Freunde waren bereits in der Dunkelheit verschwunden, als hinter einer scharfen Biegung urplötzlich von der einen Seite ein weiteres Moped in hoher Geschwindigkeit auf sie zugeschossen kam und mit ihnen zusammenkrachte. Die Fahrt war vorbei. Ein lautes Scheppern, etwas flog durch die Luft. Sein Kopf explodierte, alles wirbelte durcheinander, Bäume, Äste, Arme, Blut. Alle Knochen schmerzten, im Mund ein metallischer Geschmack. Die Mücken umflogen sie in Schwärmen. Die Motoren liefen noch und brummelten und husteten und verstarben dann. Schwarzer Qualm waberte in den Himmel. Abgase vermischten sich mit Staub und Benzingestank. Stille, die Zeit stand. Drei Jugendliche lagen am Boden. *You take me clear to the sky. And all the people around the world can stand aside. For me and my baby,*

Ein wunderschöner Morgen brach heran. In dem wunderschönen Himmel hing nicht eine einzige wunderschöne Wolke. Ungehindert schickte die Sonne ihre wärmenden Strahlen auf Mensch und Tier, auf die grüne Wiese und die bunten Gärten hinunter. Die Blumen dufteten. Tautropfen glitzerten in Spinnennetzen. Marienkäfer drehten erste Runden im Sonnenlicht auf der Suche nach Nahrung. Die Vögel zwitscherten. Die Hunde bellten. Einige Spaziergänger gestatteten ihren vierbeinigen Freunden, die Grünflächen mit unappetitlicher Deko zu zieren.

»Polizeiinspektion Fahrenzburg.«

»Guten Tag, ich möchte eine Ruhestörung melden.«

Oh nein, nicht schon wieder. Böse Vorahnungen bemächtigten sich seiner.

»Name?«

»Manuela Krüger.«

»Gut, Frau Krüger, worum handelt es sich denn?«

»Ja, wissen Sie, wir haben hier seit letztem Samstag einen Zirkus, und die haben Hunde, und die kläffen dauernd.«

»Ja, Hunde kläffen.«

»Aber doch nicht pausenlos, immer, den ganzen Tag. Das ist absolut nervtötend.«

»Haben Sie denn schon mit den Hundebesitzern gesprochen?«

Manuela Krüger zögerte. Ihr Nachbar war gestern vollkommen ausgerastet und hatte die Zirkusleute angebrüllt. Es war in der ganzen Gegend zu hören gewesen. Zählte so etwas als Gespräch? Auf jeden Fall. Deshalb sagte sie:

»Ja.«

»Und?«

»Nichts und. Deswegen rufe ich ja an. Hören Sie das?«

Sie hielt den Hörer Richtung Fenster. Draußen bellte es laut und deutlich. Pferdewiehern. Ein Kamel hustete und knallte mit den Hufen gegen das Metallgitter, um sich dann umständlich hinzulegen. Das war nicht so einfach, denn der Höcker war im Weg. Ein anderes legte sich in aller Gemütsruhe daneben. Kamele scheinen freundliche Tiere zu sein. Sie lächeln viel. Nur selten hört man ein heiseres Röhren oder Schnauben. Meistens kauen sie auf irgendetwas herum.

»Für Ruhestörungen am Tag sind wir aber nicht zuständig. Das ist Sache des Ordnungsamtes.«

»Aber das hat heute zu.«

Die städtische Dienststelle, die die Zuständigkeitsbereiche Standesamt, Ordnungsamt und Altenhilfe verband, hatte mit Personalproblemen zu kämpfen und war nur dienstags bis donnerstags zwischen 10.00 und 12.00 Uhr für den Publikumsverkehr geöffnet.

»Das tut mir leid. Außerdem ist Hundegebell keine Ruhestörung.«

»Aber kann man denn da gar nichts machen?«

»Nein, leider nicht. Damit müssen Sie schon klarkommen.«

Manuela Krüger legte auf und ihr Gesicht in die Hände. Sie begann zu schluchzen.

Die Zirkusleute konnte man grob in drei Gruppen einteilen, Kinder, junge Leute, die arbeiteten, und ältere Erwachsene, die sich im Zeitlupentempo bewegten, weil sie alle ein enormes Gewicht mit sich herumschleppten und eine wenig belastbare Konstitution aufwiesen. Sie gaben die Kommandos.

Die jungen Männer hatten allesamt die gleiche Okuseni-Frisur (oben kurz, seitlich nichts).

Einer sah recht gut aus. Er war vielleicht Anfang zwanzig, hatte blaue Augen, einen braungebrannten Körper, muskulöse Schultern und trug ein T-Shirt ohne Ärmel, so dass die Schlangentattoos auf beiden Armen gut zur Geltung kamen. Er bespaßte angelegentlich die Pferde. Der nächste war ein paar Jahre älter, hager, Ziegenbärtchen, oben nur mit einer Lederweste bekleidet, bunte Oberarme. Ein dritter wirkte relativ dominant, auch er eher dünn und drahtig, deutlich kleiner und

weniger freundlich blickend, schwarze Augen, dunkler Teint, südländisch. Um den Hals hingen ein paar billige Ketten mit Totenkopfanhängern. Er würgte, hustete und spie etwas Schleimartiges aus. Er hielt den Kopf gesenkt, als er sprach.
»Habt ihr den bemerkt?«
Die anderen beiden nickten und zogen an ihren Zigaretten.

Angeödet setzte sich Johannes Winkler an seinen Schreibtisch und starrte auf die Stapel, die vor ihm lagen, Akten, Berichte, Korrespondenz, Anfragen. An einer der Wände hing der neue Wochenplan, vollgestopft mit Terminen. Im Flur war fröhliches Pfeifen zu hören. Die Tür ging auf. Sofort wallte ihm eine wunderbare Duftwolke entgegen. Philip kam herein, mit zwei Bechern Kaffee in den Händen und der Zeitung unter dem Arm.
»Du willst es gar nicht wissen«,
grinste er seinen Chef an und reichte ihm erst einen der Becher, dann die Zeitung. Dankbar nahm Winkler den ersten Schluck Kaffee des Tages und fühlte sich gleich ein wenig besser. Aufgrund irgendeiner nur metaphysisch zu erklärenden Gesetzmäßigkeit sind Montage die schlimmsten Tage der Woche. Er schloss die Augen, um die drohende Schockwelle hinauszuzögern. Kurz dachte er an das kommende Wochenende, vielleicht mit Fußball, vielleicht mit Ausschlafen, vielleicht auch nur ein bisschen Ruhe. Vorsichtshalber und immer noch mit geschlossenen Augen nippte er gleich noch einmal an der Tasse. Dabei verbrannte er sich nicht nur die Oberlippe, sondern schwepperte auch noch eine Ladung Kaffee auf die Zeitung.
»Sch...«
In Sekundenbruchteilen wurde er jäh zurück in die Realität gerissen.
»Titelseite«,
half Pfeifer aus. Das sah er selbst.

Fahrenzburg – das neue Los Angeles
Fahrenzburg, 3. Juli
Schon wieder ein Mord! Innerhalb kürzester Zeit! Eine blutige
Leiche, brutal ermordet. Einer der Polizisten wurde gehört, wie
er einen schockierenden Vergleich zog. »Bei uns geht es zu wie
in LA.« (Weiter auf S. 3).

Woher kannten diese Medienheinis sich nur so gut aus? Und
wer würde sowas sagen? Keiner, da war sich Winkler sicher.
Alles pure Phantasie. Naja, fast alles. Außerdem kann man
eine Leiche nicht ermorden. Um den Frust hinauszuzögern, las
er den zweitwichtigsten Artikel des Tages. Die bayerischen Ermittler verfolgten mittlerweile eine neue Spur. Offenbar gab es
eine Gruppierung, die Blasmusik als Verbrechen gegen die
Menschlichkeit anerkannt haben wollte. Sie bereiteten einen
Volksentscheid vor, zu dem sich Puder in nicht vorteilhafter
Weise geäußert hatte und so in das demokratische Verfahren
eingriff. Jedenfalls waren die zwei führenden Köpfe verhaftet
und verhört worden, weil sie Drohungen gegen ihn ausgestoßen hatten. Außerdem war in seiner Garage in der vorange-
gangenen Nacht Feuer gelegt worden. Es handelte sich offenbar um eine Splittergruppe der Fraktion zur Erhaltung der
bayerischen Volksgesundheit, die massiv für die Rechte der
Bauern und höhere Preise für Schweinefleisch eintrat. Hier
wurde es kompliziert, weil der Bund bayerischer Hausfrauen
für niedrigere Preise warb. Die Volksentscheidbefürworter
fanden innerhalb der eigenen Partei wenig Anklang, so dass
ein Streit ausgebrochen war, inwiefern die abschätzigen Äuße-
rungen des Ministerpräsidenten zwar zuungunsten der Volksentscheidbefürworter, aber doch im Endeffekt zugunsten der
Schweinepartei zu interpretieren sei. Sicherheitshalber hatte
man den Anschlag öffentlich verurteilt und sich von den An-
sichten der inhaftierten Kollegen distanziert.
»Kommst du?«
fragte Philip Pfeifer gut gelaunt. Ach ja, die Teamsitzung.

»So, liebe Leute, wir haben mittlerweile drei Tote. Einmal Noni Otto, fünfundzwanzig Jahre alt, Studentin der Theologie, offenbar erschlagen, dann Egon Klein, fünfundvierzig Jahre alt, Bauarbeiter, erstickt, Todesumstände noch unentschieden, und jetzt ganz frisch Klaus Möller, achtundfünfzig, Professor der Theologie. Die Rechtsmedizin meint, dass man ihm zwar mit einem Ast eins aufs Haupt gegeben hat, dass er aber wohl erstickt ist.«

»Wir müssten jetzt noch einmal zur Uni und die Leute befragen.«

»Ok, die Kollegen von der Streife sollen euch unterstützen.«

Winkler warf einen Blick auf seine Armbanduhr, halb elf. Die Teamsitzung war beendet.

***

Ungefähr eine halbe Stunde würden sie brauchen, schätzte Meier. Er und Meyerle setzten sich in den Wagen. Heute war es ausnahmsweise einmal nicht so klar, und es ging ein ziemlicher Wind. Blätter flogen durch die Luft. Ein Eichhörnchen rannte zackig über die Straße. Sie fuhren durch die Straßen, auf denen immer noch einige Autos und Fußgänger unterwegs waren, und diskutierten über die Nachhaltigkeit von Entspannungsübungen, als Meyerle aufschrie.

»Stopp!«

Meier haute auf die Bremse.

»Mann, spinnst du?«

»Da war was.«

»Was denn?«

»Ein Tier.«

Meyerle stieg aus. Mit seinem Handy beleuchtete er ein geplättetes Stück Fell, das hinter ihnen auf dem Asphalt klebte. Er kniete sich nieder.

»Zu spät«,

murmelte er und stieg wieder ins Auto. Die Stimmung war hin. Einige Minuten später suchten sie einen Parkplatz wenige Gehminuten entfernt von dem Gebäude. Es lag dunkel in der Nacht. Aus einem Fenster schimmerte etwas Licht. Sie mussten vorsichtig sein.

»Bist du soweit?«

Meyerle schluckte und nickte tapfer. Sein Puls war jetzt schon am Anschlag. Auch Meier war nervös. Er holte tief Luft.

»Also los!«

Vor dem Eingang standen rechts und links zwei Kübel mit Sommerblumen. Meier spähte durch eines der Fenster, aber er konnte nichts erkennen. Die Pizzeria war offiziell nicht geöffnet. Meyerle probierte die Türe. Ohne Probleme bekamen sie das Schloss auf. Meier und Meyerle gingen vorsichtig hinein. Die Stühle waren umgekehrt auf den Tischen verteilt, es roch wie frisch gewischt. Im Nebenzimmer unterhielten sich einige Männer. Die Tür stand einen Spalt auf, aber ein schwerer Samtvorhang von undefinierbarer Farbe hing ihnen im Weg. Meier sah seitlich an ihm vorbei. In diesem Raum stand die Luft vor lauter Zigarren- und Zigarettenqualm. Drei dunkelhaarige Typen lümmelten auf Stühlen herum. Alle hatten Bierflaschen vor sich stehen. Die Aschenbecher quollen über. Offenbar diskutierten sie über die Zeitung, die geöffnet auf einem der Tische lag. Mit wachsamen und ernsten Blicken unterhielten sie sich und gestikulierten dabei wild. Immer wieder zeigten sie auf die Zeitung. Die beiden Journalisten wandten sich vom Nebenzimmer ab und sahen sich noch etwas um, bis sie eine weitere Tür entdeckten. Misstrauisch machte Meier auf und sah eine Treppe.

»Lass uns mal runter gehen.«

Von unten hörten sie Stimmen. Meyerles Bauchgefühl meldete sich in aller Heftigkeit und informierte ihn über den aktuellen Panikstand. Es schickte seine Botschaft über sämtliche Neuronen des Körpers bis hin zu Gehirn und Beinen. Sie blieben stehen.

»Nein, bist du verrückt.«

Meier schlich hinunter, bis er vor einer Tür stoppte, die nur angelehnt war. Er schaute vorsichtig hinein. Mehrere südländisch anmutende Typen drückten sich im Hintergrund herum. Alle trugen weiße Hemden und dunkle Anzüge, viel zu warm für das Wetter. Drei von ihnen spielten Karten, andere blätterten in Magazinen oder scrollten auf den Handys. Einer hatte das Gesicht voller Narben und zuckte dauernd mit dem einen Auge. Einige unterhielten sich gedämpft mit ernsten Gesichtern und wachsamen Augen. Ganz hinten saß jemand an der Theke und rauchte, vor sich eine Zeitung und eine kleine Tasse. Ein weiterer Mann stand hinter der Theke und spülte Gläser, auch er rauchte. Meier ging rückwärts und stieß mit Meyerle zusammen.

»Zu gefährlich.«

Sie standen im dunklen Flur. Es drang kaum Licht von oben zu ihnen hinunter. Schnell fanden sie noch eine Tür. Sie lauschten, aber außer ihnen schien sich niemand mehr hier aufzuhalten. Meier drückte ganz langsam die Klinke hinunter. Es war nicht abgeschlossen. Er linste hinein. Bei der trüben Beleuchtung sahen die Konturen im Raum unheimlich aus. Aber schnell wusste Meier Bescheid. Enttäuscht zog er seinen Kopf wieder zurück, ein Lagerraum mit Essensvorräten. Daneben befand sich ein Abstellraum mit Reinigungsutensilien, Eimer, Schrubber, Staubsauger, Besen, Wischmopps, Putzmittel. Sie horchten, aber alles blieb still. Bei der nächsten Tür hatte Meier mehr Glück. Offenbar ein Büro und niemand da. Er lächelte seinem Kollegen triumphierend zu, zog ihn mit hinein und schloss hinter ihm die Tür. Dann knipste er das Licht an. Links stand ein Schreibtisch mit Schreibtischstuhl, an allen übrigen Wänden Aktenschränke. In der Ecke blinkte ein Drucker, weil Papier nachzufüllen war. Das Parkett bestand aus dunklem Holz. Der dicke Teppich dämpfte jeden Schritt. Geschmacklose, protzige Polstermöbel mit dunklem Leder weiter vorn.

Schwere Lampen, die antik aussahen, aus einem gelblich-grünen Metall. Auf dem Marmortischchen Gläser und eine Whisky-Flasche. Der Raum war groß. Meyerle war kurz vor dem Umkippen, er hatte schon länger nicht mehr geatmet. Meier ging umher und sah sich um.

»Los, such mit!«

»Nein.«

In den Augen des Fotografen stand das nackte Grauen.

»Dann pass auf, dass keiner kommt!«

Meyerle stellte sich draußen vor die Tür und positionierte sich so, dass er Treppe und Flur im Auge behalten konnte. Sein Puls knallte ihm um die Ohren. Fast platzte die Halsschlagader. Aber momentan war alles ruhig.

Der Schreibtischstuhl ließ sich leicht wegrollen. Meier öffnete alle Fächer und Schubläden des Schreibtisches. In einer fand er eine schwarze Mappe, die ziemlich dick war. Er löste das Gummi, das sie zusammenhielt, und verteilte den Inhalt auf dem Tisch. Fotos, Notizen, Formulare, Computerausdrucke, Karten, Umschläge. Aha, wohl so eine Art Dossier mit Angaben zu Geburtstagen und -orten, ausgedruckten Mails und Fotos. Ein junger Mann, als er in einem Café saß, aus dem Haus kam, aus dem Auto stieg, eine Bar betrat, eine Liste mit Freizeitaktivitäten, Adressen von Freunden, keine Familienangehörigen, Fitness-Club, Lebenslauf, Arbeitsplatz, mehr Fotos, privat und geschäftlich. Bei einigen waren Ausschnitte vergrößert. Eine andere Akte mit ähnlichen Informationen, nun eine junge Frau, eine dritte von einem Mann im Alter von einundvierzig Jahren. Ein Foto zeigte ihn vor einem Porsche, auf dem Foto hinten stand »geschieden?«. Eine vierte von einer Frau mittleren Alters, die in einer Bank arbeitete, in ein Fitness-Studio ging, sich mit Leuten traf.

Meier fotografierte alles mit dem Handy. Dann drückte er auf eine der Tasten des Keyboards. Der Bildschirm leuchtete auf. Draußen war Meyerle schlecht vor Angst. Er hing mit einem

Ohr an der Tür, während er das Dunkel vor ihm im Auge behielt.

Die Benutzeroberfläche war nicht besonders voll. Meier rief das Hauptmenü des Systems auf und fand ein Register. Er öffnete eine Datei nach der anderen und überflog sie. Lange war nur das Klicken der Tastatur zu hören. Eigenartig. Besonders viele waren es nicht. Nachdenklich betrachtete er den Bildschirm. Etwas stimmte hier nicht. Er lud alles, was er finden konnte, auf seinen USB-Stick, um sich das später in Ruhe anzusehen. Dann schlich er sich aus dem Raum und die Treppe hoch. Meyerle kam schweißgebadet hinterher. Sein Herz raste, und sein Gesicht war grau. Wahrscheinlich hatte er in den letzten paar Minuten auch noch an Gewicht verloren. Leicht schwankend folgte er Meier hinaus.

»Du musst wirklich an deinen Nerven arbeiten. Hast du was Vernünftiges aufnehmen können?«

Meyerle lag halb auf dem Beifahrersitz, mit der rechten Hand hielt er sich sein Herz. Sie fuhren zurück zur Redaktion.

»Es gibt Übungen, weißt du?«

»Ach ja?«

»Na, zum Beispiel kann man sich gerade hinstellen und die Fäuste in die Hüften stemmen. Mach doch mal!«

»Wie jetzt, ist doch viel zu eng hier.«

»Nein, du bist zu dick.«

»Vielen Dank auch.«

»Also mach schon, das geht auch im Sitzen. Los!«

Meyerle schnaufte und murmelte:

»So ein Blödsinn.«

»Nein, überhaupt nicht. Setz dich gerade auf und stemme die Fäuste in die Hüften! Dann wirst du stabiler, größer, breiter und?«

»Was und?«

»Das macht dich auch emotional größer und beruhigt.«

Meyerle legte die Kamera auf den Boden zwischen die Füße und setzte sich gerade hin. Dann hob er erst den rechten Arm etwas an und stützte die Hand auf die Hüfte. Der Ellenbogen blieb am Türrahmen hängen.

»Oh Mann, ich hab Rücken.«

Meier tat, als ob er nichts gehört hatte. Verärgert nahm Meyerle nun den linken Arm. Zu dieser Seite hin war mehr Platz. Leider musste Meier plötzlich bremsen. Beide schossen kurz nach vorn, dann wieder zurück, Meyerles Ellenbogen traf ein Ohr. Er brach die Übung ab.

In der Redaktion machte sich Meier gleich daran, sich die Dateien genauer anzusehen und war erstaunt, dass es alles langweilige Abrechnungen und Briefe waren. Enttäuscht scrollte er rauf und runter. Er hatte wesentlich mehr erwartet als dieses belanglose Zeug. Die Typen hatten mehr nach krummen Geschäften ausgesehen. Langsam fielen ihm die Augen zu. Er bekam eindeutig zu wenig Schlaf in letzter Zeit. Meier angelte sich seine letzte Packung Amphetamine zwischen den Notizen hervor. Er war körperlich und mental ziemlich am Boden. Zusätzlich zu den Nachtschichten schlief er auch noch schlecht. Mehr als zwei, drei Stunden kamen nicht zusammen. Den Abstecher bei der Polizei verschob er auf die nächste Nacht.

***

»Eins zwo eins zwo.«

Manuela Krüger fiel vor Schreck der Teller aus der Hand. Er krachte scheppernd auf den Boden, während sie sich beide Hände schützend an die Ohren hielt. Ein Dröhnen erfüllte die Wiese. Alle Fensterscheiben der umliegenden Häuser vibrierten und begannen schließlich zu klirren. Das Dröhnen schwoll immer mehr an. Auf die Ohren der Anwohner legte sich ein seltsamer Druck, und ihre Herzen begannen zu rasen. Die Ohren pfiffen und klingelten. Das Dröhnen wurde immer lauter.

»Eins zwo eins zwo.«

Sound-Check im Zirkuszelt.

Ein schöner Tag. Strahlend blauer Himmel, weiße Wattewölk-chen, leichte, angenehme Brise.

»Ja.«

»Guten Tag, spreche ich mit dem Ordnungsamt?«

»Nein, Standesamt.«

»Oh, ich dachte, ich hätte die Nummer vom Ordnungsamt ge-wählt.«

»Das ist die gleiche.«

»Oh, äh, könnte ich vielleicht mit jemandem vom Ordnungs-amt sprechen?«

»Einen Moment.«

Mehrere Minuten vergingen, dann kam eine Stimme vom an-deren Ende der Leitung.

»Ja? Ordnungsamt?«

»Guten Tag, bin ich richtig bei Ihnen wegen Krach?«

Ein Stöhnen war die Antwort.

»Ja.«

Der Herr wusste schon Bescheid. Sie war nicht die erste, die anrief.

»Tja, viel tun können wir da nicht. Aber wir wollten sowieso einmal vorbeifahren und uns das selbst ansehen.«

Immerhin.

Die Hitze war schwül und schwer zu ertragen. Die Brise hatte fertiggebrist, und alles klebte. Kein Lüftchen regte sich. Frauen schrien ihre Kinder an, Kinder ihre Hunde, Männer ihre Frauen, die schrien zurück. Ergänzend zur Lärmbelästigung wurden nun auch Hygienebedenken laut. Hinter dem halben Zelt türmten sich Müll und Pferdeäpfel. Die Kamele hatten Durchfall. Die Zirkuskinder urinierten auf der Wiese, zumin-dest stand zu hoffen, dass sie nicht mehr taten.

Wie würde es erst werden, wenn die Vorstellungen begannen?

Winkler kam schon vor sieben ins Büro und machte sich gleich an die Arbeit. Es gab neue ungelesene Post, neue Berichte, neue Mails, Verwaltungspapierkram. Er sortierte sich das alles erst einmal vor. Einiges würde Philip Pfeifer erledigen können. Dann machte er sich an das Durcharbeiten des Unvermeidbaren und war dadurch wenigstens etwas von seinen Gedanken zu den aktuellen Fällen abgelenkt. Aus den anderen Zimmern hörte man das Klappern der Tastaturen. Als Philip kam, betrachteten sie gemeinsam die große Karte von Fahrenzburg und Umgebung, die eine komplette Wand einnahm und etwas buckelte, weil sie sie über die anderen Plakate gehängt hatten. Die Orte der drei Totenfunde waren mit roten Pinnies markiert und lagen nicht weit auseinander.

Keiner der Toten war vorbestraft. Von den sechs Studentinnen, die mit dem Professor zu tun hatten, waren zum Zeitpunkt des Todes von Möller drei unterwegs gewesen, je mit Zeugen, aber Melanie Schmied (brünett) und Lara Schmitt (blond, gefärbt) waren angeblich zu Hause, um zu lernen. Allein. Die Rothaarige, Yvette Krüger, war tatsächlich mit Möller essen gewesen, in der Pizzeria Pizza Perfetta, bis etwa halb neun geblieben und dann nach Hause gegangen. Dafür hatte sie ebenfalls keine Zeugen. Die Leute, die um den Fundort des dritten Toten herum wohnten, hatten alle nichts mitbekommen. Sie verwiesen auf einen besonders spannenden Kriminalfilm im Fernsehen. Dass man sich in den Zeiten von Streaming und Mediathek noch das Programm diktieren ließ, war Pfeifer ein Rätsel.

»Frau Schmied ist recht sympathisch, findest du nicht?« fragte Pfeifer und blickte sinnend ins Leere. Winkler nickte.

»Die Rote auch, aber diese Lara, ich weiß nicht.«

Sie mochten sie nicht, konnten aber nicht genau sagen, warum.

»Sie hat gelogen«,

meinte Pfeifer.

»Ja, aber Melanie Schmied auch.«

»Naja, vielleicht haben die beiden sich wirklich nur über Fachliches unterhalten.«

»Bei einem Date, beim Essen?«

»Andererseits haben wir nur die Aussage von Frau Hohlmer, dass die beiden den Professor in der Pizzeria getroffen haben. Wir sollten uns dort einmal umhören.«

Die Polizisten rührten in ihren jeweiligen Kaffeetassen herum und dachten schweigend nach.

»Steht wieder was in der Zeitung?«

Nein, nichts, zumindest nichts zu den Fällen in Fahrenzburg. Seltsam. Aber es gab einen Artikel zu dem Anschlag in Bayern. Nachdem kurz gegen die Splittergruppe XESC, die sich für den Boykott des Eurovision-Contest stark machte, ermittelt wurde, stand nach neusten Erkenntnissen aktuell der BIER Club, Bayerische Insekten Ehrenrettung, im Fokus der Ermittlungen. Sie hatten schon seit Langem Auseinandersetzungen mit der Bayerischen Staatsregierung gehabt.

»Was hältst du denn von der Mafia-These?«

Die Aktivitäten des Romano-Clans blieben im Rahmen, soweit sie wussten. Das war die größte Familie der Gegend.

»Was sollen die denn mit diesem Professor zu tun haben?«

Eben. Die Polizei wusste sehr gut, dass Marco Romano, der mit Frau und zwei Kindern im Alter von siebzehn und achtzehn Jahren in der teuersten Gegend von Fahrenzburg wohnte, zwar mit seinem Export-Import-Geschäft verdächtig gut verdiente, aber kriminelle Aktivitäten konnten sie ihm nicht nachweisen. Das Unternehmen wurde immer einmal wieder von der Polizei beobachtet. Es bestand fast nur aus Familienmitgliedern. Allein das war schon verdächtig. Aber offiziell gab es keine Mafia in Fahrenzburg.

»Sollen wir da mal vorbeigehen?«

Winkler wusste, dass das nichts bringen würde. Egal, was er tat, wenn er denn etwas Illegales tat, Marco war viel zu geschickt, um sich erwischen zu lassen. Sein Vater hatte die Firma aufgebaut. Marco übernahm nach seinem BWL-Studium eine Leitungsposition und führte das Unternehmen seit einigen Jahren allein. Sein Vater konzentrierte sich auf einen Nebenzweig. Sie hatten Verbindungen nicht nur nach

Italien und Spanien, sondern auch in die osteuropäischen Länder. Aber die Papiere und Bücher waren in Ordnung, wenn sie kontrolliert wurden. Alles sauber, so wie es aussah.

Zu Hause saß Marco Romano auf einer weißen Bank unter einer alten Eiche im Garten seiner Villa und rauchte. Das Anwesen lag östlich des Flusses in einem der besten Viertel Fahrenzburgs. Wenn man vom Ortszentrum aus erst einmal an den üblichen Touristenläden, Cafés und Hotels vorbei war, wurden die Lokale altmodischer und die Geschäfte solider. Es folgten ältere Fabrikgebäude, bis die Gegend dann richtig teuer wurde. Hier fand man zahlreiche prachtvolle, villenartige Bauten, viele um die letzte Jahrhundertwende herum entstanden, mit altem Baumbestand, viele pseudoviktorianisch und liebevoll restauriert. Einige ließen mit den mit Säulen verzierten Veranden und Eingangsbereichen und den spitzbogigen Fenstern vergangene Stilrichtungen erkennen.

Marco Romano betrachtete versonnen den gepflegten, parkähnlichen Garten und versuchte, in der ruhigen Phase zwischen Frühstück und morgendlicher Sommerhitze einen klaren Gedanken zu fassen. Büsche und Sträucher waren sorgfältig geschnitten, in den Beeten blühten bunt die Sommerblumen. Die Vögel zwitscherten, irgendwo plätscherte ein Brunnen. Angestrengt überlegte er, was zu tun war. Der fünfzigjährige schlanke, sportliche Mann war zwar in Deutschland geboren und aufgewachsen, kam aber mit den hohen Temperaturen gut zurecht. Seine Familie stammte aus einem größeren Ort in der Nähe von Neapel und war kurz vor seiner Geburt zunächst nach Hamburg, dann nach Fahrenzburg gekommen. Heute erwartete er Enrico. Der gebürtige Italiener und er hatten sich die letzten Tage bereits täglich per Telefon abgestimmt. Enrico war einer seiner zuverlässigsten Mitarbeiter mit scharfem Verstand und genauso scharfen Augen. Als sein Handy gegen sieben Uhr morgens geklingelt hatte, hatte Marco zunächst verärgert auf die Uhr geschaut, war dann aber drangegangen, als er sah, wer am anderen Ende war. Die Gerüchte verbreiteten sich schnell, beunruhigend schnell.

Gerade kam Enrico. Lässig schlenderte er zur Bank und setzte sich neben Marco. Einige Minuten lang rauchten die beiden schweigend und lauschten der Natur. Ein distanziert-abgeklärtes, souveränes Auftreten gehörte zum Verhaltenscodex und das bereits lange, bevor amerikanische Jugendliche *cool* für ihre phlegmatische, energielose Lebenseinstellung erfanden. Tatsächlich hatten es, wie übrigens auch die Pizza, die ebenfalls nicht in Amerika erfunden worden war, bereits viele Generationen an Italienern in gewissen Kreisen bis zur Perfektion beherrscht, bevor sie es mit den Auswanderern in alle Welt brachten. Rein äußerlich sehr entspannt wartete Marco, bis Enrico das Wort ergreifen würde. Dieser tat dasselbe. Nach einer Viertelstunde intensiven Schweigens kam allerdings Marina Romano hinaus in den Garten, um sich zu erkundigen, ob der Gast eventuell einen Espresso wolle. Gezwungenermaßen antwortete Enrico und brach somit das Schweigen. Zufrieden rauchte Marco seine dritte Zigarette fertig.

»Ich war da. So, wie du wolltest.«

»Und?«

»Ich habe nichts Besonderes feststellen können. Alles in Ordnung.«

Enrico wusste, dass er erst einmal die Pflichtthemen abarbeiten musste, bevor er zu seinem eigentlichen Problem kam. Augenkontakt war nicht erwünscht, direkte, klare Ansagen nur, wenn es keine weiteren Zeugen gab. Die beiden erörterten in aller Ruhe den Stand, bis Marco irgendwann auf die Uhr sah und damit das Ende der Unterhaltung ankündigte. Er hatte nicht das Erhoffte gehört. Beide waren fertig mit sämtlichen Zigaretten, und Marco glättete sich das dunkelblaue Seidenoberhemd, ein untrügliches Zeichen für den Abschluss, als Enrico noch schnell etwas nachschob.

»Aber ich finde, die behandeln die Tiere nicht korrekt.«

Darauf erwiderte Marco nichts. Er interessierte sich nicht für Tiere.

»Ich würde gern etwas tun.«

Marco antwortete immer noch nicht, und Enrico fasste das als Einverständnis auf. Man verabschiedete sich.

Beim Mittagessen in der Kantine schimpfte Meier laut vor sich hin. Neben den Leuten von den Fahrenzburger Nachrichten kamen auch die Angestellten einer großen Bank und einer Versicherung hierher, um mittags etwas Warmes zu essen. Zwischen halb zwölf und eins bot die Küche drei einfache Mahlzeiten an.

»Die Gangster sind auch nicht mehr das, was sie mal waren.«

Meier begann ein Tische übergreifendes Gespräch. Er tunkte die restliche Mayonnaise mit einem Brötchen auf. Es war bereits kurz nach eins, und langsam leerte sich der Raum wieder etwas. Die meisten seiner Kollegen hatten ohnehin keine festen Essenszeiten. Von daher gab es rund um die Uhr Kaffee und zumindest belegte Brötchen und Gebäck im Selbstbedienungsbereich.

»Wieso?«

Am Nebentisch saßen drei Männer zwischen dreißig und vierzig, die fast fertig waren. Currywurst mit Pommes, nur noch etwas Ketchup war übrig.

»Na, ich hätte schwören können, dass die was am Laufen haben. Aber die Dateien, die ich mir kopiert habe, waren alles nur ganz normale Dateien, nichts Besonderes.«

»Vielleicht hast du nur nicht richtig gesucht«,

warf einer der drei wenig hilfreich ein.

»Ich habe alles, was es gab, kopiert. Viel war es nicht.«

»War der Computer denn so neu?«

»Nein.«

»Wieso war es dann so wenig?«

»Keine Ahnung. Ich habe mich auch gewundert.«

»Hast du nachgesehen, wieviel Speicherplatz benutzt war?«

Einer der drei war für die IT in der Redaktion zuständig.

»Ja, und es war nicht mehr viel übrig.«

»Das geht nicht.«

»Doch.«

»Dann hast du wohl die versteckten Dateien nicht erwischt.«

Meier richtete einen fragenden Blick zum Nachbartisch. Der Kollege streckte sich und stand auf. Er nahm das Tablett mit dem Geschirr und trank den letzten Rest Cola im Stehen.

»Man kann Dateien so abspeichern, dass sie nicht in den Verzeichnissen erscheinen.«

Meier richtete einen erstaunten Blick zum Nachbartisch.

»Und?«

»Und natürlich gibt es Programme, die solche Dateien finden können.«

Meier wartete alarmiert und mit offenem Mund.

»Und natürlich habe ich solch ein Programm.«

Grinsend verließ der ITler mit seinen beiden Kollegen den Tisch.

»Kann ich das mal haben?«

»Klar. Ich gebe dir nachher den Stick mit dem Programm.«

Sie saßen in einer kleinen Pizzeria in der Nähe des Romano-Anwesens. Eine Turmuhr schlug einmal. Die Hitze hatte noch nicht ganz ihren Höhepunkt erreicht. Aber im Restaurant herrschte dank der Klimaanlage und des Zimmerbrunnens eine erträgliche Raumgesamtsituation. Die quadratischen Tische waren hübsch gedeckt mit cremefarbenen Decken und passenden Stoffservietten. In der Mitte stand jeweils eine weiße Kerze, farblich-atmosphärisch ansprechend. Hinter dem Tresen bediente einer der Kellner voller Stolz die Espressomaschine von Caprista EQ999 TQ909D07, App-Steuerung, Full-Touch-Display und Aroma-Boost aus Edelstahl. Alle Parameter der Kaffeeherstellung ließen sich einzeln festlegen, und man musste sich sehr gut auskennen, um die Maschine perfekt bedienen zu können. Außer dem Chef durfte auch nur ein einziger Kellner die Caprista berühren, Reinigung inbegriffen.

»Oh nein!«

»Was?«

»Da brennen ja überall Kerzen.«

»Ja und?«

»Das sind Wärmequellen, und das bei der Hitze!«

Enrico und Carlo waren auch schon da.

»Hey!«

Mit einer weitschweifigen Armbewegung machte der Mann im teuren Anzug auf sich aufmerksam. Am Armgelenk glitzerte eine Rolex. Sofort kam ein Kellner.

»Und Sie sind?«

Der Kellner verbeugte sich und sagte:

»Adrian.«

»Sehr gut, Adrian. Adriano. Haben Sie eine Weinempfehlung für mich?«

Adrian verbeugte sich erneut und sagte.

»Aber natürlich. Wir hätten da zum Beispiel einen ganz ausgezeichneten Barolo.«

»Einen Barolo? Wunderbar. Welchen?«

»Einen Filletto Vegna Le Rocche.«

»Wunderbar, bringen Sie uns doch eine Flasche.«

»Sehr gern.«

Wie alt mochte er wohl sein? So um die sechzig? Adrian war gar nicht wohl, als er in das Gesicht von Stefano Salvatore Soc blickte. Kurz geschnittene, schwarz-weiß-pfefferige Haare, Lachfältchen um Augen- und Mundpartien und eisblaue Augen. Und die sahen äußerst gefährlich aus, wie sie die Umgebung musterten. Adrian entfernte sich mit gebeugtem Oberkörper, so dass man seine Mimik, die seine Meinung zu dem Herrn deutlich machte, nicht sehen konnte.

»Und wie sind die Pasta?«

»Die Pasta alla norma sind zu empfehlen«,

sagte Marco, weil der Kellner noch nicht wiedergekommen war.

»Machen die hier Reklame für Supermarktketten?«

flüsterte Carlo Enrico ins Ohr und erntete einen bösen Blick von Marco Romano. Stefano Salvatore Soc hatte Gott sei Dank nichts gehört.

»Quatsch, das ist irgend so ein Musikstück oder so, was mit Singen. Sei besser still jetzt.«

Carlo schluckte die Antwort hinunter. Der massige, musku-löse Mann war nur auf Bitten des Gastgebers dabei. Mit kör-perlicher Gewalt hatte er absolut keine Probleme, aber hirn-technisch, naja. Es wurde gemunkelt, dass er irgendwie mit Soc verwandt sein könnte. Marco passte das überhaupt nicht. Carlo schwieg also und studierte die Speisekarte. Seine Klei-dung saß wie üblich schlecht, während Enrico die nicht ganz so breiten Schultern in gut geschnittenen Designeranzügen versteckte, die durch teure Hemden, Krawatten und Schuhe ergänzt wurden, falls es einen Anlass dazu gab. So wie heute.

»Nein danke, ich mag keine Auberginen. Lieber etwas mit Feuer«,

sagte Soc mit angenehm tiefer Stimme. Adrian kam mit den Gläsern und dem Wein. Er zeigte Soc das Etikett. Der nickte zufrieden und setzte sich schweigend auf seinem Stuhl zu-recht. Der Kellner öffnete die Flasche und ließ Soc am Korken riechen. Er wartete einige Sekunden, bevor er einen kleinen Schluck in ein Glas gab und es Soc anbot. Der nippte. Er schloss die Augen und konzentrierte sich.

»Dann könnten Ihnen die Pasta alla vesuviana schmecken«,

schlug Adrian vor.

»Gut, aber ohne Kapern.«

Was die Sauce dann in Richtung Tomatensauce degradierte, aber bitte.

»Ist der Wein recht?«

Salvatore hielt das Glas gegen das Licht, schwenkte den Inhalt ein paar Mal im Kreis herum ohne zu kleckern und sah, dass die Flüssigkeit in kleinen Bögen am Glasrand stehen blieb, bevor sie zurücksank. Er hob das Glas noch etwas höher. Der Wein funkelte rubinrot in den Sonnenstrahlen, die sich einen Weg durch die sauber geputzten Fenster stahlen. Dann schnupperte Soc und nahm mit spitzen Lippen einen weiteren sehr kleinen Schluck, den er zunächst etwas auf der Zungenoberfläche verteilte, dann geräuscharm um die Zunge kreiste, bis er ihn ganz langsam in den Hals laufen ließ. Gebannt sahen ihm die anderen zu. Der Moment entschied über den weiteren Verlauf des Tages.

»Ja danke.«

Adrian schenkte jedem einen zentimeterhohen Schluck Wein ein und entfernte sich. Sie warteten. Die erste Schweigerunde begann. Dank der aktuellen Rauchverbotsgepflogenheiten wurde das immer zäher. Carlo sah versonnen im Raum umher, bis sein Blick an der Kaffeemaschine hängen blieb. Bevor er noch etwas Dummes sagen konnte, legte Enrico ihm die Hand auf den Arm und schüttelte fast unmerklich den Kopf.

»So, meine Herren. Was wissen diese Schreiberlinge nun?«

Als alles geklärt war, sagte Marco:

»Ok, aber wir machen es auf meine Art.«

Alle hoben ihr Glas und tranken sich zu zum Zeichen des Einverständnisses.

***

In der Nacht gingen einige lokale Gewitter über der Stadt nieder. Ein angenehmer Wind blies durch die Straßen. In den Pfützen spiegelte sich die Morgensonne. Winkler stand kurz vor sechs Uhr auf, duschte, rasierte sich, zog sich an und frühstückte aus Zeitgründen nicht, wieder einmal. Er fuhr zum Präsidium.

Die Bewohner rund um die Wiese in der Mitte des kleinen Vorortes wurden morgens durch lautes Hundegebell wach. Die

Beschwerden hatten Erfolg gehabt, und die Hunde waren in der Kernnachtzeit ruhig geblieben. Offenbar achteten die Besitzer strikt auf Einhaltung der Ruhezeiten, denn gestern Abend hatte das Gekläffe pünktlich um zehn Uhr aufgehört, und Punkt sechs heute morgen ging es erneut los. Familie Kasuppke war ein kleiner Junge zugelaufen, ein wirklich netter Kerl, den sie ab und an fütterten. Sie brachten auch zuweilen den Tieren einen Eimer Wasser. Die Kamele auf der Wiese grinsten. Manchmal husteten sie auch. Die Sonne brannte bereits heftig.

»Ich halte das nicht mehr aus!«

Er tobte türenknallend durch das ganze Haus. Dann war es ganz plötzlich erschreckend ruhig. In dem Vorort mit dem Zirkus gab es einen ersten Herzinfarkt. Aber ob er der heftigen Hitze oder dem Lärm geschuldet war, konnte abschließend nicht geklärt werden.

Meyerle sah zur Decke hinauf. Wo kamen bloß die vielen Fliegen her? Alle Fenster waren doch zu. Dann entdeckte er das Loch. Es war ziemlich klein, aber es kroch eine Fliege nach der anderen heraus. Er nahm sich einen Stuhl, um sich die Sache näher anzusehen. Vorsichtig berührte er mit einem Finger den Rand, aber das Loch bröckelte auf, und eine platt gefahrene Ratte kam heraus. Noch eine. Voller Panik flüchtete er aus der Wohnung, um den Hausmeister zu suchen. Der weigerte sich aber, etwas zu unternehmen und zeigte stattdessen auf die Balkone. Sie waren voller verbogener Regale und Satellitenschüsseln. In der Anlage vor dem Wohnhaus stapelten sich zerstörte Büsche und Bäume. Von einem Unwetter hatte er gar nichts mitbekommen, Meyerle konnte sich das nicht erklären. Jedenfalls hatte das Priorität, so der Hausmeister. Meyerle traute sich nicht zurück in die Wohnung. Er ekelte sich. Dann wachte er schweißgebadet auf. Schon als Kind träumte er immer furchtbaren Blödsinn, aber das hier war bestimmt ein böses Zeichen, oder das schlechte Gewissen wegen der verunglückten Ratte. Schweren Herzens fuhr er los, um nicht allzu spät ins Büro zu kommen.

Meier hatte seinen Wecker auf halb neun gestellt. Er war in der Nacht wieder nicht im Polizeipräsidium gewesen, weil er dringend Schlaf nachholen musste. Mit einem kräftigen Schwung brachte er die Klingel zum Schweigen, arbeitete sich mühsam aus dem Bett und trottete ins Bad. Was er im Spiegel sah, gefiel ihm gar nicht. Er sah wirklich zum Kotzen aus. Kaffee. Die Lösung für alles. Eine Viertelstunde später, nachdem er eiskalt geduscht hatte, ging es ihm schon besser. Dann machte auch er sich auf den Weg zur Redaktion.

»Wir müssen nochmal an diesen Computer.«

»Bbbrrrbbbrrrooaah.«

Meier ließ entsetzt den Daten-Stick fallen, mit dem er gerade herumspielte, den von dem ITler.

»Sag mal, spinnst du jetzt?«

Meyerle schüttelte den Kopf und ließ dabei den Mund auf. Spucke flog im Raum herum.

»Hey, ich rede mit dir!«

Meyerle stand auf und lief durch das Büro, immer noch mit dem Kopf hin und her schaukelnd, immer noch mit offenem Mund.

»Was soll das, Himmel noch mal? Wäh!«

Meier wischte sich Spucke vom Ärmel.

»Du hast gesagt, wir müssen nochmal an den Computer.«

Meier hob den Stick auf und sah seinen Kollegen entgeistert an.

»Und ich mache eine neue Übung, mit dem Mund, zur Entspannung.«

»Warum?«

»Weil ich Angst bekomme, wenn ich an diesen Keller denke. Mein Großhirn muss abgelenkt werden.«

»Was Neues in der Zeitung?«

Sie waren schon so geeicht, dass sie tatsächlich ständig neue schräge Einsichten erwarteten.

»Die in Bayern haben gerade wieder welche eingekastelt, keine Ahnung, irgendwelche Naturschützer, die Morddrohungen gegen den Puder ausgestoßen haben sollen. Er wollte wohl die nächste Fußballweltmeisterschaft in München stattfinden lassen und dazu einen Teil des Englischen Gartens umbauen, zwei neue Stadien, Parkplätze, Hotels, das ganze Programm. Das hätte Frösche oder Libellen vernichtet.«

»Männer oder Frauen?«

»Was, bei den Libellen?«

»Mann!«

»Männerfußball natürlich.«

»Aber du weißt schon, dass ich auf etwas anderes hinauswollte.«

Pfeifer grinste und gab Winkler ein Croissant.

»Es gibt nur ganz allgemein etwas zu Mafia, Erpressung und organisierter Kriminalität, aber nichts, was irgendwie mit uns zu tun hätte. Weißt du, was das soll?«

Winkler schüttelte den Kopf.

»Keine Ahnung. Außerdem haben wir hier in Fahrenzburg ja keine Mafia.«

Gegen Mittag, sie arbeiteten an einer Reportage über Tiere und Tierschutzgesetze, kamen zwei uniformierte Polizisten in die Redaktion. Einer war etwas kleiner und schmächtig, der andere groß und wuchtig. Sie steuerten auf Meier zu und hielten ihm ihre Polizeimarken hin.

»Guten Tag. Wir untersuchen die jüngsten Todesfälle hier in Fahrenzburg und haben ein paar Fragen an Sie.«

Bevor Meier noch etwas antworten konnte, fuhr der Kleinere der beiden schon fort.

»Sie scheinen über Informationen zu verfügen, die die Polizei nicht hat. Sie wissen, Sie dürfen uns gegenüber nichts verschweigen. Geben Sie also Ihre Unterlagen heraus!«

»Was meinen Sie denn?«

Meier sah erst zu Meyerle, aber der zuckte nur mit den Schultern, dann zu den beiden Polizisten. Das war keine Frage. Der große stand einfach nur da, als ginge ihn die ganze Sache nichts an. Der andere hingegen übte sich in beunruhigender Mimik.

»Also.«

Auffordernd hielt er Meier die Hand hin.

»Meinen Sie meine Dateien zu den letzten Toten?«

»Genau.«

»Soll ich Sie Ihnen kopieren?«

»Genau.«

»Puh.«

Meier kratzte sich im Nacken.

»Wird's bald?«

Drohend schob der Polizist sein Kinn nach vorn, dann machte er eine aufmunternde Geste zu seinem Kollegen hin. Der lehnte gerade gemütlich an der Wand und beobachtete, wie eine der Journalistinnen ihre Beine immer wieder übereinanderschlug, während sie einen Text bearbeitete.

»Soll ich ihm eine reinhauen?«

Der kleinere der beiden rollte mit den Augen.

»Oder nur eine Ohrfeige?«

Irritiert hielt Meier inne. Er war sich unsicher, ob seine Verzögerungstaktik auf lange Sicht erfolgversprechend sein würde.

»Zu allen dreien?«

Der Polizist reagierte nicht. Sein Blick war aber Antwort genug. Die Augen schienen gefährlich zu glühen, wie Kohlen, um eine abgenutzte Metapher zu bemühen. Meier setzte sich vor den Bildschirm und kopierte, was er hatte. Als die Polizisten gegangen waren, kam der Chefredakteur.

»Was war das denn?«

Alle hatten den Besuch mitbekommen.

»Keine Ahnung, die wollten unsere Unterlagen.«

Der Chefredakteur schien nachzudenken.

»Das finde ich ja sehr interessant. Ihr bleibt dran, ja?«

Meier und Meyerle nickten.

Mitternacht. Musste das wirklich sein? Meyerle zitterte. Sie fuhren zur Pizzeria Pizza Perfetta, und Meier hatte den Stick mit dem Computerprogramm dabei. Sie kannten sich ja nun schon etwas aus. Trotzdem war es wie beim ersten Mal äußerst beklemmend, in den Keller zu gelangen. Im Raum neben dem eigentlichen Lokal saßen dieses Mal nur wenige Leute und spielten Karten. Unten war alles ruhig, nirgends eine Menschenseele zu sehen. Meyerle stellte sich vor die Tür, während Meier in das Büro ging, sich auf den Schreibtischstuhl setzte und eine Taste drückte. Der Bildschirm sprang an. Meier versuchte, sich an die Kommandos zu erinnern, die ihm der ITler beigebracht hatte. Erst einmal den USB-Stick einstecken, dann das Programm aufrufen. Angespannt klickte er sich durch die erforderlichen Schritte, als Meyerle hereingeschossen kam und das Licht ausmachte.

»Was ist denn los?«

fragte Meier in die Stille hinein. Meyerle stand keuchend mit dem Rücken zur Wand.

»Ruhe. Ich habe Schritte gehört, und oben ging das Licht an.«

Meyerle zeigte alle Anzeichen einer beginnenden Hyperventilation.

»Mir ist schlecht«,

flüsterte er kaum hörbar.

Beide blieben stocksteif, wo sie waren, und wagten nicht, sich zu rühren. Sie hörten jemanden die Treppe herunterkommen, dann ein Gemurmel. Ein Poltern. Schnaufen. Derbe Flüche. Eine Türe knarrte. Langsam ging dieser jemand vorbei und öffnete eine weitere Tür. Sie hörten es klappern, wieder geflüsterte Worte, wütend. Mehr Schimpfereien. Dann wurde die

Türe zugeknallt, die Schritte kamen bei ihnen vorbei und entfernten sich, und die beiden Journalisten atmeten ganz langsam wieder normal.

Der Bildschirm füllte sich plötzlich mit zahlreichen Dateien, die vorher nicht zu sehen gewesen waren. Meier scrollte alles durch. Personaldateien, Aktienportfolios und Buchführung. Ganz viel Buchführung. Sofort umhüllte ihn tödliche Langeweile wie ein schwarzes, schweres Tuch. Das hatte er an der Uni schon immer so gehasst. Gleich auf den ersten Blick war zu sehen, dass es um viel Geld ging. Daten, Texte, Tabellen, vielleicht Laborberichte, Zahlen, immer wieder Zahlen, manchmal auch chemische Formeln, Fremdwörter. Weder aus den Ziffern noch aus den Kürzeln wurde er schlau. R2001V, PA2405I, C17II, PO117XC. Dann etwas Mathematisches vielleicht, 9,1 nmol/l, 4555µl, 88µm3. Manches war schwarz, manches rot geschrieben. Meier kopierte alles auf seinen eigenen Stick.

***

Der Mann war wie alle Italiener gut gekleidet, trotz der Hitze. Der maßgeschneiderte Anzug saß perfekt. Das Hemd stand oben einen Knopf weiter als üblich offen, keine Krawatte. Er musste so um die Sechzig sein, war schlank, gepflegt, mit Dreitagebart, der ihm sehr gut stand, und einem freundlichen Lächeln. An den Schläfen kräuselten sich ein paar graue Haare zwischen den schwarzen hindurch, ein interessanter Kontrast zu den blauen Augen. Auch das stand ihm gut. Alles an ihm strahlte Ruhe und Kraft aus, Lässigkeit, Eleganz. Er begann zu sprechen. Die Stimme hatte einen tiefen, angenehmen Klang. Der Mann wirkte anziehend und gleichzeitig gefährlich, wie er so dastand, mit seinem Lächeln und den eisigen Augen, die alles um ihn herum wahrzunehmen schienen, selbst den kleinsten Grashalm, der gestern noch nicht niedergetreten war. Haifischaugen, seelenlos und unbarmherzig.

»Das führt zu nichts. Wir machen es anders.«

***

»Ja.«

»Guten Tag, spreche ich mit dem Ordnungsamt?«

»Nein, Standesamt.«

»Oh, ich dachte, ich hätte die Nummer vom Ordnungsamt gewählt.«

»Das ist die gleiche.«

»Könnte ich bitte mit jemandem vom Ordnungsamt sprechen?«

»Einen Moment.«

Mehrere Minuten vergingen, dann kam eine Stimme vom anderen Ende der Leitung.

»Ja? Ordnungsamt?«

»Guten Tag, bin ich richtig bei Ihnen wegen Geruchsbelästigung?«

Ein Stöhnen war die Antwort.

»Ja.«

»Wissen Sie, dieser Zirkus.«

»Ja, wir wissen, dass da ein Zirkus ist.«

»Na, die lagern ihren ganzen Müll hinter dem einen Zelt, das zieht doch Ratten an und Wildschweine.«

Johannes Winkler suchte nach einem neuen Artikel über seine Morde, fand aber nichts. Stattdessen gab es wieder etwas aus Bayern. Winkler hatte ein süßes Teilchen, von dem er nicht genau wusste, was es war, und eine Tasse Kaffee vor sich stehen und rührte gedankenverloren darin herum. In einem ausführlichen Bericht wurde die Festnahme mehrerer Atomkraftgegner geschildert. Sie galten momentan als dringend tatverdächtig, da Puder kurz zuvor den Wiedereinstieg in die Kernenergie propagiert hatte. Puder kündigte seit mehreren Tagen an, im Anschluss an die Wahlen in Eigenregie den Meiler Isar II wieder in Betrieb zu nehmen und so die Bayern-Power zur Nummer eins in Deutschland zu machen. Seither gab es immer wieder Proteste aus der Bevölkerung. Einige Umweltaktivisten hatten sich auf der Straße vor Puders Anwesen festgeklebt, um ihrer Missbilligung aktiv, konkret und praktisch Ausdruck zu verleihen. Puder war aber gar nicht zu Hause gewesen. Man hatte die Aktivisten dort sitzen lassen, und als dann schwere Unwetter die Region verwüsteten, bekamen einige Nachbarn Mitleid und versorgten sie mit Nahrung und warmen Decken. In welcher Beziehung die Umweltaktivisten zu den Atomkraftgegnern standen, ließ der Bericht offen.

Als der letzte Rest Tageslicht langsam von den dunklen Wolken verschluckt wurde, fuhren sie noch einmal zur Redaktion der Fahrenzburger Nachrichten. Etwas abseits ließen sie das Auto stehen und gingen ein paar Meter zu Fuß. Die Fassade des hohen Gebäudes ragte schwarz vor ihnen in den nächtlichen Himmel empor. An einigen Stellen bröckelte der Putz ab. Sie beschlossen, den Hintereingang zu benutzen. Das erwies sich als unproblematisch. Langsam schlichen sie durch das graue, schmucklose Treppenhaus. Die Büros, die sich über das Erdgeschoss und den ersten und zweiten Stock erstreckten, waren nicht sehr groß und lagen relativ gleichmäßig verteilt und rechtwinklig aneinander. Zu den Fluren hin gab es überall verglaste Wände, so dass auch dort Tageslicht hinkam. An den übrigen Wänden hingen Regale, Poster und riesige Kalender mit Notizen. In einigen Ecken stapelten sich Kartons mit Flyern, Broschüren oder anderem Infomaterial. Viele waren auch leer. Der zweite Stock bestand aus zwei größeren Büroräumen, einer lichtlosen Kammer vollgestopft mit Büromaterial und einem Konferenzzimmer mit einem großen, ovalen Tisch und vielen nicht sehr gemütlich wirkenden Stühlen drumherum, Sound- und Beameranlage. Daneben gab es noch eine kleine Küche. Hinten lag ein Hof mit einem Baum. Langsam liefen die beiden durch die Räume, aber es war niemand da. Sie suchten in Meiers Büro alles ab, ohne jedoch etwas Neues zu finden. Dann mussten sie wohl zu ihm nach Hause. Zwei dunkle Gestalten schlichen nachts durch eine große Stadt.

»So, du bist also der Kerl, der diese dämlichen Artikel schreibt.«
Wie war der denn in seine Wohnung gekommen? Wahrscheinlich durch die Tür, Meier schloss selten ab. So ein aufgeblasenes Würstchen, dachte er. So ein Hering. Er war definitiv stärker. Meier ging regelmäßig ins Fitness-Studio, denn im Grunde war er eitel und wollte seine Figur halten. Schließlich hatte er als Negativbeispiel täglich Meyerle vor Augen, wenn er wieder einmal mit dem Gedanken spielte, das Training sausen zu lassen. In den letzten paar Tagen reichte seine Energie allerdings nicht mehr zu den Kraftübungen aus. Auch jetzt war er eigentlich müde und wollte lieber ins Bett. Der maskierte, ganz in Schwarz gekleidete Typ rempelte ihn ordentlich an.
»Ey, bist du total bescheuert?«
Der Typ war nicht mal größer als er. Wieder ein Rempler. Der Typ warf sich in die Brust. Meier musste an einen Gorilla denken, nur viel schmaler. Ich bin stark, sagte er sich. Ich bin ein Killer. Er kriegte das hin. Kinderspiel. Ein, zwei Schläge, dann wäre alles vorbei. Der Typ kam näher und verletzte jetzt eindeutig seine persönliche Distanzzone.
»Mann, hau schon ab, ich habe dir nichts getan. Raus hier!«
»Was weißt du?«
Die Stimme kam ihm bekannt vor. Wo hatte er die schon gehört?
»Wie, was weiß ich? Keine Ahnung, was Sie meinen.«
Vielleicht war mit Höflichkeit noch was zu retten. Langsam wurde der Mann ihm unangenehm.
»Was weißt du, soll ich deutlicher werden?«
»Ja, bitte.«

Whamm. Meiers rechtes Auge schwoll an. Vage sah er noch den zweiten Mann, der plötzlich aufgetaucht war.

»Was weißt du?«

»Hä?«

Der größere von beiden krallte seine Pranken in Meiers Oberarme und kam mit seinem Gesicht nun so nah an ihn heran, dass Meier den Knoblauch und das Bier roch und die Spucke im aufgerissenen Mund sah, die in Fäden zwischen den Zähnen klebte. Ganz langsam seilten sich die Spuckereste nach unten hin ab. Mit dem nächsten Atemzug würden sie herausgeschleudert werden. Wie ekelig. Das Naseninnere war auch nicht sauber. Er sah es genau. Wie in Zeitlupe riss der Mann den Mund noch weiter auf und sagte etwas. Meier kam das Abendessen hoch. Currywurst. Er beobachtete, wie der Schweiß des Mannes die Maske durchnässte. Der Mann redete weiter, aber Meier hörte nichts mehr. Jetzt kamen ernsthaft Schläge. Meier hatte Mühe, auf den Beinen zu bleiben. Das ist ja wie im Fernsehen, schoss es ihm durch den Kopf. Er war noch nie verprügelt worden, also in echt. Insgesamt, dachte Meier, war die Gesamtlage desolat.

Meier erwachte mit einem dröhnenden Schädel. Er lag auf dem Fußboden. Ihm war schlecht, er musste würgen. Im Zimmer war es dunkel. Von draußen kam nur wenig Licht. Über den Fußboden krabbelte ein kleines Etwas mit Fühlern und kontrollierte einige kleinere Blutkleckse. Die Bilder des Überfalls saßen noch im Gedächtnis fest. Panik bahnte sich einen Weg durch den Körper, denn er konnte sich nicht bewegen. Alles war dunkel. Als er das nächste Mal aufwachte, war es bereits heller. Der Kopf tat noch immer weh. Langsam kehrte die Erinnerung zurück. Zahlen, Formeln? Tiere, genau, er hatte über Tierquälerei geschrieben. Meier stöhnte und fasste sich an die Stirn. Zuviel getrunken. Dann erinnerte er sich an ein Krachen. Stimmen. Stimmen? Er wusste es nicht mehr. Er bewegte langsam Hände, Arme und Beine, aber es war alles in

Ordnung. Er lag am Boden, das war falsch. Er legte sich nie auf den Boden. Ein eigenartiger Geruch hing im Zimmer nach Erde. Er musste gleich an Grab und Würmer und Tote decken. Widerlich. Ihm kam es erneut hoch. Langsam drehte er sich zur Seite und versuchte aufzustehen. Aber der Kopf tat zu sehr weh, also blieb er noch liegen. Dann zog er sich etwas am Tisch hoch. Seine Beine trugen nicht richtig, sie knickten immer wieder ein. Auf allen Vieren schleppte er sich zum Badezimmer und übergab sich dort. Langsam kehrte die Erinnerung zurück. Er hatte nicht zu viel getrunken, er war überfallen worden. Seine Wohnung sah aus, wie wenn sie durchsucht worden wäre. Fragt sich bloß, wonach. Sein Laptop war weg, so ein Mist. Stick, der Stick, wo war der Stick? Da er natürlich ahnte, was die gesucht hatten, obwohl er gleichzeitig nicht wusste, was es war, schien die Situation wohl brenzlig zu werden für die Pizzeria-Leute. Er musste offenbar etwas Entscheidendes erwischt haben, sonst hätten die ihn nicht überfallen. Es fragte sich nur, was.

In Meier regte sich ein vertrautes Gefühl. Jagdfieber.

***

»Ja.«

»Guten Tag, spreche ich mit dem Ordnungsamt?«

»Nein, Standesamt.«

»Das Ordnungsamt, bitte.«

»Einen Moment.«

Mehrere Minuten vergingen, dann kam eine Stimme vom anderen Ende der Leitung.

»Ja? Ordnungsamt?«

»Guten Tag. Ich hatte bereits angerufen, weil die Leute vom Zirkus ihren Müll nicht entsorgen. Ich hoffe, Sie erinnern sich.«

»Nein, vielleicht war das der Kollege vom Standesamt.«

»Was? Hören Sie, bei uns waren heute Nacht Wildschweine im Garten. Tun Sie etwas!«

Ein Stöhnen war die Antwort.

»Ja.«

Gott sei Dank hatte er den USB-Stick mit den Dateien aus der Pizzeria in der Redaktion gelassen, natürlich gut versteckt. Auf dem Laptop war nur der Artikel über Tierquälerei in Fahrenzburg gewesen, den er eigentlich heute hatte weiterschreiben wollen, ansonsten nichts Besonderes. Aber so leicht ließ er sich nicht von dem Neustart seiner Karriere abbringen. Meier überlegte, was als Nächstes zu tun war. Den Tierartikel aufschieben. Zur Redaktion und Sicherheitskopien von den Pizzeria-Dateien machen. Einen neuen Artikel für die Zeitung schreiben. Am besten, nochmal zu den Eltern von Noni. Vielleicht erzählten die etwas, was er noch nicht wusste. Dann würde er weitersehen. Auf jeden Fall schien er etwas Wichtigem auf der Spur zu sein. Meier brauchte noch eine Weile, bis er sich wieder gefangen hatte. Es war längst Morgen, die Sonne schien. Mit etwas Überwindung stand er auf, duschte und machte sich einen Kaffee, bevor er zum Telefon griff, um Herrn und Frau Otto nochmals um ein Gespräch zu bitten. Aber sie erwiesen sich als wenig kooperativ, im Gegenteil. Raphael drückte den Anrufer so schnell weg, dass er wahrscheinlich gar nicht wusste, wem er das Wort abgeschnitten hatte. Also fuhr Meier zur Redaktion, wo er seinen Daten-Stick aus einer alten Papiertüte mit Gummibärchen hervorholte und dreimal kopierte. Die drei Sticks mit den Kopien verteilte er. Einer kam wieder in die Tüte, einer in einen Blumentopf mit einem Kaktus, denn der wurde praktisch nie gegossen, einen versteckte er in der Redaktionsküche hinter den Ravioli-Dosen, und den ersten steckte er sich in die Tasche. Er wollte sich die Dateien zu Hause noch einmal genauer ansehen, denn er ging davon aus, dass er dort nun keinen unangenehmen Besuch mehr bekommen würde. Bestimmt war irgendwo auch noch ein Laptop übrig. Später tauchte auch Meyerle auf. Im Gegensatz zu ihm hatte der wohl eine gute Nacht gehabt, dachte Meier neidisch. Fragen nach seinem blauen Auge ignorierte er vorerst. Die beiden beschlossen, es noch einmal mit der Sekretärin des toten Professors zu versuchen, wenn schon die Eltern streikten. Die schien Noni ganz gut gekannt zu haben.

Wie beim letzten Mal klopften sie und warteten höflich, bis sie hereingerufen wurde. Frau Hohlmer saß hinter ihrem Computer und bedachte sie mit kalten Augen, in denen allerdings ein Schimmer Neugier aufblitzte.

»Entschuldigen Sie, aber könnten wir Sie nochmals stören?«

Derlei Höflichkeitsrituale bedurften keiner Reaktion.

»Vielleicht hätten Sie etwas zu Herrn Möller zu sagen?«

»PROFESSOR Möller. Nein. Was ist denn mit Ihrem Auge passiert?«

Das hätte Meyerle auch zu gern gewusst.

»Nichts. Mmh. Dann wollten wir Sie noch einmal kurz zu Noni Otto sprechen.«

Gabi Hohlmer geruhte zu nicken.

»Könnten Sie uns vielleicht alles sagen, was Sie von ihr wissen?«

Gabi Hohlmer seufzte tief und schlug auf die Tasten ein. Dieses Thema hatte angesichts der neusten Entwicklung für sie keine Priorität mehr. Sie räusperte sich, ruckelte ihre Brille zurecht und sagte:

»Ich bin mir nicht sicher, ob Sie mit solch peripheren Informationen belastet werden wollen.«

Sie tippelte geschmeidig auf der Tastatur herum.

»Also gut, was haben wir hier denn? Leonie Otto, geboren 1998 in Ceppaiona, Abitur 2017, immatrikuliert seit Oktober 2018.«

Dann schwieg sie, während sie still weiterlas, weil manche Notizen nun einmal nicht für fremde Augen beziehungsweise Ohren bestimmt waren.

»Bachelor 2021, angemeldet für die Masterarbeit, mmh.«

Sie verstummte erneut und sah dann auf.

»Die Noten kann ich Ihnen nicht sagen, aber sie war sehr gut, wie ich bereits erwähnte.«

Sie wartete, ob die beiden Männer noch etwas wissen wollten. Die schienen zu überlegen. Meier verglich seine Notizen mit dem, was er gerade gehört hatte. Meiers Intuition meldete sich mit lautem Alarmgeschrill, denn ihm fiel auf, dass sie eine neue Info bekommen hatten. Vielleicht könnte man da ja noch nachhaken.

»Haben Sie vielleicht eine Adresse zu dem Geburtsort?«

Nachdenklich musterte Gabi die beiden Journalisten.

»Ach, warum denn nicht.«

Sie nannte ihnen einen Straßennamen.

»Eine Hausnummer habe ich leider nicht.«

Meier schrieb eifrig mit.

»Kann ich sonst noch etwas für Sie tun?«

»Nein, vielen Dank, auf Wiedersehen.«

Meier wollte gehen, aber Meyerle lehnte mit dem Rücken an der Tür. Er stöhnte und schloss die Augen. Dann wackelte er mit Oberkörper und Hinterteil hin und her. Gabi Hohlmer zog beide Augenbrauen hoch und sah noch gefährlicher aus als sonst. Meier wartete nicht groß ab, sondern zog seinen Kollegen von der Tür weg, öffnete sie und ging hinaus. Dabei schob er Meyerle vor sich her. Im Flur begann er zu schimpfen.

»Was sollte das denn wieder?«

Meyerle wischte sich den Schweiß von der Stirn.

»Ich weiß genau, was du vorhast. Und ich muss meine Mitte spüren, sonst halte ich das nicht aus.«

»Wovon redest du?«

»Von meinen Nervenzellen, die den Reiz *Gefahr!* vom Körper über die Wirbelsäule zum Gehirn hochleiten und dort Panik auslösen. Wenn ich die Wirbelsäule massiere, dann blockiert das die Panikinfo.«

»So gefährlich ist diese Frau nun auch wieder nicht.«

»Die meine ich auch gar nicht.«

»Sondern?«

»Sondern dich.«

»Aha.«

Meier war längst daran gewöhnt, dass sein Kollege unlogische Gedankensprünge machte und kam lieber wieder auf das eigentliche Thema zurück.

»Na, was sagst du?«

Aber Meyerle sagte gar nichts, was auch. Das Unvermeidliche hinauszögern, so lange es ging. Er kniff den Mund zu. Noch hatte er Hoffnung. Ruhe und Frieden.

»Was hältst du davon, einmal nach Ceppaiona zu fahren?«

Wusste er es doch.

Mit sehr viel Schwung fuhr Meier, einen entnervten Meyerle auf dem Beifahrersitz, zur Redaktion, um dem Chef von seiner Idee zu erzählen und sich die Dienstreise genehmigen zu lassen.

Winkler fand keinen Schlaf. Immer wieder kaute er im Geiste die wenigen Spuren durch, die sie hatten. Was hatte der Professor mit der Studentin zu tun, wie passte der Bauarbeiter dazu, hingen die Fälle überhaupt zusammen, was sollten die Zeitungsartikel bedeuten, warum logen die Studentinnen? Die Fragen kreisten in seinem Kopf. Gegen eins stand er auf und nahm sich ein Glas Rotwein. Dann setzte er sich an den Laptop, um sich die Spurenlage noch einmal anzusehen. Irgendwann war es drei und er war müde. Er machte Schluss und putzte sich die Zähne, weil er einen unguten Geschmack im Mund hatte. Farbiger Schaum vermischte sich mit Wasser und strudelte durch den Abfluss fort. Er legte sich zurück ins Bett. Stundenlang wälzte er sich hin und her. Ein Gedanke blitzte auf, etwas, was er unbedingt noch erledigen musste, aber dann schlief er doch ein. Es war spät.

***

Am Freitag früh las Johannes Winkler gerade fassungslos den Leitartikel in den Fahrenzburger Nachrichten, als Philip Pfeifer mit zwei Kaffees ins Büro kam.

»Hast du das gesehen?«

Pfeifer wusste nicht gleich, was er meinte.

»Nein, was denn?«

»Du meine Güte.«

Winkler schüttelte den Kopf.

»Die spinnen, wirklich.«

Pfeifer stellte ihm eine Tasse neben den Bildschirm.

»Pass auf! Mafiamorde. Das ist die Überschrift. Mafiamorde! Und dann: N. O., über deren furchtbaren Tod wir letzte Woche exklusiv berichteten, war wesentlich enger in die Mafia-Szene verstrickt als bisher angenommen. Aus Ermittlungskreisen heißt es, mehrere Schläger seien nachts in der Stadt unterwegs, um für Ordnung zu sorgen. Sie brechen in Wohnungen ein und schlagen Leute zusammen, stehlen Informationen, Dateien, Laptops. Nichts ist von dem traditionellen Spaghetti-Charme mehr übrig. Wo soll das bloß hinführen?«

»Worum geht es da überhaupt?«

»Ich habe absolut keine Ahnung.«

»Wer erzählt ihnen denn solche Geschichten?«

»Ich nicht.«

»Ich auch nicht.«

»Das war niemand von der Polizei. Und was soll das mit den Überfällen? Ist etwas gemeldet worden?«

»Nein, nicht dass ich wüsste. Wir haben bloß die drei Toten, ja, und die paar Unfälle noch.«

Auf den Schreibtischen der Kripo waren mehrere tödliche Verkehrsunfälle gelandet und liegengeblieben.

»Blödsinniges Gefasel.«

Winkler trank noch einen Schluck Kaffee. So langsam kam er in Schwung. In einem anderen Büro der Polizei läutete das Telefon.

»Und ich sage Ihnen doch, das waren zwei wirklich zwielichtige Gestalten.«

»Entschuldigen Sie bitte, zunächst einmal Ihr Name bitte.«

Kurz zögerte die Stimme.

»Aber ich habe Angst, ich sage doch, die sahen gefährlich aus.«

»Dann wollen Sie also anonym bleiben?«

»Ich weiß nicht.«

»Wir können Sie dann aber nicht erreichen, wenn wir Rückfragen haben.«

Die Stimme antwortete nicht.

»Oder wenn wir einen Ermittlungserfolg hätten.«

Das schien die Frau zu überzeugen.

»Also gut, Sie haben ja recht. Mein Name ist Manuela Krüger. Und ich wohne in der Lindenstraße zehn.«

»Also gut, Frau Krüger. Was ist passiert?«

»Nichts. Aber meine Schwägerin sagt immer, man muss auch präve, präve, schon vorher handeln. Und ich sage Ihnen, die beiden sahen wirklich gefährlich aus.«

»Wie genau?«

»Ganz schwarz angezogen. Ich weiß ja, dass ich mich vielleicht lächerlich mache, meine Mutter wollte auch gar nicht, dass ich Ihnen Bescheid gebe, aber sie wohnt ja gar nicht hier. Aber ich schon. Und ich habe Angst. Sie hat mir schon immer alles ausreden wollen, schon, als ich meinen Mann kennenlernte oder als wir über das zweite Kind redeten.«

»Entschuldigen Sie, aber worum geht es nun?«

»Na, um diese zwei gefährlichen Männer.«

»Gut. Noch einmal. Was haben die gemacht?«

»Die sind heute Nacht überall in den Gärten herumgeschlichen, auch in unserem. Vielleicht gehören die ja zu dem Zirkus.«

Das war längst ein rotes Tuch auf der Dienststelle, weil sie jeden Tag mehrere Anrufe mit Beschwerden bekamen.

»Und was sollen wir tun?«

»Ich wollte das halt melden. Das ist doch ...«

Sie schien zu überlegen.

»Naja, Ruhestörung passt nicht so richtig. Sie haben auch nichts kaputt gemacht. Aber sie dürfen doch nicht einfach so durch unseren Garten laufen, oder? Meine Nachbarin hat auch gesagt, dass das nicht geht. Aber sie traut sich nicht, bei der Polizei anzurufen, warum, darf ich nicht sagen.«

»Also gut, Frau Krüger. Können Sie die beiden beschreiben?«

»Nein, es war doch schon dunkel.«

»Und die beiden sind durch die Gärten geschlichen. Haben Sie sonst noch etwas gesehen?«

»Sie sind auch bei den Zirkuszelten gewesen. Dann waren sie irgendwann verschwunden. Meine Schwägerin sagt immer, dass man auch Kleinigkeiten melden muss. Ich habe meinem Mann gesagt, er soll nachsehen, aber er wollte nicht. Er war immer noch verärgert, weil ich bei den Bratwürsten gestern Abend die falsche Sorte genommen habe. Er will die roten, und ich habe die weißen gekauft. Aber die roten waren schon aus, außerdem mag ich die weißen lieber. Vielleicht war es auch das Sauerkraut. Das verträgt er nicht so gut.«

»Frau Krüger!«

»Ja?«

»War das alles?«

Wieder eine Pause.

»Die waren schon einmal da gewesen. Glaube ich.«

»Glauben Sie.«

»Ja, aber vielleicht vertue ich mich da auch. Kennen Sie das Gefühl, dass sie manchmal etwas wissen, und sie wissen nicht mehr, ob sie das geträumt haben oder ob es echt war?«

***

Cesco Fucilla schickte auch den letzten Kellner fort und schloss hinter ihm ab. Alles war ruhig, die Lichter aus. Das Geschäft war wieder gut gelaufen. Mit einer Zigarre und einem Glas Wein ging er in den Keller hinunter und öffnete die Tür zu seinem Büro, zog den Stuhl heran und setzte sich an den Schreibtisch. Er stutzte, aber wusste nicht, warum. Aufmerksam sah er sich um. Alles war wie immer, oder? Sessel und Tisch befanden sich am üblichen Platz. In den Regalen standen die Bücher und Ordner, wo sie stehen sollten. Er warf einen skeptischen Blick auf die Whisky-Flasche. Vielleicht, dass die Putzfrau …? Sofort verwarf er den Gedanken wieder, denn die benutzten Gläser standen noch an Ort und Stelle. Cesco schaltete den Bildschirm ein. Den Computer hatte er wie üblich laufen lassen. Er starrte auf die Desktop-Ansicht und sah die Icons der üblichen Programme und Dateien. Der Cursor blinkte. War etwas anders? Standen sie alle in der richtigen Reihenfolge? Er versuchte sich zu erinnern. Bevor er weiterklickte, dachte er angestrengt nach. Er war mehrere Tage nicht mehr hier unten gewesen, weil die Ankunft und die Treffen der Soc-Leute ausgerechnet in seiner Pizzeria ihn etwas nervös gemacht hatten. Cesco lehnte sich zurück. Wo genau hatte sein teurer Füllfederhalter gelegen? Hatte er ihn wirklich weggeräumt? Cesco verfiel in heftiges Grübeln. Er ärgerte sich. Da sorgte man für gutes Essen und erstklassige Weine und Espressi, und schon kamen die Mafia-Leute bei ihm zusammen. Natürlich unterhielt er mit den Romanos eine lockere, freundliche Beziehung, rein geschäftlich, sicherheitshalber, um sie im Blick zu haben. Aber dass der ihm gleich den Soc herholte. So ein Mist. Cesco Fucilla hielt sich grundsätzlich fern von den organisierten Zweigen. Deswegen wählte er vor einigen Jahren auch Fahrenzburg, um sein Unternehmen aufzubauen. Hier gab es keine aktiven Familien, nur die Romanos, und die beschäftigten sich mit Kleinigkeiten. Deswegen tauchten sie auch nicht in irgendwelchen polizeilichen Akten auf. Cesco Fucilla hatte Marco als harmlos und Fahrenzburg als sicher eingestuft. Ein Fehler, wie sich bald herausstellen sollte.

Die Soc-Leute waren nun schon seit vier Tagen täglich zum Essen bei ihm gewesen. Er hatte versucht, sie im Auge zu behalten. Hatten sie etwas bemerkt? Ein seltsames Gefühl schlich sich den Rücken hinunter. Schließlich griff er zum Telefon, um seinen Schwager anzurufen, der sich gut mit Computern auskannte. Er konnte sich von zu Hause einloggen und sich alles ansehen.

Die Diagnose war niederschmetternd. Die versteckten Dateien waren gefunden worden. Aber von wem?

CEPPAIONA, HEUTE

Der Weg war holprig und staubig. Die Hitze brütete. Es war sehr ruhig. Selbst für die Vögel war es viel zu heiß. Und stickig. Das kleine Haus bot einen kümmerlichen Anblick. Das alte Gebäude lag verfallen vor ihnen, die Fenster unten und die Tür mit Brettern vernagelt, manche bereits vermodert. Überall fehlten die Scheiben. Man konnte, wenn man wollte, leicht hinein. Das Dach war löchrig und ließ oben Licht in das Haus. Der Schornstein war teilweise erhalten. Vor und hinter dem Haus lag wohl früher ein Garten. Jetzt wuchsen üppiges Gestrüpp und Unkraut zwischen knorrigen Bäumen. Efeu rankte sich hoch bis zum Dach. Der Boden war trocken und rissig. Dazwischen türmten sich Müll, Zaunlatten, rostige Nägel, Ziegelsteinbruch, Plastikeimer, Sandförmchen, leere Bierdosen, alte Zeitungsfetzen, Bonbonpapierchen, Zigarettenstummel, zerbrochene Flaschen. Alles war in einem erbärmlichen Zustand. In dem alten Garten wuchsen neue Bäume, und Brennnesseln überwucherten eine Gartenbank. Zum Nachbargrundstück hin verlief eine zerbröckelnde Mauer. Auch dort war alles verlassen. Das ganze Dorf wirkte unnatürlich still und desolat.

»Lass uns hineingehen.«

Sie nahmen ein paar Bretter ab und duckten sich durch die Tür, an der weiße Farbreste an bessere Zeiten erinnerten. Die beiden Fenster je rechts und links neben dem Eingang wirkten wie Augen eines schlafenden Ungeheuers, das jetzt zu gähnen begann. Die Tür war nicht verschlossen, und sie ließen sie weit offen stehen, um etwas Luft und Licht hereinzulassen. Ein modriger, ekelerregender Geruch empfing sie. Wahrscheinlich lag irgendwo ein kürzlich verblichenes Tier herum. Im Haus herrschte Dämmerlicht. Meyerle schluckte. Meier sah rechts in einen größeren Raum, der wohl einmal ein Wohnzimmer gewesen war. An der Decke eine spinnenverhangene Lampe, ein paar Sessel, eine Couch, ein Tischchen und ein Wandschrank standen eingestaubt im Zimmer verteilt, Spinnweben, Teppichfetzen, tote Fliegen. Sie wandten sich nach links, und der Gestank wurde intensiver. Meyerle schüttelte den Kopf, er ging keinen Schritt weiter. Er trug ein altes, ausgeleiertes T-Shirt, Shorts, eine Baseballmütze. Außerdem war ihm heiß.

»Und wenn es eine Leiche ist?«

fragte Meier hoffnungsvoll.

»Natürlich ist es eine Leiche, bloß nicht von einem Menschen.«

Hier drinnen war es genauso heiß wie draußen. Es gab kaum einen Luftzug, was den Gestank noch unerträglicher machte. Meier wagte einen Blick in die Küche und wandte sich dann wieder ab. Er hatte nur kurz hinsehen müssen, um zu sehen, dass er es mit der üblichen kargen Einrichtung zu tun hatte, Spüle, Tisch, Stühle, eine Anrichte, Konservendosen, Putzmittel, eine tote Katze, frisch angefressen. Meier wurde schlecht. Das Geschirr noch auf dem Tisch, ein Stuhl am Boden. Es sah aus, als ob das Haus überstürzt verlassen worden war.

»Gehen wir hoch. Dafür lohnt sich kein Foto.«

Die ganze Zeit hatte Meyerle nämlich fleißig geknipst. Eine kleine Holztreppe führte in den nächsten Stock. Sie machten sich vorsichtig an den Aufstieg. Die Stufen konnten sie nur an den Rändern zur Wand hin betreten, weil sie so morsch aussahen. Auch oben roch es muffig. Licht fiel durch die Dachbalken und durch die Fenster, die hier oben nicht vernagelt waren. Sie fanden gleich rechts einen Raum, der das Schlafzimmer gewesen war, nach den Resten eines Doppelbettes zu urteilen. Auf dem Boden lagen Fetzen eines fleckigen Teppichs. Die Wände waren rissig und hatten schimmelige Stellen. In der Kommode sahen sie sich die Schubladen an, in denen teilweise noch Wäsche lag. In einem der Nachttischchen entdeckten sie eine alte Bibel. Die dicke Staubschicht überall machte das Atmen schwer. Gegenüber war das Badezimmer. Hier roch die Luft besonders faulig. In der Wanne verrottete ein Rest Wasser, vermischt mit schimmeligem Laub, wohl vom letzten Regen. Dann betraten sie den dritten Raum. Zwei Betten standen rechts und links an den Wänden, dazwischen eine Kommode. Ein paar alte Puppen und Stofftiere lagen in einer Ecke und weiteres Spielzeug, auch ein paar Bücher. Ein Kinderzimmer. Sie gingen wieder hinunter. Hinten im Wohnzimmer lagen zerbrochene Bilderrahmen und Glasreste. Meier fischte ein Foto heraus. Es zeigte ein Ehepaar mit zwei Mädchen. Die Familie Otto.

»Irgendwie fehlt da doch ein Kind.«

Meyerle schlussfolgerte messerscharf.

»Vielleicht liegt im Garten ja ein Skelett?«

sagte Meier.

»Wieso?«

»Na, von dem anderen Kind.«

»Willst du ihn umgraben?«

»Ach nee, du, lass ma!«

Meier schüttelte den Kopf.

»Tote kann man auch an Schweine verfüttern«,

sagte Meyerle.

»Du hast wirklich eine erfrischende Art, die Dinge zu sehen.«

Meyerle freute sich über das Kompliment.

»Nein, im Ernst, dann gibt es auch kein Skelett.«

»Und?«

»Dann brauchen wir den Garten auch nicht umzugraben.«

Meier schwieg.

»Warum sagst du nichts? Ist doch logisch, oder?«

»Schon.«

»Also.«

Nach einer Weile fügte Meyerle noch hinzu:

»Andererseits gibt es hier keine Schweine.«

Sie gingen zum Auto, jeder in seine eigenen Gedanken vertieft. Meyerle verstaute seine Kamera im Mietauto, einem uralten Golf, und freute sich auf Dusche, Essen, Bett, in dieser Reihenfolge. Nicht so sein Kollege.

»Haben die Italiener sowas wie ein Einwohnermeldeamt?«

Meier hatte schon wieder Pläne. Sie hatten gleich nach dem Okay des Chefs den nächsten Flug nach Palermo gebucht, gepackt und waren noch am gleichen Tag abends losgefahren. Dann mussten sie warten, weil ihr Flieger Verspätung hatte. Den ganzen Flug über hatte ein Baby geschrien, und sie konnten kein Auge zumachen. Als sie irgendwann morgens in Palermo landeten, waren sie total fertig mit den Nerven. Vom Flughafen fuhren sie direkt weiter zu der Adresse, die sie von der Sekretärin bekommen hatten. Da es an der Straße nur ein Haus gab, an einer Kreuzung, war es nicht weiter schwierig gewesen, Nonis Geburtshaus zu finden. Die ganze Zeit über schüttete ihr Gehirn ohne Unterlass Unmengen an Adrenalin und Cortisol aus. Jetzt wurden sie urplötzlich müde. Sie bekamen Magenschmerzen. Der Kopf drehte sich. Vor lauter Anspannung hatten sie nicht bemerkt, wie wenig sie in den letzten 36 Stunden zu sich genommen hatten.

»Keine Ahnung, wohl nicht, und schon mal gar nicht hier.«

Mit hier meinte er Sizilien, konkret das kleine Dorf. Meyerle war wirklich müde.

»Aber ich schätze, die sind sehr katholisch.«

Das war nun nichts Neues.

»Ja, und?«

»Dann lassen die doch sicher ihre Kinder immer taufen.«

Jetzt klickerte es bei Meier.

»Die Kirche!«

»Ganz genau.«

Eine Kirche findet man leicht anhand des Kirchturms, den sie nach einem kurzen Rundumblick sofort sahen. Die kleine *chiesa del villaggio* war auch ziemlich verfallen. Aber als sie die schwere Holztür öffneten und das Innere betraten, sahen sie Bänke, Taufstein, Altar, Blumenschmuck und Kerzen mit Tropfen an den Rändern. Die Kirche war also noch in Betrieb. Durch die bunten Fenster kam trübes Licht, deswegen bemerkten sie nicht sofort, dass sie nicht allein waren. Ein älterer Herr um die achtzig in schwarzer Kleidung sprach sie auf Italienisch an. Er hatte zahllose Falten im Gesicht und dunkle, ruhige Augen. Alles an ihm strahlte Güte und Würde aus. Als sie ihm auf Deutsch antworteten, stellte sich heraus, dass er diese Sprache sehr gut beherrschte und sich sichtlich freute, sie wieder einmal benutzen zu können. Ihrer Bitte um Einsicht in die Kirchenbücher kam er bereitwillig nach und bedeutete ihnen freundlich, ihm zu folgen. Gemeinsam verließen sie die Kirche durch die Sakristei und einen weiteren Nebenraum hindurch und gingen über den Friedhof zu einem schiefen Häuschen gegenüber der Kirche. In einem der Räume befand sich eine Bibliothek mit den Kirchenbüchern. Mehrere dicke, solide gebundene Bände standen nebeneinander in Reichweite über einem Sekretär. Die Unterlagen waren streng chronologisch angelegt. Geburten wurden bei den Taufen vermerkt, dort sahen sie auch die Namen der Eltern und Paten. Dazwischen standen die Daten von Hochzeiten und Todesfällen, Erstkommunionfeiern und Firmungen. Und obwohl die Handschriften gut leserlich waren, waren sie froh um die Hilfe. Der Geistliche stellte sich als Padre Bruno vor und erzählte munter von seiner Zeit in München, die er sehr genossen hatte, von den netten Leuten, der Hilfsbereitschaft, von den schönen Kirchen dort, von den Klöstern und dem Bier.

»Was benötigen Sie denn?«

Sie sagten ihm, dass sie alles über die Familie Otto suchten. Ein Schatten legte sich über das Gesicht des alten Mannes. Das Lächeln verschwand. Der Padre erklärte, dass die Familie Otto seit einigen Generationen immer am gleichen Ort, hier im Dorf, gelebt hatte. Immer wieder seufzte er sehr traurig und vielsagend, ohne Erklärungen abzugeben.

»Wir interessieren uns für den Zweig der Familie, aus dem Noni …«

»Leonie«,

präzisierte Meyerle.

»Stimmt, Leonie Otto stammt. Sehen Sie, Sie wurde umgebracht …«

»*Dio mio*!«

rief Bruno und bekreuzigte sich dreimal. Schwer atmend murmelte er noch ein Gebet. Er wirkte nun noch gebeugter als ohnehin schon. Sie warteten, bis sich der Padre gefasst hatte.

»Die arme, so ein schönes Kind.«

Dann blätterte er in den Unterlagen und zeigte ihnen das Datum, an dem ihre Eltern heirateten und dann ihren Taufeintrag.

»Wir waren in dem Haus, in dem sie gewohnt haben. Im Kinderzimmer gab es zwei Betten, können Sie uns vielleicht etwas dazu sagen?«

Nun trat ein Schmerz auf das Gesicht des Geistlichen, den sie sich nicht erklären konnten. Erneut blätterte der alte Mann in dem dicken Buch, bis er fand, was er suchte.

»Leonie hatte eine Schwester, Eleonora, eineinhalb Jahre älter als Leonie. Sie starb, als sie elf war.«

Meier und Meyerle schwiegen betroffen.

»Was wissen Sie davon?«

Der Padre schüttelte den Kopf.

»Woran ist die denn gestorben?«

Im Raum war es still. Von draußen kam kaum ein Geräusch herein. Die Sommerhitze lastete schwer auf den schmalen Schultern des alten Mannes. Er wischte sich einige Schweißtröpfchen aus dem Gesicht. Nach einer kurzen Pause sagte er: »Ein Unfall.«

»Was für ein Unfall? Was ist passiert?«

Der Padre schwieg.

»Mit Schweinen?«

In Meyerles Augen stahl sich ein Leuchten. Er freute sich, dass er vielleicht doch einmal Recht haben könnte. Während ihm Meier noch seinen Ellenbogen in die Rippen rammte, sah der Padre entsetzt auf.

»*Dio mio*! Was soll denn diese Frage bedeuten?«

»Na, hatten die Leute Schweine? Ich meine, da kann doch immer mal was passieren.«

Der alte Mann bekreuzigte sich mehrmals.

»Nein, sie hatten Schafe.«

»Sind Schafe Vegetarier?«

»Wieso?«

»Essen Schafe Fleisch oder nur Gras?«

fragte Meyerle, während seine schöne Theorie bröckelte. Meier musste downtunen.

»Machen Sie sich nichts daraus. Mein Kollege ist immer sehr impulsiv und, äh, kreativ, was die Hypothesenbildung anbelangt.«

Alle drei waren kurz aus dem Konzept gebracht. Der Geistliche sah aus dem Fenster. Dann nahm Meier den Faden wieder auf.

»Ein Autounfall?«

»Es tut mir leid, aber ich kann Ihnen nichts dazu sagen.«

Meier notierte sich, dass Eleonora Otto am 5. Februar 1997 geboren und am 25. getauft worden war und dass sie am 21. Juni 2008 starb.

»Wir kennen ihre Eltern. Wissen Sie, wann die beiden mit Noni das Dorf verlassen haben? Wie alt war sie, als ihre Schwester starb?«

Meier rechnete nach.

»Neun.«

Der Padre schüttelte den Kopf.

»*Buona giornata*!«

»Was ist passiert?«

»Genug. Es ist nicht meine Aufgabe, über Dinge zu sprechen, die niemanden etwas angehen. Ich weiß nichts, *con l'aiuto di Dio*! Bitte.«

Die Stimme des Geistlichen war sehr leise geworden.

»Fahren Sie wieder nach Hause und lassen Sie die Toten ruhen. Es ist besser für uns alle, für Sie. Reisen Sie zurück nach Deutschland!«

Aber Meier hatte noch sein Buchprojekt vor Augen, dass immer größer wurde. Er machte gerade wieder ein zusätzliches Kapitel auf. Vielleicht ließ er sich pro Seite bezahlen, das wäre vielleicht besser als pauschal. Er könnte dann über die Geschichte Siziliens schreiben. Das gäbe mindestens dreißig Seiten mehr. Oder vierzig.

»Wann ging die Familie fort? Hatte das etwas mit dem Tod der Schwester zu tun?«

Der Padre nickte knapp und gab ihnen mit einer kurzen Geste in Richtung Tür zu verstehen, dass sie gehen sollten. Meier zögerte.

»Wer kann uns denn etwas darüber sagen? Hier im Dorf, was von dem Dorf noch übrig ist.«

Viel war es wohl nicht. Sie hatten bisher so einige verfallene Häuser gesehen.

»Die Leute müssten doch etwas wissen? Und sicher haben die Ottos hier auch noch alte Freunde, Bekannte?«

»Tut mir leid. Ich weiß nur, dass sie eines Tages verschwunden waren. Mehr weiß ich nicht. Und nun auf Wiedersehen. *Dio vi protegga*! Gott schütze Sie!«

Sie verließen das kleine Häuschen, aber Bruno kam nicht mit. Er schloss die Tür hinter ihnen und drehte den Schlüssel um.

»Aha.«

Meier stand gerade aufgerichtet da. Dann lächelte er. Meyerle wusste, dass noch mehr kommen würde.

»Der Friedhof.«

Meyerle wartete benommen. Er war müde und erschöpft und vor allem hungrig.

»Ich bin mir nicht sicher, ob das so ein guter Vorschlag ist«, wandte Meyerle argwöhnisch ein. Misstrauisch sah er sich um. Er blickte hinauf in den Himmel, aus dem ihn die Sonne erbarmungslos anstrahlte, und erschauerte, ohne zu wissen, warum. In der flirrenden Luft tanzten Mücken und hielten Ausschau nach Verpflegung.

»Warum sollte das kein guter Vorschlag sein? Das gibt schöne Fotos.«

Auch Meier sah sich um. Irgendwo war doch sicher das Grab von Eleonora.

»Was siehst du mich so an? Wir sind doch schon da. Und es ist mitten am Tag, keine Monster, keine Vampire, wenn die Sonne scheint. Oder Werwölfe oder was es sonst noch so gibt. Oder Geister oder Zombies, die herumschleichen könnten. Dafür ist es zu trocken, die würden zerkrümeln.«

Meyerle sah angeekelt die Grabsteine an, über denen ein Rabe seine Kreise zog. Der ließ sich direkt vor ihm auf einem der alten Steine nieder und krächzte. Ein böses Omen. Böse!

»Die würden direkt verbrennen. Hautfetzen würden sich ablösen, das Fleisch von den Knochen fallen, dann zerbröseln die Knochen.«

»Hör auf!«

Meyerle schwitzte. Salzige Bäche überschwemmten sein Gesicht und liefen ihm in die Augen und in den Mund. Mit zittriger Hand wischte er sich über die Stirn. Meier fuhr fort.

»Und dann suchen wir das Gasthaus.«

Sehr gut, Meyerle entspannte sich. Meier ließ seine Gedanken kreisen. Die zögerlichen Antworten des Priesters fand er vielversprechend. Da ging noch was. Und die Prügel, die er bezogen hatte, wiesen auf etwas sehr Ernstes hin. Insgesamt war er sicher auf einem guten Weg.

»Wir müssen heute sowieso noch etwas essen.«

Die Hitze brütete über den Gräbern. Ein Schwarm kreischender Vögel flog auf, als sie langsam die staubigen Wege entlanggingen. Auf dem Boden lagen dicht an dicht schwere Steinplatten, viele gesprungen und im Laufe der Jahrzehnte verfärbt. An den unteren Seiten wuchsen grünlich bleiches Moos und grau-silbrig glänzende Flechten. Auf einigen Platten standen Madonnenstatuen und Steinvasen mit Blumensträußen, dazwischen tote Zweige und Blätter. Ab und an magere Büsche und Gestrüpp. Es gab kaum Grün. Der Tod war hier allumgreifend. An einer Seite fanden sie eine Wand mit Kassettengräbern mit vielen kleinen Fächern.

Die beiden Journalisten benötigten eine ganze Weile, bis sie Eleonoras Grab entdeckten. Aber sie erfuhren nichts Neues. Daneben lagen noch mehr Gräber, auf denen sie den Namen Otto erkennen konnten. Die Familie war wohl wirklich sehr groß gewesen. Vielleicht lebte ja noch jemand. Meyerle ging die ganze Zeit stumm hinter Meier her und machte ab und an ein Foto. Der dickliche Mann mit den dunklen Locken und der schwarzumrahmten, schweren Brille ließ wie so oft den Mund leicht offen hängen. Möglicherweise dachte er nach. Man wusste es nicht. Meyerle hatte so etwas wie eine schillernde Persönlichkeit, weil er schnell zwischen dumpf brütend und hochagil hin- und herswitchen konnte. Das führte dazu, dass er meistens schweigend und scheinbar in sich gekehrt hinter seinem Kollegen herschlappte, um dann plötzlich alles und jeden niederzuquasseln. Aber jetzt war er es langsam leid.

»Findest du nicht, dass das wie eine Warnung geklungen hat, was der Priester sagte?«

Meier sah seinen Kollegen an.

»Doch.«

»Und du willst nicht lieber wieder nach Hause?«

»Nein.«

Meyerle blieb stehen. Er versuchte, das rechte Bein zu heben.

»Halt mal!«

Er drückte Meier sein Foto-Equipment in die Arme.

»Warte mal!«

Er legte eine Hand auf dessen Schulter und zog das rechte Bein etwas höher.

»Was soll das denn nun wieder? Massierst du deinen Rücken?«

Meyerle war zutiefst konzentriert und antwortete nicht. Er zählte leise vor sich hin. Dann stellte er sich wieder auf zwei Beine und hob den anderen Fuß hoch. Meier sah sich in der Zwischenzeit die Fotos in der Kamera an. Auf einem war der Rabe auf einem Uralt-Grabstein zu sehen, wie er in die Linse guckte und gerade etwas sagte, zumindest wirkte es so. Meyerle zählte wieder, diesmal rückwärts. Das konnte dauern. Er sah in den Himmel. Dort kreisten nun Raubvögel in leidenschaftsloser Stille. Die Hitze flirrte.

»Erklärst du mir mal, was du da eigentlich machst?« fragte Meier, als Meyerle bei Null angekommen war.

»Ablenken.«

Meyerle versuchte, sich alles aus der Perspektive eines Adlers vorzustellen, der in immer kleiner werdenden Spiralen über ihnen segelte, um irgendwann zuzustoßen.

In dem Dorf gab es nicht mehr viel. Sie beschlossen, das Zentrum im Nachbarort zu suchen in der Annahme, dass dieses Dorf zumindest wie jedes ordentliche Dorf eins hatte und dass eine Kneipe am ehesten dort zu finden war.

Der kleine Ort war sehr alt. Sie befanden sich im sizilianischen Hinterland fern aller Tourismusströme mit endlos viel Natur drumherum, mit Weiden, Schafherden, Olivenhainen und auch trockeneren Gebieten. Von Fern sahen sie Palmen und verfallenes Gemäuer. Ihre Schritte knirschten im Sand. Meyerle wischte sich ständig Schweiß von der Stirn. Er litt mehr unter der drückenden Hitze als sein Kollege. Dafür gab es jede Menge schöner Motive. Ständig blieb er stehen, um eine Aufnahme zu machen. Den Hinweis, sie arbeiteten nicht an einem Bildband, schien er gar nicht gehört zu haben. Die beiden spazierten durch einige schmale Sträßchen und an uralten Bauernhöfen mit Gärten vorbei. Dann wurde es enger. Viele kleine, würfelförmig gemauerte Häuschen mit roten Dächern standen dicht beieinander, ab und an eine Treppe, Kübel mit Pflanzen vor den Türen, Blumen an den Fenstern. Dazwischen schlängelten sich die gepflasterten Gassen mit vielen Schlaglöchern in kuriosen Windungen, so dass man schnell die Richtung verlor. Das Ganze war eine Mischung aus liebevoll gepflegt und verlassen, denn immer wieder stießen sie auf verfallene Gebäude. Schließlich kamen sie auf die Piazza. Die weißen Pflastersteine, in denen Mosaike eingelassen waren, strahlten im hellen Sonnenlicht. In der Mitte plätscherte Wasser in einem uralten Brunnen. Skulpturen von Göttern und Seeungeheuern spien ohne Unterlass in das Becken hinein. Efeu umrankte die Blumen in den Töpfen. Meyerle schwitzte erbärmlich und ließ sich etwas von dem Wasser über das Gesicht laufen. Ein paar kleine Läden hatten geschlossen, aber die Bar war auf.

Sie traten in den dunklen, kühlen Raum, der spärlich möbliert war. Leere Weinflaschen standen auf den Fensterbänken. Einige Tische waren besetzt. Schweigend musterten die Einheimischen die Neuankömmlinge. Das Rauchverbot schien hier nicht zu gelten. Die Luft war voller Tabakqualm. Meier und Meyerle setzten sich an einen der verwaisten Tische, auf denen überall noch die leeren Gläser der Vorgänger standen. Zwischen Brotkrümeln und Olivenkernen schimmerten im trüben Licht die Ränder, die Flaschen und Gläser hinterlassen hatten. Meyerle war erledigt. Er stützte den Kopf in die Hände und seufzte tief auf. Der Hunger meldete sich wieder. Ein junger Mann bediente sie. Auch er konnte praktischerweise etwas Deutsch und erklärte, was es zu essen gab: Ricotta, Pecorino, Thunfisch, Oliven, Porchetta oder Caponata? Eine gemischte Platte? Und danach Panettone? Oder Brioche mit Eis? Und natürlich Wein. Sie unterhielten sich etwas, und er sagte immer wieder *certo*! *certo*! oder *va bene*! Meyerle murmelte etwas von geil und cool. Der Tag war gerettet.

Sie aßen. Mit Genuss. Erst danach versuchten sie, wieder auf den eigentlichen Grund ihres Besuchs zurückzukommen. Sie fragten den jungen Mann, ob er die Familie Otto kannte. Es wurde noch stiller, als es ohnehin schon war. Dann hörten sie aus dem Raum, im Schatten verborgen, Schimpfen. Meier drehte sich um und ging näher hin. Ein alter Mann zischte einige unsaubere Worte auf Italienisch, falls er das begleitende Mienenspiel korrekt deutete. Dann zog er heftig an seiner Zigarette, warf den Rest Meier vor die Füße, stand auf und verließ die Bar.

Hier war nichts zu holen, niemand reagierte auf ihre Fragen. Die Übersetzungen des Barkeepers waren auch eher begeisterungsarm. Sie beschlossen, zurück zum Auto zu gehen.

Nicht lange, und sie hörten Getrippel. Jemand zupfte Meyerle von hinten am Hemd. Er fuhr herum.

»Gut Abend, die Herren. Möchten Sie mir bitte folgen?«

Ein kleines Mädchen. Die beiden standen versteinert da. Sie zupfte noch einmal und wiederholte ihr Anliegen.

»Du kannst aber sehr gut Deutsch, alle Achtung!«

Meier war verblüfft.

»Wie alt bist du denn?«

Fast hätte er sie gesiezt.

»Elf.«

Die Sprachbegabung der Italiener war schon erstaunlich.

»Vielen Dank. Ich gehe auf eine sehr gute Schule.«

»Hier?«

»Hier? Ich bitte Sie. Nein, in Palermo. Ich fahre mit dem Bus. Ich lerne übrigens auch Englisch und natürlich Latein.«

»Natürlich.«

»Und Italienisch natürlich.«

»Das musst du in der Schule lernen?«

Auch Meyerle wollte sich in den Plausch einbringen. Das kleine Mädchen lächelte ihn nachsichtig an.

»Strenggenommen ja. Denn wir sind hier auf Sizilien und sprechen selbstverständlich Sizilianisch.«

»Ach? Ich dachte Italienisch.«

»Nein, unsere Muttersprache ist Sizilianisch. In Rom sieht man das zweifelsohne anders.«

»Zweifelsohne?«

»Nun, genug davon. Wenn Sie mir nun bitte folgen wollen. Mein Nachbar möchte Sie sprechen.«

Sie trabten hinter dem kleinen Mädchen her, durch enge Gassen und an dunklen Wänden vorbei. Es war längst Abend geworden. Der Mond schien zu etwa einem Drittel, so dass die Atmosphäre einen schummrig-schaurigen Touch bekam.

»Wissen Sie, er sagt, er sei schon so alt, über achtzig wahrscheinlich. Darum hat er keine Angst mehr. Und ich wäre noch zu klein, sie würden mich gar nicht wahrnehmen. Deswegen.«

»Aha.«

Hinter einer der Türen hörte man ausgelassenes Gelächter. Meyerle fühlte, wie eine Welle der Beunruhigung durch seinen Körper floss, gefolgt von verwirrenden Schauern. War das nun Angst oder nur Aufregung? Meier hingegen wirkte lässig wie immer. Er freute sich auf das Abenteuer.

Der alte Mann wohnte am Rande des Dorfes in einem schiefen, kleinen Häuschen, das zwischen anderen schiefen, kleinen Häuschen kauerte. Sie waren etwa zehn Minuten durch die Sträßchen marschiert, ohne jemanden zu treffen. Das Dorf schien bereits zu schlafen. Der Kirchturm war beleuchtet und spendete diffuses Licht.

»Haben Sie doch die Güte einzutreten«,

sagte das kleine Mädchen, nachdem es geklopft und offenbar von innen eine entsprechende Aufforderung bekommen hatte. Meier und Meyerle hatten allerdings nichts gehört. Die Hitze war immer noch erdrückend. Das ganze Dörfchen fühlte sich wie das Innere eines Backofens an. Meyerle liefen Schweißtropfen über den Rücken, während Meier immer noch total cool rüberkam. Ein älterer Herr mit grauen Haaren, schwarzen

Augen und mehreren Schichten Kleidung stand vor ihnen und lächelte sie freundlich an.

»Vittorio Voglio«,

sagte er. Die beiden stellten sich ebenfalls vor und traten ein.

»*Piacere! Piacere! Molto lieto*!«

Das kleine Mädchen winkte sie weiter in einen schmalen Raum.

»Bitte haben Sie doch die Freundlichkeit!«

Er war mit alten Möbeln ausgestattet, die nicht zueinander zu passen schienen. Ein wackeliger Schrank, mehrere Regalbretter mit vielen Büchern, ein quadratischer Tisch und vier Stühle. Und ein Sideboard mit losen Blättern, Zeitschriften, Taschenmesser, Terminkalender, Notizblock, Stiften, Bildschirm und Computer. Der Geruch war abgestanden, leicht muffig, staubig. Auf dem Tisch sahen sie drei bauchige Gläser mit einer braunen Flüssigkeit, Eiswürfeln und Orangenstückchen. Daneben stand ein Schälchen mit dunkler Schokolade. Der alte Mann lud sie mit einer Handbewegung ein, sich zu setzen. Dann blickte er erwartungsvoll das kleine Mädchen an.

»Das ist ein sizilianischer Kräuterlikör. Er wird seit langem hier auf der Insel hergestellt. Das Rezept ist geheim. Er enthält über sechzig verschiedene Kräuter und Gewürze.«

Neugierig setzten sie sich hin, nahmen jeder ein Glas und schnupperten. Augenblicklich umhüllte sie ein Hauch von Sommer, Sonne, duftenden Wiesen und. Und noch etwas. Citrus. Lakritz. Gesund auf jeden Fall.

»Salute!«

sagte Vittorio und hob sein Glas in die Höhe. Alle nippten. Das kleine Mädchen ging leer aus, fuhr aber mit der Erklärung fort.

»Er vermittelt in einzigartiger Weise das Lebensgefühl dieser Insel, ihre Leichtigkeit und Süße. Ihre Vielfalt und Wärme. Ihre Traditionen und Farben. Die Wiesen, die Berge, das Meer. Den Einklang mit der Natur.«

Meier und Meyerle nickten begeistert. Jeder nahm ein Stück Schokolade.

»Auch dies ist eine sizilianische Spezialität. Sie rundet den Genuss vollendet ab.«

Meier vergaß zu kauen. Nachdenklich betrachtete er das Kind, als ginge ihm erst jetzt der Sinn des Vortrages auf.

»Das steht in dem Prospekt.«

Offenbar konnte die Kleine Gedanken lesen.

»Gut. Jedenfalls. Dein Nachbar wollte uns sprechen.«

Meier war neugierig. Meyerle schluckte runter und murmelte: »Hätten sie vielleicht auch Chips?«

Das kleine Mädchen fuhr ihn entrüstet an.

»Das wäre ein kulinarisches Verbrechen.«

»Schade.«

Er nahm noch ein Stück Schokolade und überließ die weiteren Verhandlungen seinem Kollegen.

»Also, worum geht es?«

Der alte Mann setzte sich bequem auf seinem Stuhl zurecht, faltete die Hände und begann eine Geschichte. Auf Italienisch. Korrektur. Sizilianisch. Das kleine Mädchen übersetzte simultan und war früher fertig als die Vorlage. Das fiel Meier aber erst auf, als sie wieder zu Hause waren.

FAHRENZBURG HEUTE

Die Bewohner rund um die Wiese in der Mitte des kleinen Vorortes wurden wie üblich durch lautes Bellen geweckt. Heute mischten sich allerdings Schreie und Pferdewiehern darunter. Gebannt musterten die, die sich mühsam aus dem Bett zum Fenster gequält hatten, wie die Zirkusleute ihre Tiere wieder einfingen. Denn in der Nacht waren Ziegen und Pferde aus dem Zelt hinaus auf die Wiese gelangt. Von einigen Bewohnern waren zwei dunkle Gestalten beobachtet worden, wie sie das Zelt der Tiere verließen, einer groß und kräftig, einer kleiner und eher schmal.

»Kommst du voran?«

Pfeifer betrat das Büro und balancierte zwei Pizzaschachteln um die Tür herum. Winkler räumte ein paar Dinge zur Seite. Dann öffneten sie die Kartons und bissen jeder in eines der Stücke. Pfeifer hatte auch großzügig Papierservietten mitgebracht.

»Naja.«

Er kaute.

»Was wissen wir denn nun. Lass uns mal zusammenfassen.«

Bei der Fahrenzburger Polizei gab es keine eigene Abteilung für Delikte an Menschen, und sie mussten in der Zwischenzeit die anderen Fälle vorziehen, die sie wegen der drei Toten liegengelassen hatten. Am Vortag hatte es eine Demonstration in Fahrenzburg gegeben, bei der sich Puder-Fans eine Schlägerei mit Umweltaktivisten lieferten (sieben Festnahmen). In einer Scheune in einem der Fahrenzburger Vororte hatte es gebrannt, und in irgendeinem Zirkus war eingebrochen worden (je keine Festnahme). Die Protokolle waren lausig. Dann war noch ein Raubüberfall dazugekommen mit schwerer Körperverletzung. Die Hitze machte die Menschen aggressiv. Den Vormittag hatten sie daher mit Akten verbracht. Vor Winkler lag der Bericht eines Beamten, der bei einem Unfall mit Todesfolge direkt nach dem Eingang des Notrufs am Unfallort gewesen war und keinen Satz ohne Fehler geschrieben hatte. Dann lag ihnen noch eine ältere Frau in den Ohren, die behauptete, am Herzinfarkt ihres Mannes wären Hunde schuld. Der Beamte am Telefon hatte ihre ersten Anrufe abgewimmelt, aber irgendwann aufgegeben und sie zu Winkler durchgestellt. Der versprach, sich darum zu kümmern.

»Und wenn wir uns noch einmal diese Sekretärin vornehmen? Was hatten denn die Leute in der Pizzeria zu den Professoren-Dates gesagt?«

Winkler war fast fertig mit der ersten Pizzahälfte und sah nun hoffnungsvoll seinen Kollegen an.

»Die haben sich auf keine konkrete Aussage eingelassen.«

166

»Konnten die denn nicht einmal ihre Reservierungen checken?«

»Ich war da. Die hatten nichts Schriftliches.«

»Das ist auch nicht gerade üblich. Normal ist, dass die im Restaurant einen dicken Kalender mit den Einträgen für die Reservierungen haben.«

»Ich weiß, aber die Frau hat behauptet, die Reservierungen macht ihr Oberkellner, und der hat alles im Kopf.«

»Das glaube ich nicht.«

»Ich auch nicht, deswegen bin ich zwei Tage später wieder dagewesen und bin an diesen Adrian weiterverwiesen worden. Der hat das gleiche gesagt.«

»Dann haben wir nur die Aussage von der Hohlmer, dass Frau Schmitt und Frau Schmied mit ihm dort waren?«

»Ja, so sieht's aus.«

Eine Stunde später klingelten sie bei Hohlmer. Gabi öffnete die Tür und sah sie herablassend an.

»Wir hätten da noch ein paar Fragen.«

Sie blieb in der Tür stehen, ohne etwas zu sagen.

»Könnten wir vielleicht kurz eintreten?«

Immer noch nicht geneigt zu antworten. Nach einer geräumigen Denkpause durften sie in den Flur. Zu dritt standen sie nun doch etwas eng beieinander, so dass sich Pfeifer, während Winkler mit der Sekretärin sprach, dezent in den Hintergrund verdrückte und den einen oder anderen Blick in Wohnzimmer und Küche gleiten ließ. Langsam folgte dann der Körper seinen Blicken. Winkler kaute mit Gabi Hohlmer noch einmal alle Informationen von vorne durch, insbesondere die Professoren-Dates. Die Wohnung war nicht klein, und sie hatte im Wohnzimmer ein schönes Fenster mit Blick auf einen Garten.

»Hören Sie, ich habe Ihnen doch bereits gesagt, dass ich für die Reservierungen zuständig bin, und ich bin mir auch ziemlich sicher, dass er jedes Mal dort war. Ich weiß in der Regel auch, mit welcher der Studentinnen er sich jeweils befasste. Im

Übrigen bin ich nicht sicher, wieviel Gewicht dieses Thema hat. Der Herr Professor akzeptierte nur wenig pflegeintensive Damen. Aber natürlich liegt die Einschätzung bei Ihnen.«

Dass sie in den letzten zwei Wochen den Überblick verloren hatte, wollte sie nicht zugeben.

»Wieso können Sie sich da so sicher sein?«

Aber statt einer Antwort drehte sich Frau Hohlmer um und rief:

»Was machen Sie in meinem Wohnzimmer? Raus, sofort! Außer, Sie legen mir einen entsprechenden Beschluss vor.«

Mit hochrotem Kopf schlich Pfeifer zurück in den Flur.

»Frau Hohlmer.«

»Ich weiß, dass der Herr Professor seinen Reservierungen stets nachgekommen ist.«

Bei sich dachte sie, man müsse sich die jungen Dinger doch bloß ansehen, Hormonherrschaft.

»Und warum genau?«

Gabi Hohlmer starrte Winkler an. Johannes Winkler starrte zurück. Dieses Spiel kannte er. Sie allerdings auch. Beide standen nun mit eingefrorenen Gesichtern und steifer Körperhaltung im Flur, bis Pfeifer, der sich nur langsam von der verbalen Ohrfeige erholte, schließlich einlenkte.

»Bitte, Frau Hohlmer. Sagen Sie es uns einfach. Wir kriegen es sowieso raus. Oder wollen Sie gar nicht wissen, wer Ihren Chef umgebracht hat?«

Hoheitsvoll drehte Gabi nun ihren Kopf zu Pfeifer.

»Ich pflege selbst gelegentlich in dieser Pizzeria zu speisen. Und es konnte durchaus vorkommen, dass ich ihn dort sah.«

Die Konsequenzen aus dieser Formulierung hingen nicht lange in der Luft.

»Sie haben hinter ihm her kontrolliert.«

»Nein, natürlich nicht.«

»Aber am 23.6. und am 27.6. waren sie zufällig ebenfalls in der Pizzeria gewesen und haben ihn mit Frau Schmitt beziehungsweise Frau Schmied gesehen.«

Gabi Hohlmer nickte, nun schon etwas weniger majestätisch, weil ertappt. Alle drei schwiegen. In die Stille hinein hörten sie ein Auto hupen.

»Und am 29. Juni?«

Winkler klang nicht mehr nett. Gabi sah ihn trotzig an.

»Da war ich auch da.«

»Und?«

»Was und. Der Herr Professor hat dort gegessen. Und Krüger auch. Ich sagte doch, dass er seine Reservierungen …«

»Ja, ja. Ist Ihnen irgendetwas aufgefallen? War er anders? Wie immer? Gab es Streit?«

»Nein.«

Gabi Hohlmer reckte das Kinn hoch und sah den Kommissar nun von oben herab und mit äußerst verächtlicher Miene an. Er funkelte böse zurück.

»Nichts? Warum glaube ich Ihnen nicht?«

»Es war noch jemand da.«

»In der Pizzeria?«

»Nein.«

»Was nun?«

»Davor. Sie war vor der Pizzeria und hat den beiden zugesehen.«

***

Lara Schmitt starrte sie mit großen Kulleraugen an. Irgendwie erinnert mich das an eine Kuh, dachte Philip Pfeifer, setzte aber trotzdem ein gewinnendes Lächeln auf, was seine Wirkung bei der Studentin nicht verfehlte. Ihre Züge wurden weicher.

»Jaaaa?«

»Dürften wir hereinkommen? Nur kurz?«

»Warum?«

Warum wohl, dachte Winkler verärgert.

Sie traten ein und schlossen die Wohnungstür von innen. Lara Schmitt trippelte nervös von einem Fuß auf den anderen. Ein Handy dudelte. Pfeifer hatte sein Notizbuch herausgekramt.

»Oh«,

sagte sie. Das Handy dudelte weiter. Die Kulleraugen wanderten von Pfeifer zu Winkler und wieder zurück, wo sie hängen blieben.

»Da muss ich ran«,

säuselte sie. Sie suchte in ihrer Tasche und holte ein Brillenetui, ein Portemonnaie, ein Schreibmäppchen und eine Packung Tampons heraus. Dann schüttete sie den kompletten Inhalt auf den Boden.

»Oh.«

Sie fand das Handy.

»Oh.«

Lara Schmitt wischte mit angespannter Miene darauf herum.

»So viele Nachrichten. Oh.«

Sie wischte weiter.

»Da muss ich drauf antworten.«

Winkler und Pfeifer warteten geduldig.

»Oh.«

Die Studentin sah gebannt auf ihr Handy.

»Wie süß. Schauen Sie mal!«

Pfeifer wartete immer noch mit einer seiner schönsten Lächelvarianten, während Winkler begann, sich in der Wohnung umzusehen.

»Meine Schwester schickt mir immer so süße Katzenvideos. Hier, sehen Sie mal, die sitzt im Schuh. Das ist doch total niedlich.«

Sie hielt Pfeifer ihr Handy unter die Nase, und er nickte begeistert, immer noch lächelnd. Sie hatten bereits vorher ausgemacht, dass er das Gespräch übernehmen sollte, deswegen hatte sich Winkler im Hintergrund eingerichtet, was ihn aber nicht daran hinderte, aufgrund der Qualität des Gedankenaustausches kontinuierlich innere Anspannung und Gereiztheit aufzubauen. Manche Menschen werden leicht aggressiv, wenn der Blutzuckerspiegel sinkt, weil dann dem Gehirn Glukose fehlt. Bei ihm war das anders. Bei ihm war der Auslöser berufliche Unterforderung, etwa wie dieses Gespräch gerade.

»So.«

Lara Schmitt hatte die Zunge auf die Oberlippe gelegt, während sie hochkonzentriert etwas auf dem Handy eintippte und dabei murmelte:

»Vie. Len. Dank.«

Dann drückte sie kraftvoll auf eine Taste.

»Und hier, gucken Sie mal! Das ist auch total süß. Das ist aber nicht von meiner Schwester.«

Gebannt starrte sie auf das Display.

»Warum sind Sie so nervös?«

wollte Johannes Winkler plötzlich wissen. Pfeifer guckte irritiert vom Handy hoch. Auch Lara hob den Blick. Hatte sie ihn verstanden? Winkler war sich nicht sicher. Eigentlich waren doch die Frauen gut im Multitasking. Aber dieses Exemplar hier konnte wohl nicht gleichzeitig sehen und hören.

»Was?«

Die Kulleraugen fielen fast aus dem Gesicht.

»Sie wissen genau, was ich meine.«

Aber offenbar nicht. Jedenfalls kam keine Antwort. Pfeifer lenkte ein.

»Lara«,

sagte er leise,

»Sie haben uns nicht ganz die Wahrheit gesagt.«

Laras Schmitt schien nicht zu verstehen. Sie sah mit offenem Mund von Pfeifer zu Winkler und wieder zurück.

»Sie haben uns nicht gesagt, dass Sie mit dem Professor am 23.6. in der Pizzeria waren.«

Jetzt wurde Lara knallrot.

»Warum haben Sie nichts davon gesagt?«

fragte er vorsichtig.

»Wäre das denn wichtig gewesen?«

flüsterte sie, den Blick dabei fest auf die Füße von Pfeifer gerichtet.

»Aber ja«,

flüsterte er. Er trat einen Schritt näher.

»Das, das wusste ich nicht«,

wisperte die junge Frau schwer atmend, während Pfeifer noch einen Schritt näher trat. Er stand nun ganz dicht vor ihr und nahm einen Duft von Minze, Salbei und Verbene wahr. Zahnpasta.

»Und Sie haben für die Tatzeit auch kein Alibi«,

flüsterte Pfeifer weiter. Winkler war fassungslos. Lara schlug die Hände vors Gesicht und begann zu weinen. Tränen sammelten sich in den Augenwinkeln, fanden ihren Weg über die Wangen und tropften schließlich zu Boden. Interessanterweise blieben Mascara, Lidschatten und was es sonst noch an Farbe gab picobello in Takt. Winkler war nun wirklich kein ungeduldiger Mensch, aber nun stand er kurz vor einem Gefühlsausbruch.

»Es ist mir so peinlich«,

schniefte sie zwischen mehreren Schluchzern und lehnte dabei ihr seidiges Köpfchen an Pfeifers Schulter. Er hielt sie ganz zart fest.

»Was ist Ihnen denn so peinlich?«

flüsterte er ihr ins Ohr, aber Winkler hörte es dennoch.

»Die, dies, diese Pizzeria. Da, da, wollte er.«

Sie rang nach Atem. Er sah ihr in die Augen. Forschend. Tief. Oh, so tief.

»Er. Er. Wollte.«

Sie brach vollends zusammen und glitt zu Boden. Pfeifer säuselte sanfte, wohlklingende Wortgebilde auf sie nieder, bis sie sich irgendwann gefangen hatte. Langsam fand sie die Kraft, einen ganzen Satz zu formulieren.

»Er hat mich geküsst.«

Wow, der Hammer, dachte Winkler wütend, dem der Zirkus mächtig auf den Geist ging. Aber Pfeifer, ganz der Gentleman, beschwichtigte.

»Aber das ist doch gar nicht so schlimm.«

»Nein.«

Sie schluchzte wieder. Winkler warf sich im Geiste ein Popcornkorn nach dem anderen ein.

»Aber?«

wob Pfeifer den feinen Faden der Geschichte weiter.

»Er. Er. Wollte«,

hauchte sie. Er schlang seine Arme um sie und wartete geduldig. Sie spürte seinen warmen Atem auf ihrer Haut, den wunderbaren Schlag des Herzens, die starken Muskeln.

»Jaa?«

sagte er aufmunternd.

»Er. Er. Wollte.«

Ihre Stimme bebte.

»Jaa?«

»Er wollte mit mir schlafen aber ich hatte meine Tage und dann ging das doch nicht und jetzt ist er tot und es wird nichts mit der Hochzeit und ich wollte doch ein Kind von ihm weil er doch so eine kluger Mann ist und so groß und so vernünftig so wohlüberlegt so … es ist eine Tragödie.«

Ungehemmt schluchzend und immer wieder nach Atem ringend lehnte sie den Kopf gegen die Wand. Pfeifer sah entnervt auf sie runter.

»Was ist passiert?«

»Ich habe nicht mit ihm geschlafen?«

»Warum?«

Jetzt riss sie die Augen weit auf und versenkte sich in den Pfeiferschen Herzschmelzspezialblick.

»Nur so. Aus Prinzip.«

Weitere Tränen flossen.

»Und jetzt ist es zu spähät«,

heulte sie.

»Wo waren Sie am 29. Juni abends?«

sagte Winkler sehr laut und deutlich. Aber er bekam nur Schluchzen als Antwort, worauf ihn Pfeifer vorwurfsvoll ansah.

»Kommen Sie, ich helfe Ihnen hoch.«

Sie sah kurz zu ihm auf. Pfeifer lächelte, und ihr wurde sofort warm ums Herz. Zaghaft lächelte sie zurück. Dieser Mann, dieses Lächeln, dachte sie. Ihr Mund wurde ganz trocken, während die Tränen weiter flossen. Dieser Blick. Diese Augen. Mahagonibraun. Er hat so. So etwas. So eine Ruhe. Strahlung. Dings. Aus. Aura. Sie sank in seine Arme, ohne das richtige Wort gefunden zu haben. Plötzlich verstand sie das mit der Besenkammer. Pfeifer fing Lara gekonnt auf und führte sie in die Küche, wo sie sich auf einen der Stühle setzte.

»Oh Gott!«

säuselte sie. Pfeifer nahm ihre rechte Hand und hielt sie, um sie zu beruhigen. Er lächelte und murmelte irgendetwas, was Winkler nicht verstehen konnte.

»Pfeifer!«

Eigentlich duzten sie sich.

»Frau Schmitt!«

»Oh!«

Winklers Stimme riss sie aus ihrem Rausch, und die Magie zerplatzte in Sekundenbruchteilen.

»Ich war hier, zu Hause.«

»Denken Sie nach!«

schlug Pfeifer vor.

»Aber warum denn?«

Sie weinte wieder.

»Weil Sie vor der Pizzeria gesehen wurden.«

Jetzt begannen Laras Augen zu blitzen. Stille. Es war nichts zu hören als das Vogelgezwitscher, das durch ein offenes Fenster drang.

»Woher wissen Sie das?«

Flink und berechnend flitzten ihre Augen zwischen den beiden Beamten hin und her.

»Sie geben es zu?«

Lara richtete sich auf.

»Woher wissen Sie das?«

Pfeifer sagte ganz ruhig:

»Wie gesagt, man hat Sie gesehen.«

»Wer hat was gesehen?«

Winkler und Pfeifer warteten. Winkler lächelte nicht.

»Nun?«

Lara schien zu überlegen.

»Na gut. Ja, ich war da. Und?«

»Und? Das fragen Sie noch? In dieser Pizzeria war der Mann, der kurz darauf umgebracht wurde.«

»Aber nicht von mir, ich hätte wohl eher die …«

Die beiden Beamten warteten. Winkler begann, mit den Füßen zu wippen. Das hatte er irgendwo gesehen. Sanftes Schaukeln sollte beruhigen, hieß es. Erst auf die Ballen, dann auf die Fersen usw.

»Also? Wir warten.«

»Ich habe niemanden umgebracht.«

Lara seufzte dramatisch.

»Aber Sie wollten noch etwas sagen, oder?«

Immer noch nichts. Die Zeit tickte einfach weiter.

»Wenn ich das sage, sagen Sie mir dann, wer mich gesehen hat?«

Das darf doch wohl nicht wahr sein. Winkler blickte hoch zur Decke.

»Wenn Sie uns Informationen vorenthalten, macht Sie das verdächtig«,

sagte Pfeifer so streng, wie er konnte. Lara Schmitt seufzte.

»Ja, ich war da. Ich habe aber nur von draußen hineingesehen, weil ich wissen wollte, mit wem sich der, also mein Verlobter, da traf.«

»Und dann?«

»Nichts.«

Auf die Ballen, auf die Fersen. Auf die Ballen, auf die Fersen. Lara schluckte.

»Dann bin ich nach Hause.«

»Gab es jemanden, der sie gesehen hat?«

»Nein. Ich war allein. Der Professor ist mit dieser, dieser, Studentin verschwunden. Dann kamen sie wieder, und dann hat er bezahlt. Glaube ich.«

»Und dann?«

»Nichts weiter. Die beiden gingen, zu seinem Auto. Da kam ich nicht mehr mit und bin nach Hause.«

»Und das war's?«

fragte Pfeifer, immer noch streng. Lara nickte. Ihre Kulleraugen waren wieder ganz groß, blitzten aber immer noch verdächtig. Winkler machte sich auf neuerliche Tränen gefasst.

»Gut, wenn Ihnen noch etwas einfallen sollte.«

»Ihre Karte habe ich schon.«

Sie gingen zur Tür. Als die beiden Polizisten sich verabschiedeten, fiel Lara in Ohnmacht. Pfeifer fing sie auf.

»Alles wird wieder gut«,

tröstete er sie. Fragte sich nur, für wen.

***

Winkler wischte sich den Schweiß von der Stirn. Es war wieder brütend heiß und schwül. Alle hofften auf ein Gewitter, das aber nicht kommen wollte. Pfeifer lächelte zufrieden vor sich hin und sagte:

»OK. Sie hat zugegeben, dort gewesen zu sein. Aber als Mörderin kann ich sie mir nicht vorstellen.«

»Und du meinst, nach dieser Vorstellung ein objektives Urteil abgeben zu können?«

Kritisch sah Winkler seinen Kollegen an.

»Aber du!«

Pfeifer wollte das nicht so ohne Weiteres auf sich sitzen lassen.

»Sie hat gelogen. Sie hatte was mit dem Toten. Sie war vor seinem Tod vor der Pizzeria.«

»Ja, und die Rothaarige war auch da. Er hatte mit diesen Studentinnen was am Laufen. Und wer weiß mit wie vielen noch. Mindestens eine davon wird doch eifersüchtig gewesen sein.«

»Wussten die voneinander?«

»Wenn sogar die Sekretärin das wusste.«

»Aber was hat das mit Noni Otto zu tun? Oder mit dem Klein.«

»Da wissen wir noch gar nicht, ob es auch Mord war.«

»Ich bitte dich, diese verwischten Spuren im Gesicht? Wie willst du die erklären?«

Winklers Blick fiel auf die Zeitung, die er den ganzen Tag weggeschoben hatte.

Sizilianische Mafia bei uns?
Fahrenzburg, 8. Juli
Die in der Nacht vom 23. auf den 24. Juni im Universitätsviertel auf grausame Weise ermordete N. O. (FN berichtete) wurde wahrscheinlich von Vertretern der sizilianischen Mafia umgebracht. Aus internen Quellen geht hervor, dass ihre Familie eine entsprechende Vergangenheit hat.

Er schob die Zeitung wieder weg.

»Mit wie vielen hatte er was am Laufen?«

»Moment. Ich schau nach.«

Philip Pfeifer ging zu seinem Schreibtisch.

»Wir haben eine Brünette, Schmied, eine Rote, Krüger. Mit Noni Otto hatte er angeblich nichts, schwarzhaarig.«

Er suchte hektisch zwischen den Unterlagen herum.

»He, hast du mein Notizbuch gesehen?«

»Nein.«

»Ich finde es nicht.«

»Wann hattest du es zuletzt?«

»Als wir mit der Schmitt gesprochen haben.«

Sie ließen das Gespräch noch einmal vor ihren geistigen Augen ablaufen. Eine halbe Stunde später standen sie wieder vor ihrer Tür. Auf ihr Klingeln wurde relativ schnell die Tür geöffnet. Lara Schmitt stand vor ihnen mit weit aufgerissenen Augen.

»Oh.«

Ihre Lippen blieben angespitzt.

»Ähm, einen Augenblick.«

Sie verschwand und kam mit dem Notizbuch wieder.

»Ich glaube, das haben Sie vorhin bei mir verloren, hier, bitte.«

***

Das blaue Auge und die anderen Kampfspuren sprachen für sich. So sahen Sieger aus. Meier stand an die Tür gelehnt da, schlank, groß, mit vor der Brust verschränkten Armen und gekreuzten Füßen und wirkte dadurch beherrscht, ausgeglichen und lässig, wie er fand. Noch in der Nacht hatte er seinen neuen Artikel an die Redaktion gemailt und viel Zuspruch von seinem Chef erhalten. Zwar machte sich der Schlafmangel immer mehr bemerkbar, im Gegensatz zu Meyerle hatte er im Flugzeug nämlich kaum ein Auge zugemacht, aber die erfolgsgesteuerten Adrenalinschübe hielten ihn auf den Beinen. Es half alles nichts, auch in der kommenden Nacht musste er wieder los. Zu lange war er jetzt nicht mehr am Polizeicomputer gewesen. Nachdem er all seine Lobeshymnen eingesammelt hatte, beschloss er, sich am Nachmittag hinzulegen. Die Wohnung sah immer noch aus wie Sau, aber das war ihm momentan egal.

Enrico wohnte in einem Altbau-Einzimmerapartment im fünften Stock eines Wohnhauses in der Innenstadt. Es hatte sieben Stockwerke und keinen Fahrstuhl, denn es war schon über hundert Jahre alt. In dem Zimmer gab es seitlich eine kleine Nische mit Waschmaschine, Kühlschrank, Spüle, Zweiplattenkocher, einem Schränkchen und einem Regal mit Messerblock und Kaffeemaschine. Vom Schlaf-Wohnraum aus ging man auch zum Bad, das mit einem kitschigen Perlenvorhang vom Rest der Wohnung abgetrennt war. Die Einrichtung war karg. Eine einfache Couch, die auch als Bett diente, ein kleiner Esstisch, zwei Stühle, einige Fotos an den Wänden, wahrscheinlich von einem Kalender. Sie zeigten Bilder aus Italien. Die einzige größere Investition bildete der riesige Flachbildschirmfernseher.

Enrico öffnete das Fenster und ließ seinen Blick über die Hinterhöfe schweifen, die voller Gerümpel standen, Kisten, Fässer, Abfall. Das erinnerte ihn an zu Hause. Die Luft war warm und voller Gerüche. Die meisten stiegen von den Müllcontainern zu ihm empor. Auch das erinnerte ihn an zu Hause. Er sah in den Himmel und erblickte die schwer aktive Sonne. Auch das …

Enrico stammte aus Neapel. Er war in einem der ärmlichsten Viertel geboren und wuchs in einer großen Familie auf, die sich ein einziges Zimmer teilen musste. Die mangelnde körperliche Kraft glich er durch Geschicklichkeit und einen scharfen Verstand aus. Enrico war ein Selfmade-Mann, der sich alles mühsam selbst beigebracht hatte und der irgendwann seine Liebe zur Kunst entdeckte. Stundenlang betrachtete er in Museen und Galerien Gemälde, Fotografien, Statuen und andere Kunstwerke, studierte die zugehörigen Kommentare und machte sich Skizzen. Niemand konnte sich erklären, wie diese Liebe zu Kunst und allen Tieren mit seinem Job zusammenpasste, aber dazu musste man wohl selbst in Neapel groß geworden sein. Enrico hatte ein Problem.

Marco lehnte mit dem Rücken an der Wand und betrachtete wortlos den Raum. Er war alles in allem ein schöner Mann, groß, gepflegt, athletischer Körperbau mit breiten Schultern und gerader Haltung, braungebrannt, hohe Stirn, gut geschnittenes Profil, feine, sensible Gesichtszüge, markantes Kinn, weiße Zähne, dunkler Teint, schwarze Haare, aber blaue Augen. Momentan verhielt er sich ungewöhnlich. In seinem

Gesicht traten die wenigen Falten klar zu Tage. Ständig bewegte er die Hände. Er war nervös.

Einmal mehr hatten sich in der Pizzeria einige gut gekleidete Herren versammelt und schwiegen. Adrian verteilte geräuschlos wie immer die Getränke. Der nicht ganz Vierzigjährige arbeitete bereits mehrere Jahre in der Pizzeria und wurde auch dafür bezahlt, nichts zu sehen und nichts zu wissen. In der kleinen Pizzeria trafen sich in unregelmäßigen Abständen einige Männer aus gewissen Kreisen. Einige von ihnen waren schon alt und begrüßten sich mit einem Kuss auf die linke und auf die rechte Wange. Niemand wusste genau, wer Strohmann, wer Spieler war. Und das war gut so. Adrian war der einzige Kellner, der in ihre Nähe durfte.

Carlo saß stumm am Tisch und spielte mit dem Handy, neben ihm Enrico. Die Sache war wichtig.

Am späten Nachmittag des achten Juli klingelten zwei Männer bei dem Ehepaar Otto. Raphael öffnete und ließ die beiden ein. Wortlos sah er zu, wie sie sich im Wohnzimmer auf die Couch flegelten und Whisky bestellten.

Meyerle zog es spät noch in die Natur. Der Fluss glitzerte in der Abendsonne. Einige Enten paddelten entspannt am Ufer entlang. Noch war die Stadt munter. Zu beide Seiten des Flusses traf man auf Spaziergänger, Jogger und Fahrradfahrer in Latexoutfit. Auch die Wiesen waren belebt, ein paar Hunde, ein paar Kinder, die spielten. Meyerle spazierte gedankenversunken am Ufer entlang. Immer wieder musste er einem Radler aus dem Weg gehen, die die weniger geglückten Ausweichversuche derb-verbal kommentierten. Die Flüche glitten oft genug unter die Gürtellinie ab.

Meyerle blieb stehen. Hinter den Augen verspürte er einen Druck, ein sicheres Zeichen nahender Kopfschmerzen. Panisch sah er sich nach etwas um, womit er sich ablenken konnte. Da, ein Busch mit Blüten. Er atmete den Duft ein, der jetzt am Abend in der schwülen Luft besonders intensiv war. Langsam ließ er ihn durch die Nase ziehen, durch Rachen und Bronchien hin zu den Lungen, während die Geruchsimpressionen nach oben in die Gehirnzellen wanderten und alle anderen Informationen ausblendeten. Schon bald beruhigten sich Atmung und Herzschlag. Meyerle blieb noch eine ganze Weile so stehen, bis er merkte, dass er schon wieder Hunger hatte.

Es war noch nicht zu spät. Irgendwo wird es sicher noch etwas geben, dachte er, während er nachsah, wieviel Geld er dabeihatte. Das erste Restaurant, an dem er vorbeikam, hatte Urlaub, das zweite ebenfalls. Das nächste hatte wegen Personalmangel aufgegeben. Er suchte weiter. Die Gegend kannte er. Dann, als er um eine Ecke bog, sah er die Pizzeria, in der er jetzt schon zweimal inoffiziell gewesen war. Mäßig begeistert trat er ein, und schon meldete sich das Alarmsystem Magen wieder. Er blieb vor dem Tresen stehen und sah sich um. Die meisten Tische waren besetzt. Im Hintergrund gab es eine Gruppe mit gut gekleideten Herren, von denen ihm einige bekannt vorkamen. Ihm wurde es eng in der Brust. Und der Atem stockte. Angst. Unbedingt stoppen.

»Was kann ich für Sie tun?«

Die Kellnerin riss ihn aus seinen Gedanken, die bei dem Panik-Rescue-Point hängen geblieben waren. Zhong Chong oder Shenmen? Aber er musste jetzt antworten.

»Eine Pizza mit Salami und Schinken zum Mitnehmen, bitte.«

Winkler konnte wieder einmal nicht schlafen. Etwas ließ ihm keine Ruhe. Etwas, was er heute erst erfahren hatte. Mitten in der Nacht riss es ihn hoch. Es war ihm wieder eingefallen.

***

Am Sonntag, noch bevor die Zirkushunde mit ihrer Kläfferei begannen, erreichte die Polizei ein Notruf von einer Frau. Sie sprach zusammenhanglos, und man konnte nicht ausmachen, worum es ging. Die Rückverfolgung des Anrufs lief ins Leere. Es musste sich um ein Handy gehandelt haben, dessen Ortung jedoch nicht gelang.

Meier hatte sich in der Nacht im Keller des Präsidiums auf den neusten Stand gebracht und festgestellt, dass ihm zwischenzeitlich einiges entgangen war. Er sah nicht besonders gut aus. Dunkle Augenringe, rotgeränderte Augen, fahle Gesichtshaut, unordentliche Kleidung. Die Übermüdung setzte ihm immer mehr zu. Jetzt saß er an dem Artikel für die Montagsausgabe. Neue Erkenntnisse zum Professorenmord. Der Professor hatte mehrere Liebschaften unter seinen Studentinnen. War Eifersucht im Spiel? Im Zentrum der Ermittlungen steht eine junge Blondine. Dies und die Tatsache, dass Mafiosi auf blond stehen, deutet auf einen Zusammenhang zwischen den Taten hin. Mmh, vielleicht doch ein bisschen zu platt. Vielleicht sollte er der Polizei einen Tipp geben?

Gabi rappelte sich langsam auf. Wie konnte man bloß so ausrasten? Sie fasste sich an die Stirn, weil der Kopf schmerzte. Dann suchte sie ihr Handy, konnte es aber nirgends finden. Der Festnetzanschluss funktionierte auch nicht, unglaublich. Sie stolperte etwas und schaffte es schließlich ins Bad, wo sie einen kritischen Blick in den Spiegel warf. Sie hatte eine böse Beule am Kopf mit einer Platzwunde. Hektisch suchte sie nach ihrem Erste-Hilfe-Kästchen. Sie hatte überhaupt keine Lust, zu irgendeinem Arzt zu gehen. Vielleicht konnte sie die Wunde selbst versorgen. Das Desinfektionsmittel war angebrochen, aber noch haltbar. Sie biss die Zähne zusammen, es tat allerdings kaum weh. Und nun? Verband oder Pflaster? Sie entschied sich für letzteres. So. Irgendwie musste sie noch einmal die Polizei erreichen. Na, da wird jemand aber sein blaues Wunder erleben. Nicht mit ihr, das ließ sie sich nicht gefallen. Sie räumte im Bad auf, wusch das Becken aus und sah auch im Wohnzimmer nach, ob irgendwo noch Blutspuren waren. Zu spät fiel ihr ein, dass sie gerade wichtige Beweise vernichtet hatte. Die Verletzung hinderte sie am Denken.

Johannes Winkler rief bei Philip Pfeifer an und klingelte ihn aus dem Bett.

»Ich muss dich leider wecken. Erinnerst du dich noch an den Zeitungsartikel?«

»Nur so ungefähr.«

»Was stand drin?«

»Ich glaube, etwas mit Mafia. Dass Noni Otto von der Mafia umgebracht wurde. Aber du hast gesagt, dass wir in Fahrenzburg gar keine Mafia haben.«

»Eben, es stand aber noch ein bisschen mehr drin, erinnerst du dich nicht?«

Pfeifer dachte nach, musste aber passen.

»Sizilianische Mafia. Die haben geschrieben, es wäre die sizilianische Mafia gewesen. Und woran erinnert dich das?«

Pfeifer war noch gar nicht wach.

»An die Cosa Nostra?«

»Ja, kann sein, so werden die auch genannt. Also, woran erinnert dich das?«

»Weiß nicht?«

»Wo wurde Noni Otto geboren?«

»In Sizilien?«

»Genau. So, und was machen wir jetzt?«

Pfeifer dachte nach.

»Erstens, wir müssen noch einmal zu ihren Eltern.«

»Ja, und?«

»Und zweitens, wir müssen uns die Schreiberlinge vorknöpfen. Die können sich das alles schließlich nicht ausgedacht haben. Die können was erleben.«

Es war Sonntag, sieben Uhr fünf, und Pfeifer war jetzt wach.

Meier und Meyerle hatten sich am Nachmittag getroffen, um ihre Unterlagen zu dem Tierartikel zusammenzustellen, der

Chefredakteur saß ihnen im Nacken. Gegen halb neun abends beschlossen sie, nach Hause zu gehen. Sie verließen die Redaktion durch den Haupteingang. Hätten die beiden Journalisten einen Blick auf ihre Umgebung gerichtet, so hätten sie vielleicht die zwei Schatten gesehen, die hinter einem Baum lässig an einer Wand lehnten und rauchten. Sie trugen schwarze Hosen und schwarze Hemden, so dass es gar nicht einfach war, sie auszumachen. Immer wieder glommen die Lichtchen der Zigaretten auf und tanzten lustig in der Dunkelheit. Sie hätten vielleicht auch das Schweigen mitbekommen, die ernsten Gesichter und die dunklen Augen, die unentwegt die beiden Journalisten beobachteten.

***

»So, noch einmal von vorn. Du hast diese kleine Otto umgebracht.«

»Ja, wie gewünscht.«

»Aber nicht unauffällig.«

»Nein.«

»Und warum, wenn ich fragen darf? Und wie kommen die dann auf uns?«

Er zuckte mit den Schultern.

»Warum hast du sie entführt und dann fast verhungern lassen? War das nötig?«

»Ich dachte, ich wollte, naja, etwas kreativer sein als einfach nur so. Außerdem war ich sauer. Echt sauer.«

»Aber die Polizei bekommt unnötig viele Infos. Das macht mir wirklich Sorgen. Kann hier denn niemand endlich einmal tun, was ich sage?«

***

Ein neuer Tag wölbte sich strahlend über Fahrenzburg, über Autos, Laster, Fahrradfahrer, Fußgänger, über Grünstreifen und Bäume, Häuser und Gärten. Die Sonne tat ihr Bestes, um jedes bisschen Feuchtigkeit aufzusaugen, das sich im morgendlichen Tau vielleicht auf den einen oder anderen Grashalm verirrt hatte.

Für die Bewohner rund um die Wiese in der Mitte des kleinen Vorortes war der Morgen wie gewohnt zäh, denn er begann Punkt sechs mit Hundekläffen. Die bisherige Bilanz konnte sich sehen lassen: Zwei Nervenzusammenbrüche, mehrere Ausraster und ein Herzinfarkt mit Todesfolge. Der Versuch, die Hunde mit vergifteten Wienerle unschädlich zu machen, scheiterte, da die Wurst von dem kleinen Jungen gefunden wurde. Die Nachbarin, die als Beobachtungsposten eingeteilt war, konnte rechtzeitig einschreiten und ihn unter Aufbietung aller Kräfte und mithilfe zweier Tafeln Schokolade davon überzeugen, sie ihr auszuhändigen.

Derweil fanden viermal die Woche Vorstellungen statt, die für stundenlange laute Musik sorgten.

In der Redaktion war die Stimmung gut. Zufrieden saß Meier an seinem Computer und bearbeitete das Thema Tierquälerei. In Meyerle hingegen wuchs der Unmut. Hatte er nicht zusammen mit Meier schreckliche Stunden in Italien verlebt? Hatte er nicht unter Hunger gelitten? War er nicht mehrfach fast gestorben vor Angst? Befand er sich nicht in akuter Gefahr, wegen des steten Bluthochdrucks, der ständig erhöhten Herzfrequenz und der Adrenalin-Überschwemmungen einen verfrühten Tod zu erleiden? Und jetzt stand sein Name gar nicht dabei? Meyerle fand das ungerecht. Er wollte auch ein bisschen vom Ruhm abhaben, wenn er sich schon so geißelte. Als sich Meier unter viel Applaus in die Mittagspause verabschiedete, ging Meyerle dieses Mal nicht mit. Stattdessen besah er sich die Notizen, die Meier gemacht hatte. Da lag eine Liste mit den bisherigen Ergebnissen, hübsch nach Opfer sortiert. Nachdenklich betrachtete er die Obduktionsfotos. Das junge Mädchen war sehr schön gewesen und hatte wohl sehr gesund gelebt, wenn man den Kommentaren des Rechtsmediziners glauben durfte. Das passte nur so überhaupt nicht zum Zustand der Leiche. Der zweite Tote bot ein makabres Bild. Und der dritte, da stimmte doch was nicht. Neugierig geworden las Meyerle den Obduktionsbefund. Sein Kollege hatte etwas übersehen. Egon Klein war nach Meinung Meier ermordet worden, mit der Plastiktüte, und der Täter, nein, die Täterin, hatte die Mordwaffe mitgenommen. Aber das wusste die Polizei gar nicht. Meyerle nickte zufrieden. Mord Nummer eins und drei hingen zusammen, Nummer zwei und drei auch, ergo, alle. Was der Meier konnte, konnte er doch schon lange.

Endlose Autokolonnen schleppten sich durch die Straßen. In zweiter Reihe parkten Lieferanten. Auf den Gehsteigen zogen Mütter ihre Kinder und Rentner ihre Hunde hinter sich her. Vor den Cafés saßen Touristen bei einem Kaffee oder einem Eis und versuchten, das Geflöte der Panflötenmannschaften zu ignorieren. Über allem schwebte der Geruch der Großstadt, Benzin, Staub, Kanalisation.

Meyerles aktueller Recherchepunkt war Egon Kleins Freundin Vanessa. Er trabte durch die Innenstadt und kam schon bald zum Uldi. Der Discounter wurde von den Brüdern Ulf und Dieter Meyer betrieben und war der einzige Laden im Stadtzentrum, der eine breite Auswahl an Lebensmitteln und Getränken bot und stets gut besucht war. Hier arbeitete Vanessa Weber ganztags an der Kasse. Aber momentan wollte er nur sicher gehen, dass sie dort war, weil er sich zuerst in Ruhe ihre Wohnung vornehmen wollte. Deswegen ging er sofort weiter. Nach ungefähr fünfzehn Minuten stand er vor einem hohen Mietshaus. Meyerle kontrollierte das Klingelschild und fand schnell ihren Namen. Die Haustür stand etwas offen, und Meyerle betrat das Treppenhaus. Jahrelanger Geruch von Kohl und Zwiebeln mischte sich mit Staub und Zigarettenrauch. Im dritten Stock blieb er stehen, weil ihm der Atem ausging. Danach wurde es mühsam. Endlich. Fünfter Stock. Meine Güte.

Wie schaffte die das bloß jeden Tag. Er klingelte. Niemand öffnete. Vorsichtig sah sich Meyerle um. Nach zwei Basiswissen-Kursen im Internet beherrschte er die Grundlagen des Lock Picking leidlich gut. Aber da es sich hier um ein altes Gebäude handelte mit einem genauso alten Schloss, kam er relativ schnell in die Wohnung, ohne Schaden anzurichten. Er sah auf die Uhr. Wunderbar, er hatte mindestens drei Stunden.

***

Auf Winklers Schreibtisch häuften sich die Akten. In der Hitze gab es ständig neue Delikte an Menschen, die meisten ohne Todesfolge. Nachdenklich ließ er sich noch einmal die Berichte und Zeitungsartikel durch den Kopf gehen. Bei der Anspielung auf Los Angeles blieb er hängen. Da war ja wohl tatsächlich was dran, denn die Verbrechensquote war momentan ein bisschen höher als sonst. Andererseits reagieren Mensch und Tier statistisch gesehen auf Hitze mit erhöhter Aggression und Reizbarkeit, hatte er irgendwo gelesen. Er räumte seine Unterlagen zusammen und begab sich in den Besprechungsraum. Teamsitzung.

Die Mitglieder der Mordkommission kamen zusammen, um über ihre Ergebnisse zu berichten. Die Staatsanwältin hielt sich wie gewohnt im Hintergrund. Die Rechtsmedizin war mit einem Vertreter dabei. Pfeifer kam als letzter.

»Zunächst einmal ist es furchtbar ärgerlich, dass die Zeitung mindestens soviel weiß wie wir, wenn nicht mehr. Haben wir mittlerweile mit den zuständigen Journalisten reden können?«

Alle schüttelten den Kopf.

»Wer aus unserem Kreis hat mit den Leuten von der Presse gesprochen?«

Alle schüttelten den Kopf.

»Aber irgendjemand muss sie doch informiert haben. Was mir weit mehr Sorgen macht sind diese phantasievollen Ausschmückungen. Wir haben hier ein Leck. Jemand muss dem nachgehen. Außerdem stellen die uns auch noch als ziemlich unfähig hin. Das geht nicht. «

Dann begann Winkler mit der Zusammenfassung.

»Noni Otto, Studentin der Theologie, 25 Jahre alt, hatte einige Artikel und Geschichten in teilweise großen Zeitungen veröffentlicht. Sie wurde am 24. Juni in der Früh im Universitätsviertel gefunden, mit einem Ast erschlagen, war zuvor offenbar gefangen gehalten worden, darauf deuten Fesselspuren und der schlechte Zustand des Körpers hin. Die Eltern schweigen. Wir haben niemanden gefunden, der ein Motiv für die Tat haben könnte.«

Er sah kurz von seinen Notizen hoch.

»Egon Klein, Bauarbeiter, 45 Jahre alt, erstickt, 24. Juni. Im Zimmer Blumen- und Kuchendeko, hing in Kabeln, aber nicht am Hals. Bisswunden von einer Katze. Wir können den Hergang nicht schlüssig rekonstruieren. Möglicherweise ein Unfall, es kann aber auch Selbstmord oder Mord sein. Wenige soziale Kontakte, offenbar ein Einzelgänger. Die Freundin hat ihn gefunden, für die Tatzeit aber ein Alibi. Auch hier niemand mit Motiv.«

Winkler macht eine kurze Pause.

»Klaus Möller, Universitätsprofessor, Theologie, 58, im Universitätsviertel aufgefunden. Ein blutiger Ast lag neben der Leiche. Todeszeitpunkt am späten Abend des 29. Juni. Hatte ständig Geschichten mit Studentinnen am Laufen. Wir haben nichts gegen sie in der Hand. Die Sekretärin war nicht ehrlich. Mindestens zwei von den Studentinnen sind verdächtig, da sie zum Todeszeitpunkt angeblich zu Hause waren, ohne Zeugen. Mehrere Personen in seinem Umkreis haben kein Alibi, mehrere lügen. Das Motiv könnte Eifersucht sein. Er hatte über zwanzig Nachrichten von Lara Schmitt, sowohl auf dem Handy als auch in den Mails, die zunehmend ungeduldiger und quengeliger wurden. Die Dame gehört zu denen ohne Alibi.«

Jetzt übernahm Pfeifer.

»Wir glauben, dass die Studentinnen irgendwann voneinander gewusst haben. Vor allem diese Lara Schmitt führt sich auffällig auf. Sie bildet sich ein, dass der Professor sie heiraten wollte. Sie scheint ihn, zumindest nach Aussage der Sekretärin, am Abend seines Todes mit einer anderen gesehen zu haben.«

»Traut ihr ihr denn einen Mord zu? Die kommt mir ziemlich dämlich vor.«

»Mord im Affekt? Warum nicht?«

»Das schon, aber wir haben keine Spuren finden können. Und das sieht eher nach einem intelligenten, umsichtigen, planenden Mörder aus.«

Winkler fuhr fort.

»Die DNS-Analysen laufen noch. Wir haben keine Zeugen. Die Vernehmungen der Freunde, Nachbarn und Bekannten haben nichts Nennenswertes ergeben. Noni Otto war sehr beliebt. Egon Klein kannte niemand so richtig. Der Professor wird von ein paar der Studentinnen und der Sekretärin als nett beschrieben, von einigen sogar als wunderbar und einzigartig, viele aber mochten ihn nicht. Er hatte ebenfalls wohl keine Freunde und im Übrigen auch keine Familie.«

Winkler sah in den Gesichtern Frust und Langeweile.

»Hat der Professor eigentlich ein Testament?«

fragte die Anwältin.

»Nicht, dass wir wüssten.«

»Hatte er Geld? Wer erbt?«

»Nicht besonders viel. Er schien immer alles gleich ausgegeben zu haben. Erben gibt es offenbar keine.«

»Was haben die Handydaten ergeben?«

»Noni Otto hat mit ihrer Freundin Hete und einigen anderen Studentinnen und ihren Eltern telefoniert, jedoch nicht mehr seit Montag, den 19. Juni, also dem Tag, an dem sie zuletzt lebend gesehen wurde. Egon Klein hatte keine irgendwie nutzbringenden Verbindungen. Der Professor hat sein Handy wohl nur sporadisch benutzt. Also nein, nichts, was uns weiterhelfen könnte.«

»Was ist mit gemeinsamen Spuren? Fingerabdrücken? Gibt es ein Muster?«

Niemand antwortete. Sie sahen sich die Fotos an der Wand an. Die Kopfverletzung bei Noni war todesursächlich. Die toxikologische Untersuchung hatte nichts ergeben. Der Körper wies zahlreiche Hämatome überall am Körper und Fesselspuren an Arm- und Handgelenken auf. Ein Tod durch Erschlagen sah nach Affekt aus, die Wunden am Körper deuteten aber in eine andere Richtung. Um die Fotos von Noni herumgruppiert waren auch die der Eltern und der Freundin angepinnt und weitere Tatortfotos, dazu eine Liste mit Personen aus ihrem Umkreis.

»Ich finde, sie hatte wenig Freunde.«

Pfeifer hatte sich bei den anderen Studenten umgehört und niemanden gefunden, der viel mit ihr unternommen hatte. Sportclubs und Chatrooms hatte sie auch nicht besucht. Ja, das war auffällig. Die Eltern meinten, sie hätte jede freie Minute in Studium und Schreiben investiert.

»Sie kannte den dritten Toten. Er und sie wiederum kannten die Sekretärin.«

»Und was ist mit dem Motiv?«

Noni war, da waren sich alle einig, ruhig, zurückgezogen, freundlich und absolut harmlos.

»Spuren in der Wohnung?«

Wie üblich, sie hatten zu wenig Leute dafür. Das, was sie sonst gefunden hatten, hatte sie nicht weitergebracht.

»Erstaunlich wenig.«

»Inwiefern?«

»Normalerweise haben die Leute mehr Vergangenheit in ihren Schränken und Regalen.«

»Und was sagen die Ottos?«

»Wie gesagt, erstaunlich wenig.«

»Mmh.«

Winkler machte sich eine Notiz.

»Ihr Computer?«

Der hatte alle möglichen Texte, aber auch ein paar Termine und Emails enthalten.

»Das ist alles ziemlich langweiliges Zeugs«,

musste Pfeifer zugeben, der sich bei der Lektüre nur mit Mühe hatte wachhalten können.

»Und sie hatte sicher nichts mit diesem Professor zu tun?« fragte Winkler.

»Nein, nichts Privates, da waren sich die Sekretärin und die Freundin absolut sicher.«

»Gut, und was ist mit Egon Klein?«

Auch hier kamen sie nicht weiter. Immerhin hatte die toxikologische Untersuchung Spuren von Cannabis und Alkohol gefunden. Er schien am Ende ziemlich high gewesen zu sein. Außerdem hatte die Wohnungsdurchsuchung Hasch in Brühwürfeln gefunden.

»Wir haben weder Täter noch Motiv. Die Rechtsmedizin meint, er wäre definitiv erstickt. Aber nicht durch die Kabel, in denen er hing.«

»Was noch?«

»Eine lügende Sekretärin.«

»Wozu?«

»Das wissen wir noch nicht.«

»Gibt es eine Verbindung zwischen den Toten?«

Das war genau das Problem. Bei den üblichen Motiven rangierte Eifersucht ganz vorn. Oft sollte auch verhindert werden, dass ein Verbrechen aufgedeckt wurde oder irgendetwas, von dem der Mörder nicht wollte, dass es andere wussten. Neid oder Habgier konnte man bei Noni Otto und Egon Klein wohl ausschließen. Dafür hatten sie beim Professor gleich mehrere Kandidatinnen, die eifersüchtig gewesen sein könnten. Oder Hass, gekränktes Ego, Missgunst? Es half nichts, sie hatten sich festgefahren.

»Was halten Sie davon, wenn wir einen Profiler hinzuziehen?«

schlug die Staatsanwältin vor. Winkler war skeptisch, aber er nickte.

»Wir könnten noch einmal mit Nonis Freundin sprechen und auch noch einmal mit der von Egon Klein«,

sagte Pfeifer.

»Und ich möchte, dass wir uns diese Zeitungsfuzzis einmal ernsthaft vorknöpfen.«

Winkler schielte zur Staatsanwältin. Die nickte.

»Von dem Journalisten haben wir keine Kontaktdaten. Die Redaktion rückt sie freiwillig nicht raus. Der Chefredakteur sagt, dieser Meier sei an mehreren Stories dran, nicht nur an unseren drei Todesfällen. Er recherchiert auch im Zirkus wegen Tierquälerei. Und die Leute dort sind alle, vorsichtig ausgedrückt, halbseiden.«

Pfeifer stand an der Wand, wo sie alle wichtigen Ergebnisse stichwortartig und chronologisch erfasst hatten.

»Ok, dann haben wir ja schon mal die wichtigsten Punkte für unser Programm heute beisammen.«

***

Meyerle brauchte nicht allzu lange, bis er mit der Wohnung durch war. Das meiste war Frauenkram, Kosmetik, Fläschchen, Döschen, Deko, Kleidung. Dann natürlich Kontoauszüge, Rechnungen und verschiedene Unterlagen, die alle in genau einer Schublade gesammelt wurden. In der Kommode nur Modezeitschriften. Nichts Interessantes dabei, wie er fand. Der Computer wurde zum Surfen, für Chats und für Spiele genutzt und natürlich zum Shoppen. Nach etwa neunzig Minuten hatte er genug von stylishem Lifestylekram. Das Corpus Delicti war nirgends. Jetzt musste er die Dame wohl doch interviewen. Sie hatte, soweit er wusste, um kurz nach fünf aus. Er verließ die Wohnung und wartete draußen auf sie.

***

Der gut gekleidete, große Sechzigjährige war nicht nur intelligent und sprach fließend Sizilianisch, Italienisch, Französisch, Englisch und Deutsch. Er war auch vorsichtig, erbarmungslos und brutal. Er schätzte es gar nicht, wenn man seine Familie und vor allem seinen jüngeren Bruder, der seit einem Verkehrsunfall im Rollstuhl saß, zum Narren hielt. Wie immer bewegte er sich mit unnachahmlicher Eleganz. Er wirkte ruhig, ja kühl. Seine eisblauen Augen scannten die Umgebung. Augen, denen nichts entging. Niemand ahnte, was sich in seinem Innern gerade abspielte, aber es war sicher ungesund für bestimmte Leute.

Vor vielen Jahren hatte er das Geschäft von seinem Vater übernommen und mehr und mehr ausgebaut. Heute agierte er international. Eine wichtige Einnahmequelle waren die Immobiliengeschäfte, dazu kam Geldwäsche, Glücksspiel und das Kreditwesen.

Er stand in der Tür in seinem Kaschmiranzug und der nur ganz leicht gemusterten Krawatte über dem weißen Hemd. Das noch volle, graumelierte Haar war nach hinten gekämmt.

»Was ist los?«

Der großgewachsene Mann mit den breiten Schultern stand stumm da.

»Was ist mit diesen Zeitungsartikeln?«

Niemand sagte etwas.

»Ich rede mit euch!«

Keiner machte einen Muckser.

»Und was soll diese Geschichte mit dem Professor?«

Sie sahen sich an. Schweigen.

»Wollt ihr mir vielleicht mal antworten?«

»Das wissen wir auch nicht, das war keiner von uns.«

»So geht das nicht. Wer Mist baut, ist einen Kopf kürzer, habe ich mich klar ausgedrückt?«

***

Meyerle sah sie sofort. Sie schleppte zwei dicke Einkaufstüten mit sich. Ihm war es ein Rätsel, wie man sowas regelmäßig die vielen Stufen hochbekam. Er wartete noch eine halbe Stunde, dann klingelte er.

»Ja?«

Eine traurige Gestalt, er bekam Mitleid.

»Ich müsste Sie noch etwas fragen.«

Sie wollte ihm die Türe vor der Nase zuknallen, aber er hatte schon den Fuß in ihrem Flur.

»Nur kurz, lassen Sie mich rein?«

Er trat ein und schloss die Türe hinter sich. Die Frau roch nach Seife, nach Zigarettenrauch und Essen, Zwiebeln vielleicht, und nach Gewürzen.

»Wo haben Sie die Plastiktüte?«

»Was für eine Plastiktüte?«

»Na die, mit der Sie ihren Freund umgebracht haben.«

»Was? Sie ticken wohl nicht ganz.«

»Richtig«,

sagte Meyerle. Sie sah ihn an.

»Da fehlt noch das *Richtig*.«

»Mann, hauen Sie ab, lassen Sie mir meine Ruhe!«

»Nein. Sie wurden gesehen.«

»So ein Blödsinn, ich habe niemanden umgebracht.«

»Noch einmal. Wo ist die Tüte?«

Meyerle war kein kleiner Mann. Er war sogar richtig breit und konnte sich groß machen, wenn er wollte. Auch hierzu gab es im Internet gute Tipps.

»Wo. Ist. Die. Tüte. Und reden Sie sich nicht raus. Man hat sie gesehen, wie sie mit der Tüte die Wohnung von Klein verlassen haben.«

Immer noch ungläubig begann Vanessa Weber zu schlucken. Sie sah aus wie ein Fisch auf dem Trockenen. Meyerle überkam erneut Mitleid.

»Entschuldigen Sie bitte, ich wollte Ihnen nicht zu nahe treten.«

Er holte aus seiner Tasche ein zerfleddertes Notizbuch und einen Bleistift. Seine Zungenspitze lugte zwischen den Zähnen durch. Er bot ein Bild von höchster Konzentration.

»Moment, ich hab's gleich. Ich schreibe mit.«

Vanessa sagte nichts.

»Ich wollte Sie auch nicht verletzen oder so.«

Er beobachtete betreten seine Füße und wurde auch noch rot. Eine Pause entstand

»Kommen Sie, setzen Sie sich,«

sagte sie freundlich. Sie führte ihn in die Küche.

»Was ist denn los?«

Er setzte sich langsam und schwer atmend hin und schaute immer noch auf den Boden.

»Wollen Sie vielleicht etwas trinken?«

»Ja, gern.«

Er stotterte.

»Mögen Sie vielleicht erzählen, was passiert ist?«

Irgendwie lief das anders, als er sich das gedacht hatte.

»Ja, also.«

Er nahm einen Schluck aus dem Glas, das Vanessa ihm hinschob.

»Eigentlich bin ich Fotograf und arbeite schon mindestens sieben Jahre für die Zeitung.«

Nachdenklich kratzte er sich am Kinn. Vanessa nickte ihm aufmunternd zu.

»Aber wenn ich bei einem Artikel mitrecherchiere, dann lassen die ganz oft meinen Namen weg.«

»Das ist aber ungerecht.«

»Ja, das finde ich auch.«

Er trank noch etwas Wasser.

»Und jetzt, bei den ganzen Morden, da habe ich richtig viel mitgeholfen. Und meine Kollege Meier ist ständig in der

Zeitung und ich nicht, weil ich manchmal die falschen Fotos mache.«

»Oh je, was sind denn falsche Fotos?

»Na von Autos.«

»Ich verstehe.«

Sie verstand aber gar nicht. Bekümmert stützte Meyerle die Ellbogen auf und vergrub sein Gesicht in beide Hände.

»Sie müssen nicht traurig sein. Beim nächsten Mal klappt es bestimmt.«

»Nein.«

»Doch, bestimmt. Möchten Sie etwas Süßes?«

»Oh ja, gern.«

»Warten Sie, ich habe noch eine Packung Kekse.«

Sie aßen gemeinsam die Packung leer. Dann seufzte Meyerle.

»Ich weiß nicht, irgendwie kriege ich das nie so richtig hin.«

»Ach was, Sie müssen positiv denken.«

»Nein, nie.«

Er schüttelte den Kopf.

»Kann ich Ihnen denn nicht irgendwie helfen?«

Vanessa legte ihm begütigend die Hand auf die Schulter, die bereits zu zucken begann. So ein Mist, das lief vollkommen falsch. Plötzlich hatte er eine Idee.

»Doch!«

Meyerle strahlte sie an.

»Doch, ich weiß.«

»Na los, sagen Sie schon.«

»Die Tüte.«

Vanessa verzog das Gesicht.

»Die habe ich weggeworfen.«

»Also haben Sie ihn umgebracht. Mit der Tüte.«

Hoffnungsvoll zeigte sich ein vorsichtiges Glimmern in seinen Augen.

»Nein, habe ich nicht. Er war schon tot, als ich in die Wohnung kam. Und mit der Tüte über dem Kopf habe ich Angst bekommen, die Polizei würde mich verdächtigen.«

»Warum?«

»Weil das eine Tüte vom Uldi war. Mir war das irgendwie peinlich.«

»Warum?«

»Na, dass er sich ausgerechnet so eine Tüte ausgesucht hat, wo die doch von mir war, da sind bestimmt meine Fingerabdrücke drauf gewesen. Aber ich habe echt nichts damit zu tun. Ich habe ihn echt nur gefunden. Glauben Sie mir?«

Sie sahen sich tief in die Augen.

»Ja. Ich glaube Ihnen.«

Beruhigt trank er das Glas leer. Sie räumte es auf.

»Wir könnten ja mal zusammen essen gehen, was meinen Sie?« schlug sie vor.

Meyerle lächelte.

»Ich weiß nicht, Sie gehören zu meinem Fall, und da soll man sowas doch nicht.«

»Stimmt.«

»Aber wenn der Fall gelöst ist, dann.«

»Ja gut, wenn der Fall gelöst ist. Ich wünsche Ihnen auf jeden Fall viel Erfolg.«

»Danke.«

Sie begleitete ihn noch zur Tür.

»Kopf hoch, wird schon.«

Mit einem Lächeln schloss sie hinter ihm die Tür. Als er wieder in der Redaktion war, fiel ihm ein, dass er vergessen hatte, sie nach der Handynummer zu fragen.

»Puh!«

Meier lehnte sich im Stuhl zurück und versuchte, dem Redaktionschef zuzuhören. Er sah auf die Uhr, die Zeiger krochen mühsam dahin. Er sollte den Tierartikel noch diese Woche abliefern. War es heute noch heißer als sonst? Dann war er entlassen. Also elaborierte er weiter an seinem Artikel zur Tierquälerei herum. Er hatte einige ereignislose und vor allem langweilige Tage damit verbracht, auf den Spuren von Tierleid in Fahrenzburg zu wandeln. Dieser Titel war ihm eine Spur zu prosaisch – dabei hatte er seinen Chef bereits von »Herzeleid« heruntergehandelt –, vor allem in Hinblick auf die Tatsache, dass er bisher nicht Konkretes hatte finden können. Viel gab die Stadt auch gar nicht her. Nur die üblichen Kaninchen und Wellensittiche, Katzen und Kläffer. Aus einer plötzlichen Eingebung heraus fiel ihm noch der Zirkus ein, als letzte Hoffnung. Der dürfte ja wohl ein paar Tiere haben. Den ganzen Vormittag hatte er seinen Fotografen nicht auftreiben können, der seine Italien-Überstunden abfeierte. Jetzt wollte er es doch noch einmal probieren. Und siehe da, man musste ihn mental nur in die Hölle schicken, schon meldete er sich. Sie verabredeten sich vor dem Zirkuszelt. Meier machte sich auf den Weg durch die Stadt. Gerüche trugen bei hohen Temperaturen besonders gut, und so lag ein feines Bouquet von Kanalisation und Pissoir in der Luft und legte sich dezent über die Abgase. Die Wiese lag platt getreten vor ihnen. Überall Heuhaufen und Strohhalme, leere Stühle, ein kleiner Junge, der Wassereimer in ein halbes Zelt am Ende der Wiese schleppte.

»Mach mal ein paar Fotos von allen Seiten. Vielleicht findest du irgendein Babytier, vielleicht mit Sonne, Tautropfen, Richtung Romantik, so als Einstieg.«

Das sollte dann den Kontrast steigern.

Zuerst versuchten sie, den Direktor zu finden, der aber nicht da war. Die zugehörige Frau setzte sich gekonnt in Szene und erwartete Fotos. Sehr schönes Glitzerkostüm, toller Ausschnitt. Sie versuchten ihr zu erklären, dass das gerade nicht ihr Thema war. Dann machten sie eine Führung. Meyerle fand besonders die teuren Autos sehr interessant. Er schoss Fotos von einem BMW 740i und einem Mercedes EQS, als Meier ihm dazwischenfunkte. Sie verbrachten eine gute Stunde mit bedingt amüsanter Recherche.

»Kam es bei Ihnen eigentlich in der letzten Zeit einmal zu Todesfällen innerhalb Ihrer Tierpopulation?«

fragte Meyerle, als er sich im Stall umsah. Der war gut ausgebucht.

»Na klar.«

»Oh, interessant. Erzählen Sie doch etwas mehr darüber.«

Meier hielt das Mikro parat.

»Jeden Tag, um genau zu sein.«

Sie grinste.

»Und zwar bei den Mäusen.«

»Könnten Sie etwas näher darauf eingehen?«

»Klar.«

Meier wartete gespannt.

»Futter.«

Meier wartete, schon etwas weniger gespannt.

»Für unsere Schlange.«

Kichernd machte sie sich wieder auf den Weg zu ihrem Wohnwagen. Einige der anderen standen neugierig davor.

»Dürften wir vielleicht auch mit Ihren Leuten sprechen?«

Meier begab sich also mit seinem Mikro weiter auf Meinungssuche, während sich Meyerle hinter den Zelten umsah, als ihn etwas am Hemd zupfte.

»Du!«

Er drehte sich um und sah einen kleinen, nicht ganz sauberen Jungen, der erwartungsvoll zu ihm aufschaute.

»Du bist von der Presse, oder?«

Neugierig beugte sich Meyerle hinunter.

»Wir dürfen nicht mit Leuten von der Presse reden, aber ihr sucht doch tote Tiere, oder?«

»Ja.«

»Mein Hase ist nämich tot.«

»Das tut mir leid. Was ist denn passiert?«

»Der Clown hat den tot gemacht.«

»Wirklich?«

»Ja, wirklich, und jetzt?«

»Tja. Mmh. Ich bin mehr für die Fotos zuständig.«

»Du schreibst das nicht in deiner Zeitung?«

»Also.«

Wie bringt man ein kleines Kind zum Reden, also ohne Gewalt? Aber der kleine Junge sprach schon weiter.

»Du, die Pferde sind auch arm, soll ich dir mal was zeigen?«
Der Junge zog ihn mit sich fort in das halbe Zelt hinein. Dort fand Meyerle vier Pferde eng aneinandergebunden.

»Und die haben auch aua, kuck, das ist bloß übergemalt.«
Meyerle versuchte zu verstehen, was sich da wohl abgespielt haben könnte. Er hatte die Kamera griffbereit und machte Fotos.

»Vielen Dank. Magst du mir vielleicht noch ein bisschen was erzählen?«

Der Kleine nickte eifrig.

»Ich kann dir auch die Messer zeigen.«

»Welche Messer?«

»Die von dem Clown.«

Sie verließen das Zelt. Vor einem Wohnwagen blieben sie stehen.

»Da drin. Da sind die Messer. Die, mit denen der meinen Hasen tot gemacht hat.«

Meyerle wurde es schwummrig im Magen. Er wäre am liebsten gegangen, aber der kleine Junge tat ihm leid. Vorsichtig sah er durch eines der Fenster. Und tatsächlich, auf dem Tisch lagen mehrere ziemlich große Messer. Wofür braucht ein Clown Messer? Was würde Meier jetzt tun? Ganz klar, rein gehen, alles fotografieren und Spuren nehmen.

»Du bleibst draußen.«

»Ok, ich pfeife dann.«

»Wann?«

»Wenn er kommt.«

»Du kannst pfeifen?«

»Nein.«

»Bleib trotzdem hier!«

Die Tür war nicht abgesperrt. Meyerle ging hinein. Nach einer ganzen Weile kam er wieder heraus.

»Na, alles klar?«
fragte der kleine Junge. Meyerle nickte zufrieden.
»Alles klar.«
»Roger«,
sagte der kleine Junge.
»Ich habe Hunger«,
fügte er noch hinzu. Meyerle fand in seiner Ausrüstungstasche
den Rest einer Tafel Schokolade und gab sie ihm.
Am anderen Ende der Wiese setzte sich der belanglose Mei-
nungsaustausch fort. Enttäuscht zog Meier ab. Allerdings bekam Soc eine Dringlichkeitsmeldung.
»Die beiden Journalisten waren gerade da und haben herum-
geschnüffelt.«
Nun machte sich der gutaussehende Sizilianer ernsthaft Sorgen.

***

Winkler und Pfeifer hatten die Ottos den ganzen Sonntag über
nicht erreicht, weder per Telefon noch persönlich. Mittags hatten sie aufgegeben. Jetzt standen sie wieder vor ihrer Tür, und
sie wurde ihnen geöffnet. Die beiden boten den gleichen traurigen Eindruck wie beim letzten Mal. Beide hatten hagere, ein-
gefallene Gesichter, gerötete Augen und machten einen deso-
laten Eindruck. Man nahm im Wohnzimmer Platz. Nach kurzer Smalltalk-Einführung kam Winkler zur Sache.
»Was haben Sie mit der sizilianischen Mafia zu tun?«
Raphael wurde blass.
»Gar nichts«,
sagte er, sah aber den Beamten dabei nicht in die Augen.
»Dürfen wir uns nochmals bitte in der Wohnung umsehen?«
»Natürlich.«
Zwei Stunden später saßen sie wieder im Wohnzimmer, bis
Pfeifer eine Idee kam.
»Sagen Sie, haben Sie auch einen Speicher oder einen Keller?«

»Wir haben ein Kellerabteil.«

»Das haben Sie uns noch gar nicht gezeigt.«

»Nein, Sie haben auch noch nicht danach gefragt.«

Gemeinsam gingen sie hinunter, durch enge, finstere Gänge, an Verschlägen mit Holz oder Drahtgittern vorbei, bis Raphael an einer Brettertür haltmachte, die er den beiden Beamten öffnete.

»Hier, bitte.«

Die etwa zwölf Quadratmeter standen voller verstaubter Kisten, Koffer und alter Möbelstücke. Pfeifer orderte telefonisch Verstärkung. Bis dahin fingen er und Winkler schon einmal bei der ersten Kiste an. Alte Erinnerungsstücke, Unterlagen, Fotoalben. Eine halbe Stunde später trafen einige Streifenbeamte ein, die alles mit auf das Revier nahmen.

***

Philip Pfeifer betrachtete versonnen Hetes Beine, die sie übereinandergeschlagen hatte. Der rechte Fuß wippte zu einem unbekannten Takt in der Luft, der andere ruhte auf einem Stuhl. Die Nägel waren schwarz lackiert, sie trug keine Schuhe.

»Die Welt der Universität ist genauso unerbittlich wie die des organisierten Verbrechens. Alles dreht sich um Macht, um Anerkennung, Eifersucht und Neid. Nie um die Sache. Nicht um Wissen, sondern um Status. Und dafür geht man über Leichen, an der Uni allerdings metaphorisch, aber genauso tödlich, ebenfalls metaphorisch«,

erklärte ihnen Hete.

»Und wie passen die Studenten da rein?«

»Die Studierenden.«

»Entschuldigung.«

»Gar nicht, die braucht man nicht.«

»Aber sind Professoren nicht so etwas wie Vertrauenspersonen?«

Hete lachte.

»Und Sie meinen, im universitären Umfeld würden wir keinen Mörder finden?«

Pfeifer war skeptisch.

»Nein, weder bei Noni noch bei dem Möller. Noni hat doch niemanden interessiert, sie war genauso unwichtig wie ich. Und diese ganzen Profs sind feige ohne Ende. Die buckeln nach oben, nach unten treten sie. Aber immer nur ganz heimlich. Zu einem Mord hätte nie einer auch nur das kleinste bisschen Rückgrat.«

»Wie war denn Ihre Beziehung zu dem Professor?«

»Ich hatte keine. Ehrlich gesagt, der Typ war mir unangenehm. Ich dachte sowieso daran, das Hauptfach zu wechseln, damit ich ihn nicht beim Abschluss brauche. Das hat sich ja nun Gott sei Dank erledigt.«

»Sie passen also nicht in sein Beuteschema?«

»Ich? Nie! Der stand mehr auf Designerdessous und stylische Nobelklamotten. Sehen Sie mich doch an!«

In der Tat, Öko-Outfit, bunte Holzketten und barfuß, Winkler war schon überzeugt.

»Sie wissen auch nicht, was mit Nonis Eltern los ist?«

»Nein, ich kenne sie nur sehr schweigsam und zurückhaltend. Ich hatte immer gedacht, dass sie sich vielleicht nie so ganz heimisch gefühlt haben.«

Hete räusperte sich.

»Noni hat mir einmal einen USB-Stick gegeben. Sie wollte nicht, dass ihre Eltern ihn sehen. Sie können ihn haben. Vielleicht finden Sie etwas Relevantes. Außerdem habe ich mich gefragt, was wäre, wenn in den Artikeln etwas steht, was der Täter geheim halten wollte?«

***

Meier beschloss, einkaufen zu gehen. Seine Essensvorräte waren knapp geworden, und wegen der vielen Überstunden gingen ihm auch langsam Bier und Schokolade aus, die er sowieso nur zu besonderen Anlässen aß. Es wehte ein leichter Wind. Die Sonne arbeitete heftig. Der Verkehr schob sich wie üblich durch die Straßen.

In Fahrenzburg gab es mehrere Einkaufspassagen, aber nur eine mit einem Teich, der aus einem Wasserfall von ganz oben gespeist wurde. Meier kaufte seine Lebensmittel gern ab und zu hier ein, weil er dann an den vielen anderen Läden vorbei spazieren konnte. Irgendwann bekam er ein ungutes Gefühl. Der wenige Schlaf und die Aufregungen der letzten Zeit machten sich immer mehr bemerkbar. Er drehte sich um, aber er sah nur die üblichen Leute. Familien, Pärchen, einzelne Rentner, sehr viele Jugendliche, die sich laut grölend anrempelten und auf den Sitzgelegenheiten abhingen. Als er alles beisammenhatte, nahm er den Fahrstuhl zur Tiefgarage. Dort unten war kaum etwas los. Plötzlich stand ein mittelgroßer, dunkelhaariger, schlanker Mann ganz dicht neben ihm. Und zwar viel zu dicht. Er kam ihm bekannt vor. Wegen der riesigen Sonnenbrille und dem Hut, der tief in die Stirn gezogen war, konnte er aber das Gesicht nicht richtig erkennen.

»Hey, entschuldigen Sie mal.«

sagte Meier indigniert.

»Halt's Maul!«

Ein paar Passanten waren stehen geblieben.

»Keine Bewegung!«

flüsterte der Mann ihm ins Ohr.

»Hey, sind Sie nicht …?«

»Klappe!«

Meier blickte nervös um sich. Er fühlte, wie sich etwas Hartes in seine Seite bohrte. Als geschulter Krimi-Leser wusste er, was es war. Der Mann ließ ihn nicht eine Sekunde aus den Augen. Sie warteten, bis die Leute das Parkdeck verlassen hatten.

Der Mann holte seine Pistole hervor und zeigte auf ein Auto. Der Kofferraum war auf. Sollte er da rein? Mühsam kletterte Meier hinein. Er musste sich ziemlich klein machen. Der Deckel ging zu. Der Boden war schmierig und mit Krümeln übersät. Meier hörte, wie der Motor angelassen wurde und roch Benzin. Dann rollte der Wagen los, machte eine Kurve, blieb stehen, fuhr weiter. Sie fuhren mehrmals im Kreis. Meier hörte, wie irgendwann Türen auf und zu gingen. Als er wieder aussteigen durfte, befanden sie sich in einer Lagerhalle. Sie war nicht sehr groß. Wände und Boden waren aus Beton. Ein Ende bestand praktisch nur aus Toren, von denen sich eines gerade schloss. Von den Deckenbalken hingen Glühbirnen und tauchten alles in ein diffuses Licht. Oben an den Wänden direkt unter der Decke verliefen Fenster.

»So, mein Lieber.«

Der Mann klopfte seitlich auf sein Jackett, das eine gefährliche Ausbuchtung zeigte. Meier fühlte sich unwohl. Jemand stülpte ihm einen dunklen Sack über den Kopf.

»Jetzt wollen wir uns einmal ein bisschen unterhalten.«

Meier bekam es etwas mit der Angst.

»Worüber denn?«

fragte er vorsichtig.

»Über deine Artikel? Deine Recherchen?«

Meier hatte nicht ausreichend Gelegenheit gehabt, sich mit seinen Entführern optisch vertraut zu machen. Der größere von beiden war ein breiter, muskulöser Mann. Er stand mit über der Brust verschränkten Armen breitbeinig hinter ihm. Hier kam niemand durch. Der kleinere trug ein modisches Jackett, dunkle Jeans und dunkle Schuhe.

»Welche von meinen Artikeln meinen Sie denn? Die mit der Tierquälerei? Die habe ich nicht freiwillig geschrieben. Mein Chef wollte das.«

Der große Mann hieb Meier seine Pistole ins Gesicht.

»Ich kann noch mehr.«

»Ok, ok, die haben Tiere gequält und einen Hasen getötet.«

Meier bekam eine Ohrfeige. Die wurde allerdings von dem Sack etwas abgepuffert. Im Hintergrund hörte man jemanden aufgeregt zischeln.

»Mann, aua. Und die Messer? Meinen Sie vielleicht die Messer?«

Wieder eine Ohrfeige. Wieder Gezischel.

»Ok, ok, Sie meinen nicht die Artikel über die Tiere.«

»Nein. Was glaubst du denn?«

»Ich glaube …«

Meier schluckte und versuchte verzweifelt, Zeit zu gewinnen. Worum ging es hier? Waren die nur zu zweit? Oder gab es mehrere? So ein Mist, hätte er doch bloß die Finger von diesem Computer gelassen. Den einen Typen kannte er, da war er sich sicher. Und die Stimmen kamen ihm sowieso bekannt vor. Déjà-vu hieß sowas wohl.

»Die anderen dann.«

Jemand nahm Meier am Arm und führte ihn zu einem Stuhl. Er wurde unsanft hingesetzt und festgebunden. Er hatte den Eindruck, dass noch jemand da war.

»Es wird Zeit, dass Sie uns über Ihre Informationsquellen berichten.«

Diese Stimme hatte er noch nicht gehört. Während er überlegte, bekam er einen heftigen Schlag in den Nacken, der ihn zusammensacken ließ.

»Soll ich ihm noch eine reinhauen?«

flüsterte es hinter ihm. Jemand rülpste. Bier, Knoblauch, Ketchup, altes Fett und … Er kannte das, was war das bloß? Genau, Taco-Soße.

»Ich möchte wissen, wie Sie auf die Idee kommen, wer diese Studentin umgebracht haben könnte.«

»Oh Mann, das tat weh.«

»Besser Sie reden jetzt und nicht erst, wenn Sie ein paar Finger weniger haben.«

»Soll ich eine Säge nehmen oder lieber eine Zange?«

flüsterte es. Meier bekam es mit der Angst.

»Und besser, Sie sagen gleich die Wahrheit. Ich merke, wenn mich jemand anlügt.«

»Ich habe gehört, eine Karotte wäre auch ganz gut«,

flüsterte es.

»Was soll der Quatsch. Eine Karotte?«

»Ja, diese spanische Winde.«

»Mann, das ist eine Garotte, mit Ge.«

»Könntet ihr vielleicht mal die Klappe halten.«

Der Mann entglitt verbal. Das war kein gutes Zeichen. Meier wurde zunehmend nervöser.

»Ok, ok, ich sage ja alles.«

»Na, dann los.«

»Ich habe mir das ausgedacht.«

Er bekam wieder einen Schlag in den Nacken, dieses Mal noch heftiger.

»Doch, wirklich, das müssen Sie mir glauben.«

»Wie kann man sich sowas ausdenken, verarschen Sie uns nicht!«

»Doch, ich schwöre.«

»Und worauf wollen Sie schwören, Sie wissen schon, dass wir ernst machen.«

»Also gut, ich schwöre hoch und heilig.«

»Quatsch.«

»Ich schwöre beim heiligen Bimbam.«

Er bekam einen Schlag ins Gesicht.

»Aufhören, ich rede ja. Also, die Eltern waren doch Italiener, und da habe ich gedacht, weil das mit dem Opfer für Mittsommer nicht so gut ankam bei den Kollegen, dass Italien und Mafia, Sie wissen schon.«

»Nein, wir wissen nicht.«

Meier hatte mittlerweile Schmerzen und atmete heftig.

»Ich dachte, das klingt gut.«

»Soll ich ihm noch eine reinhauen?«

»Klappe! Was? Was klingt gut?«

Der Große tänzelte aufgeregt um den Kleinen herum. Aber das sah Meier nicht.

»Ja, wir sollen gute Stories schreiben, damit die Leute die Zeitung kaufen. Wir sind in den Miesen, wegen dem Internet.

Und wir besprechen manchmal die Strategie im Kollegenkreis.«

»Sie reden Blödsinn.«

»Gar nicht wahr.«

»Ich habe ein neues Messer dabei, das habe ich noch nicht ausprobiert. Solinger Klinge.«

»Mensch, halt den Mund, ich arbeite.«

»Reden Sie! Los!«

»Messer? Der Typ soll bloß mit dem Messer weg.«

Er bekam eine Faust in die Magengegend und wurde vorübergehend bewusstlos. Bald wachte er wieder auf. Er hing unbequem nach rechts und sah unter sich Zementboden, Staub, Schleifspuren. Ihm war übel. Langsam kam die Erinnerung zurück. Es war dunkel. Auto. Er war in einem Kofferraum gewesen. Jetzt setzte die Panik auch wieder ein, und er begann zu zittern.

»Was haben Ihnen die Ottos erzählt?«

»Nichts, ehrlich, das war ja das Problem.«

»Haben Sie irgendwas gefunden?«

Wieder diese andere Stimme. Genau genommen hatte nicht er, sondern Meyerle etwas gefunden. Und das, was er selbst gefunden hatte, war nicht bei den Ottos gewesen. Verdammt, wie sollte er darauf antworten.

»Nein, und ich lüge nicht, ehrlich.«

»Dann reden Sie endlich. Wer hat Ihnen das erzählt?«

»Mir hat niemand was erzählt, was überhaupt?«

Er bekam erneut einen Schlag in die Magengegend. Es dauerte einige Sekunden, bis er wieder Luft bekam. Schweigen.

»Soll ich mit der linken oder der rechten Hand anfangen?«

»Halt die Klappe!«

»Och schade.«

»Also gut«,

röchelte Meier.

»Die Mafiosi gehen, wie allseits bekannt, über Leichen, um ihre Ziele durchzusetzen. Und das ist durchaus wörtlich zu verstehen.«

»Was für Ziele?«

sagte einer.

»Und? Wie geht's weiter?«

sagte ein anderer.

»Gar nicht, das war einfach meine Grundhypothese.«

»Das bringt nichts«,

zischelte es. Dann hörte er ein verärgertes Knurren und schnelle Worte auf Italienisch, die lauter wurden.

»Ich würde sagen, zunächst einmal links.«

Meier begann zu schreien und zu zappeln.

»Fassen Sie mich nicht an! Fassen Sie mich nicht an!«

Dann schrie noch jemand.

»Mann, jetzt habe ich mich geschnitten. Was brüllt der denn so? Hat dem jemand was in den Tee getan?«

Meier schrie noch lauter. Aber plötzlich hörte er auf.

»Scheiße.«

»Was?«

»Ich glaub, der ist tot.«

»Wieso das denn?«

»Das war ich aber nicht. Ich hab den noch nicht einmal angefasst, auch nicht geritzt oder so.«

»Halt die Klappe!«

»Warum immer ich?«

»Ich glaub's ja nicht.«

»Ich habe euch doch gesagt, dass das Henry übernehmen soll.«

»Ey, keine Namen. Mann. Klar? Capisce?«

»Warum?«

»Wir sollen nie Namen nennen.«

»Mann, der ist doch längst tot.«

»Ja und? Geht es nicht ums Prinzip?«

»Doch schon.«

»Genau, denn wenn man sich das angewöhnt, dann automatisiert das das Gehirn und man macht keine Fehler.«

»Ich wollte von Anfang an Henry.«

»Keine Namen, Mann!«

»Und was machen wir jetzt?«

»Was war das mit dem Hasen?«

»Der ist von ganz allein gestorben.«

»Wer, der Hase oder dieser Typ?«

»Ey, wenn der den Hasen umgebracht hat, mach ich den kalt.«

»Quatsch nich so blöd rum hier!«

»Das hab ich nicht gewollt.«

Ein Seufzen unterbrach das Gefluche. Irgendwo im Hintergrund zwitscherte ein Spatz sanft vor sich hin, ganz leise, es klang fast zärtlich. Zwei chaotisch herumfuchtelnde Gestalten und eine sehr ruhige, besonnene betrachteten das kleine Häufchen Mensch, das nach ihrer Aktion vom Stuhl hing.

»Auf jeden Fall ist das Scheiße gelaufen.«

Alle nickten.

***

Kein bisschen Lufthauch. Winkler wälzte sich hin und her. Die dünne Decke klebte überall. Er träumte von schweren Maschinen und Autorennen im Saharasand, als er von lautem Hupen geweckt wurde. Gerade erst vier. Er blieb liegen, konnte aber nicht mehr einschlafen. Irgendwann ganz früh stand er auf. Eine kalte Dusche und drei Kaffees später verließ er die Wohnung. Pfeifer war schon im Büro.

»Haben die Kisten von den Ottos schon was ergeben?«

Die waren voll mit alten Büchern und Fotoalben, Notizen, Kontoauszügen, Briefen, Kalendern, alles unsortiert. Die Personaldecke war dünn, das dürfte dauern.

»Nein, aber wir haben zumindest die bisher vermisste Vergangenheit gefunden. Wie müssen sie nur noch sortieren. Am besten chronologisch.«

Winkler ging auf derartige Späße nicht ein. Nicht so früh am Morgen.

»Hat der Profiler etwas gesagt?«

»Ja, es handelt sich um einen Weißen, circa zwanzig bis sechzig Jahre alt, gebildet, der nicht stottert, keine Hunde mag und gern schwimmen geht.«

»Und was ist mit den Zeitungsfritzen?«

Philip Pfeifer stellte den Kaffee für Winkler auf dem Schreibtisch ab. Es wäre schon der vierte. Winkler war sich nicht sicher, ob er das seinem Magen zumuten konnte. Aber es duftete einfach zu gut.

»Ich habe heute Morgen schon in der Redaktion angerufen. Die verweigern jegliche Zusammenarbeit mit uns.«

»Dann fahren wir da jetzt hin.«

»Und der Kaffee?«

»Den trinken wir erst.«

»Und die Croissants?«

»Die essen wir auf der Hand.«

Winkler wickelte sein Croissant vorsichtig in eine Serviette.

»Und ist irgendetwas Epochales auf diesem Stick?«

»Dafür hatte ich noch keine Zeit.«

Noch bevor sie richtig aufgestanden waren, ging die Tür vom Büro auf. Einer der Streifenbeamten reichte ihnen ein Blatt mit Notizen.

»Hier, das könnte euch interessieren. Es gab eine Beschwerde wegen eines Überfalls.«

»Aha. Und warum sollte uns das interessieren?«

»Na, das kam von einer gewissen Gabriele Hohlmer.«

»Gib her!«

Winkler las, dass Frau Hohlmer am Sonntag einen Überfall in ihrer Wohnung gemeldet hat. Täterin: Lara Schmitt.

»Ist irgendetwas passiert?«

Pfeifer sah Winkler über die Schulter.

»Wie man's nimmt. Frau Hohlmer hat angeblich einen Schlag abbekommen. Sie war eine Weile ohnmächtig. Und es gab einen Streit. Sie klang wohl etwas diffus.«

»Diffus?«

»Steht hier. Sie hat sich erschrocken. Dann konnte sie ihr Handy nicht finden. Als sie die Polizei benachrichtigen wollte, ging der Festnetzanschluss nicht.«

»Und warum hat sie nicht Anzeige erstattet?«

Der Streifenbeamte stotterte betroffen:

»Sie hat den Überfall am Sonntagmittag telefonisch gemeldet. Sie hat ihr Handy wohl wiedergefunden. Es wurde nichts gestohlen. Der zuständige Beamte hat ihr nicht so recht geglaubt. Er sagte ihr, dass das fernmündlich gar nicht ginge und sie müsse persönlich mit Unterschrift und so. Sie wollte am Montag in die Wache kommen, um alles zu Protokoll zu geben, weil ihr gerade etwas schwindelig war. Dort ist sie aber nicht erschienen. Ich hatte keinen Dienst. Ich habe die Notiz vorhin auf meinem Schreibtisch gefunden und dachte, ihr solltet sie sehen.«

In schönster Hochsommerhitze stiegen Winkler und Pfeifer in den Golf und fuhren durch die Stadt, die voller Touristen war. Überall in den Straßen wanderten Leute herum, die Tische der Cafés waren gut besetzt. Studenten mit Smartphones überquerten die Straßen, ohne sich um den Verkehr zu kümmern. Autofahrer schimpften. Mütter diskutierten mit ihren Kindern.

Bei Gabi Hohlmer machte niemand auf. Bei den Fahrenzburger Nachrichten war man den Polizisten gegenüber nach wie vor nicht sehr gesprächsbereit. Der Chefredakteur verwies einmal mehr auf Quellenschutz, und der zuständige Journalist Meier war nicht da. Niemand wusste, wo er war. Sie trafen immerhin seinen Kollegen Meyerle an. Sie hielten ihm die Dienstmarke hin.

»Schon wieder«,

stöhnte Meyerle.

»Was meinen Sie damit?«

»Schon wieder Polizei.«

»Wieso?«

»Na, erst am fünften waren zwei dagewesen und haben Unterlagen mitgenommen.«

»Nein, von uns war das niemand.«

Meyerle kratzte sich nachdenklich am Kopf.

»Könnten wir irgendwo ungestört reden?«

»Natürlich, worum geht es?«

»Was glauben Sie wohl?«

Meyerle zuckte mit den Schultern.

»Um es kurz zusammenzufassen. In letzter Zeit veröffentlichen Sie ...«

»Ich nicht.«

»Dann eben Ihr Kollege Meier, mit dem Sie zusammenarbeiten, ja?«

Meyerle nickte. Er hatte ein schlechtes Gewissen.

»Und eben dieser Kollege veröffentlicht in letzter Zeit Informationen zu Todesfällen, von denen wir nichts wissen. Hat er die sich ausgedacht? Woher hat er sie?«

»Die Todesfälle?«

Winkler sah ihn böse an.

»Nein, die Informationen.«

Meyerle schwieg, um den Eindruck des Nachdenkens zu erwecken.

»Ich muss nicht mit der Polizei sprechen.«

»Nein, Sie reden freiwillig, und das hier ist eine Unterhaltung, noch. Das kann aber irgendwann eine Vernehmung werden.«

»Ich würde gern erst meinen Kollegen fragen.«

»Fragen Sie.«

Meyerle drehte sich weg und holte sich sein Handy. Er war fertig mit den Nerven. Seine Augen waren rot und hatten dunkle Schatten, er war unrasiert. Schweiß stand ihm auf der

Stirn und tropfte auf den Tisch. Nach zehn Minuten musste er zugeben, Meier nicht erreichen zu können.

»Das verstehe ich nicht. Normal weiß ich immer, wo er steckt.«

Meyerle war grau im Gesicht und etwas zusammengesunken. Das gefiel ihm gar nicht.

»Was sollen diese Geschichten mit der Mafia?«

fragte Winkler. Das Handy von Pfeifer klingelte.

»Chef.«

»Was?«

Pfeifer ging in den Flüstermodus über.

»Wir haben eine Leiche.«

»Schon wieder?«

Was war bloß mit dieser Stadt los?

»Wir sprechen uns noch.«

Damit verließen die beiden Beamten die Redaktion.

»Was habt ihr?«

Winkler und Pfeifer hatten sich sofort in den Golf geworfen und ließen sich auf dem Weg zum Tatort briefen.

»Ach, nur das Übliche. Aber habt ihr das schon in der Zeitung gelesen? Ein Riesenartikel.«

»In den Fahrenzburger Nachrichten?«

»Nein, in der Fahrenzburger Rundschau. Ich sag's euch, in Bayern geht's ganz schön zu.«

Der Trachtenclub 1.TC Bayern hatte eine Demonstration angekündigt, weil die Zukunft Bayerns auf dem Spiel stand. Der erste Vorsitzende war unter dem Verdacht, den Anschlag auf Puder bei diesem Gmoa-Fest angezettelt zu haben, verhaftet worden.

»Was ist das überhaupt, Gmoa-Fest?«

»Keine Ahnung.«

»Jedenfalls. Die haben mehrere Hundertschaften Beamte abkommandiert, denn man rechnete mit einer Gegendemonstration. Tatsächlich waren in zwei Bussen Randalierer zum Marienplatz gebracht worden. Zunächst hielt der 1.TC Bayern seine

Kundgebung ab. Man schwenkte blauweiße Fahnen. Auf den Plakaten standen Parolen wie ›Mir san die Guaten‹, ›die Zukunft ist blauweiß‹, ›Freiheit für Huber‹. Dann kam die Gegendemo, ›Nieder mit Puder‹, ›Na, mia san di Guadn‹, ›Freibier für alle! ‹, ›Elvis lebt! ‹. Die Fahnen waren weißblau. Als Eier und Tomaten flogen, griff die Polizei ein. Nach vier Stunden konnten sie das Spektakel auflösen. Vertreter beider Seiten wurden für vierundzwanzig Stunden eingekastelt, da Grund zu der Annahme bestand, unter ihnen einen der Verantwortlichen für das Attentat zu finden. Letztendlich musste man aber alle wieder freilassen. Sie hatten mit ihrer Unterschrift bestätigt, nichts mit dem Angriff auf Puder zu tun zu haben.«

Winkler fuhr durch die Stadt und strich sich leicht angenervt ein paar Haare aus der Stirn.

»Kann es sein, dass uns das gerade so gar nicht interessiert.«

»Ich dachte nur. Also, die Leiche ...«

Winkler musste scharf bremsen, fast hätte er eine rote Ampel überfahren. Dann waren sie auch schon da.

Der Rechtsmediziner ließ die Hände eintüten. Das meiste hatte er gesehen. In der Halle gab es kaum Spuren. Die Leiche hing in ihren Fesseln.

»Weißt du, woran er gestorben ist?«

»Ich kann keine todesursächlichen Spuren erkennen. Blutergüsse, er wurde geschlagen. Ich würde sagen, Herzinfarkt.«

»Ich würde sagen, wir fragen bei der Redaktion nach. Jetzt müssen sie uns antworten.«

Die Wohnung des toten Journalisten sah irgendwie durcheinander aus. Winkler und Pfeifer blieben in der Tür stehen, um alles auf sich wirken zu lassen. Die Spusi-Mannschaft stand bereit. Im Kleiderschrank war wenig los. Alles mehr Richtung leger. Aber auch ein dunkler Anzug und mehrere weiße Hemden. Allerdings hing alles kreuz und quer auf oder zwischen den Kleiderbügeln. Ein Schlafsofa mit unsauberer Bettwäsche.

Neben dem Nachtisch auf dem Boden lagen ein leeres Glas und ein Buch. In der Nachtischschublade Tabletten, gegen Kopfschmerzen und Aufputschmittel, Geldscheine. Und ein Schlüssel. Auf dem Anhänger stand das Wort Polizeipräsidium. Interessant. Wie ist er denn an den gekommen?

In der ganzen Wohnung gab es keinen Laptop. Auch das Handy des Toten fanden sie nicht. Einige Datenträger und die Unterlagen vom Schreibtisch nahmen sie mit. Meier hatte eine Schwester, die Mutter lebte noch. Jemand müsste sie verständigen.

Es kratzte im Hals. Hinten im Kopf verspürte er einen Druck. Das dürften wieder Kopfschmerzen werden. Meyerle veröffentlichte unter dem Pseudonym Jacob Ballory Fotodokus. Das verschaffte ihm kein schlechtes Taschengeld. Er hatte auch schon den einen oder anderen Preis gewonnen. Den Job bei der Zeitung machte er eigentlich nur, weil ihm sonst zu langweilig war. Er fotografierte gern Autos und war außerdem Entomologe und Arachnologe. Dass er Biologie studiert hatte, wusste in der Redaktion niemand. Auf Sizilien war ihm eine Spinne aufgefallen, die er nicht kannte. Nach ausgiebiger Recherche kam er zu dem Schluss, dass er es mit einer bisher unbekannten Unterart der echten europäischen Webluchsspinne zu tun hatte. Dann stellte er einen Kurzartikel für *Nature* zusammen und reichte ihn dort ein. Meyerle war sanftmütig, mitfühlend, verständnisvoll. Aber mutig war er nicht. Und jetzt hatte er Angst.

»Bitte!«

Pfeifer zeigte auf einen einsamen Stuhl hinter dem Tisch.

»Nehmen Sie doch Platz!«

Hinter dem Spiegel, im Raum nebenan, aß Winkler schnell noch etwas Brot und spülte die Reste mit Kaffee hinunter. Pfeifer stellte schon einmal das Aufnahmegerät an und zählte die Grundinformationen auf, Zeit, Ort, Namen, Aktenzeichen. Die

Unterlagen legte er links auf den Tisch. Meyerle zitterte am ganzen Körper.

»Ich habe nichts gemacht.«

»Jetzt einmal ganz langsam.«

Winkler kam herein und setzte sich neben Pfeifer.

»Darum geht es auch gar nicht. Wann haben Sie Ihren Kollegen das letzte Mal gesehen?«

»Das war am Montag. Wir waren bei den Zirkusleuten und haben wegen der Geschichte über Tierquälerei recherchiert.«

»Was haben Sie herausgefunden?«

»Nun, ich habe herausgefunden, dass die Tiere dort nicht korrekt gehalten werden und dass einer der Hasen vor kurzem offenbar von dem Clown, naja, getötet wurde, offenbar mit einem Messer.«

»Und woher wissen Sie das?«

»Ein kleiner Junge hat mir das erzählt. Er war deswegen sehr traurig, es war sein Hase gewesen.«

»Sehen Sie einen Zusammenhang mit dem Tod Ihres Kollegen?«

»Nein, er wusste gar nichts davon.«

»Sie haben ihm nichts gesagt?«

Meyerle sah auf dem Fußboden nach möglichen Krümeln oder vielleicht auch Ameisen.

»Nein.«

»Warum? Warum haben Sie ihn nicht informiert? Sind Sie nicht ein Team?«

Meyerle erzählte von der Reise nach Italien und dass er sich außen vorgelassen fühlte, dass er seine eigenen Recherchen aufgenommen und dass er nicht nur das mit dem toten Hasen herausgefunden hatte, sondern auch das mit der Plastiktüte. Winkler und Pfeifer waren nicht schlecht entsetzt.

»Darf ich kurz zusammenfassen?«

Winkler lehnte sich zurück.

»Sie haben ein mögliches Tatwerkzeug ermittelt, uns nicht Bescheid gegeben, Frau …«, er stockte kurz.

»Also, die Freundin des Toten hat ihn MIT einer Tüte gefunden, und die Mafia hängt auch noch irgendwie mit drin?«

»Ehrlich gesagt glaube ich, dass sie bei Noni ein Motiv hatte, bei Herrn Klein wird es aber Selbstmord gewesen sein. Oder ein Unfall.«

»Haben Sie vielleicht auch noch zum Professor etwas zu sagen.«

Meyerle schluckte.

»Momentan nicht.«

»Sonst noch etwas?«

Meyerle rutschte kleinlaut auf seinem Stuhl hin und her.

»Also, wir waren in der Pizzeria Perfetta, und ich habe nichts gemacht, nur aufgepasst, ehrlich, aber Meier hat wohl irgendwelche Dateien gefunden und sie runtergeladen.«

»Was für Dateien?«

»Keine Ahnung, irgendwelche Gleichungen und Zahlen und was mit Geld. Aber es muss wichtig gewesen sein, denn einmal waren Polizisten da, die unsere Unterlagen wollten, bloß haben Sie ja erzählt, dass niemand von der Polizei das gewesen wäre. Und gleich danach wurde bei ihm zu Hause eingebrochen. Er wurde niedergeschlagen und seine Wohnung durchwühlt. Die Dateien haben sie aber nicht gekriegt.«

»Sind Sie sich sicher?«

»Na klar. Er hat mir erzählt, er hätte sie so gut versteckt, die findet niemand.«

»Und wo sind sie jetzt?«

»Keine Ahnung.«

Sie mussten mit Gabi Hohlmer sprechen. Langsam gingen sie um das Haus herum, weil auf ihr Klingeln niemand öffnete. Die Wohnung schien still. Durch ein Fenster sah man die Couch mit den Sofakissen, den Tisch. Die Vorhänge bewegten sich sacht, da das Fenster gekippt war. Durch eine offene Tür im Wohnzimmer konnte man den Flur erahnen. Gabi reagierte auf keine der von ihnen benutzten Telefonnummern, sie hörten es drinnen klingeln. Seltsam. Sie gingen um das Haus herum und suchten ein anderes Fenster, durch das sie hineinblicken konnten. Offenbar das Schlafzimmer. Weiße Wände, das Bett unbenutzt, Bücher auf dem Nachttisch.

»Das gefällt mir nicht. Sie hat seit dem Anruf bei der Polizei nichts mehr von sich hören lassen. Bei der Arbeit erschien sie auch nicht.«

Sie gingen wieder zurück.

»Vielleicht wissen die Nachbarn etwas.«

Sie klingelten an der Tür von nebenan. Eine kleine, drahtige Frau öffnete. Sie trug schicke, beige-rosa Kleidung, die gut zu ihren grauen Augen und der Nickelbrille passte. Zu den Adleraugen. Sehr genau betrachtete sie die Dienstausweise und stemmte dann die Hände in die Hüften. Nachdem Winkler und Pfeifer eintreten durften und sich an die beige-rosa Muster von Teppich und Tapete gewöhnt hatten, bot sie ihnen einen Kaffee an. Auch das Wohnzimmer war designmäßig harmonisch, Kissen, Couch, Tapete und Bilder stilvoll aufeinander abgestimmt.

»Wir würden gern mit ihrer Nachbarin sprechen. Wann haben Sie sie zuletzt gesehen?«

Philip Pfeifer hatte sicherheitshalber seinen Schreibblock in der Hand.

»Das ist einige Tage her. Wir haben nicht viel miteinander zu tun.«

»Wie gut kennen Sie sich?«

Jetzt holte er auch einen Stift aus der Tasche.

»Wir haben uns angelegentlich ausgetauscht, über das Wetter, die Nachbarn, philosophische Anthropologie oder die dravidische Sprachfamilie.«

»Was?«

»Naja, beispielsweise Telugu in Andhra Pradesh, Malayalam in Kerala oder Tulu.«

»Was?«

Pfeifer sah irritiert zwischen Block und Nachbarin hin und her.
»Das wird in Mangaluru gesprochen. Mit einer nicht unbedeutenden Literaturtradition.«
»Könnten wir bitte beim Thema bleiben?«
»Aber Sie haben doch um weitere Informationen gebeten.«
»Haben Sie einen Schlüssel für die Wohnung?«
Auch Winkler hatte nun eine Frage.
»Ja, für Notfälle. Sie hat auch meinen. Es ist mir schon einmal passiert, dass ich die Türe zufallen ließ.«
»Dürften wir uns den einmal ausleihen?«

Sie liefen noch einmal zu Gabi Hohlmers Wohnung hinüber und klingelten, der Form halber.
»Lass uns reingehen.«
Die Tür war lediglich zugezogen, nicht abgeschlossen. Drinnen war alles ruhig. Gleich rechts war ein kleines Arbeitszimmer mit Schreibtisch, Computer und vielen Büchern. Gegenüber war die Gästetoilette. Winkler überkam ein ungutes Gefühl. Es war immer wieder unangenehm, wenn man in die Häuser fremder Menschen ging, ohne dass sie dabei waren. Aber hier stimmte etwas nicht. Er stand ganz still und lauschte. Es war jedoch nach wie vor alles ruhig. Wonach roch es bloß? Nicht nach Parfum. Nach Kaffee auch nicht? Er kam nicht darauf. Pfeifer und Winkler gingen langsam durch die Zimmer. Im Flur hingen Schwarzweißfotos von Venedig, Rom und noch einer anderen Stadt, wahrscheinlich auch Italien. Der Boden war grau gemustert, die Wände weiß. Im Flur, in der Toilette, im Arbeitszimmer, im Wohnzimmer, überall gleich: schwarz, grau, weiß. Die Kissen auf der Couch akkurat in gleichen Abständen und Winkeln angeordnet. Kein einziges Bild hing schief. Keine Pflanzen, soweit er sehen konnte. Winkler stutzte. Etwas war nicht, wie es sein sollte. Durch das angelehnte Fenster hörte er, wie ein Auto vorbeifuhr.
»Ich gehe noch einmal in das Arbeitszimmer zurück.«

Er sah sich um, die weißen Wände, der Stuhl, der Schreibtisch, die Ablage, der Computer, die Lampe. Aha! Eine Schublade war nicht ganz zu, das war, was ihn hat aufmerken lassen. Und dann dieser schwache Geruch, eher herb, männlich. Er zog die Schublade auf, darin war alles durcheinander. Rechnungen, Kontoauszüge, Briefe. Dann sah er auch in die anderen Fächer. »Komisch. Außen alles ordentlich, innen alles zerwühlt.«

Er ging in das Schlafzimmer. Auch hier war wieder alles penibel aufgeräumt, aber im Kleiderschrank herrschte Chaos. Außerdem – wer hinterlässt lauter angelehnte Fenster im Erdgeschoss? Wäre das vernünftig? Frau Hohlmer kam ihm aber durchaus vernünftig vor.

»Sieh dir das einmal an«,

rief Pfeifer. Er hatte Fotos von Klaus Möller gefunden, als er noch deutlich jünger war, in einem Lokal zwischen zwei anderen, hinter einem Rednerpult, beide Hände aufgestützt, dann mit einem Sektglas in der Hand in einer Gruppe von fünf Leuten, alle festlich gekleidet. Ganz hinten im Wohnzimmerschrank fanden sie eine Kiste mit einer Mini-Überwachungskamera mit Nachtsichtmodus. Leider ohne Film, weil WLAN-Funktion.

»Also, was wissen wir?«

Winkler stand neben seinem Schreibtisch, dieses Mal ohne eine Tasse Kaffee in der Nähe. Er hatte sich seinen Magen verdorben. Besonders zufrieden war er mit den bisherigen Ergebnissen nicht. Eigentlich mochte er genau das an seiner Arbeit, Teile suchen und zusammenfügen, Muster erkennen.

»Unsere erste Tote. Keine Spermaspuren, keine Vergewaltigung. Wir haben am Tatort Noni Otto weder Zigarettenstummel noch verlorene Ohrringe gefunden oder Kettenanhänger oder was die sonst so im Fernsehen herumliegen lassen. Also haben wir es mit einem Profi zu tun. Deswegen gehen wir davon aus, dass der uns den Ast absichtlich danebengelegt hat, damit wir ihn ja finden. Eine Botschaft?«

»Drogen?«

»Nein, nichts, keine Einstiche, kein Marihuana.«

»Alkohol?«

»Auch nicht.«

Bei Klein gehen wir von Unfall aus. Tod durch Ersticken. Haufenweise Spuren, keinen Zusammenhang mit den anderen. Die Tüte, also das Tatwerkzeug, angeblich. Ähm. Die Freundin Vanessa hat ausgesagt, dass er, ich zitiere, furchtbar schräge Phantasien gehabt hätte, deswegen hatte sie sich von ihm zurückgezogen. Ihre Beziehung hat nur kurz gedauert. Sie wollte eigentlich mit ihm Schluss machen, als er zum Essen nicht gekommen ist. Als sie ihn fand, war er schon tot gewesen. Die Bissspuren und das gesamte Szenario hätten sie in Panik gebracht, die Tüte war ihre gewesen. Sie hatte Angst, man würde ihre Fingerabdrücke finden, hat sie mitgenommen und zu Hause weggeworfen.

Bei Klaus Möller keine Fußspuren, keine Wagenspuren, aber einen Ast, der zumindest als Versuchstodeswerkzeug gelten muss, da mit ihm auf den Kopf eingeschlagen wurde. Lapsus? Finte? Denn eigentlich würde ich das gleiche sagen wie bei der Studentin, nur leider wurde der Mann erstickt, das ist eindeutig. Das passt nicht. Denn bei Noni Otto wurde nichts ausprobiert und sie hatte eine Vorgeschichte, wahrscheinlich Entführung. Das können wir aber wirklich nur mutmaßen. Also würde ich sagen, wohl nicht der gleiche Täter.

Bei dem Journalisten Meier war alles pikobello aufgeräumt. Chlorbleiche. Mannomann, die waren ordentlich. Da hatte jemand Zeit, Ahnung und Mittel, wieder ein Profi. Oder mehrere, wohl eher, wenn man die Größe der Halle bedenkt. Er wurde mehrfach geschlagen, hat Hämatome überall am Körper, Fesselungsspuren. Gestorben an Herzinfarkt. Das heißt, wir haben für die vier Fälle kein einheitliches Täterprofil. Es gibt kein Muster. Das ist das eine Problem. Das andere, dass zumindest der erste Mord irgendwie gut organisiert wirkt. Dann ist der Mörder diszipliniert vorgegangen und damit sehr gefährlich. Kein Affekt, kein Ausrasten. Nein, der plant, der ist intelligent.

Und dann haben wir noch Gabi Hohlmer. Sie ist seit ihrem letzten Kontakt mit der Polizei am Sonntag, als sie einen Überfall durch Lara Schmitt meldete, nicht auffindbar. Sie erschien nicht am Arbeitsplatz. Wir waren in der Wohnung, die Schränke sehen zerwühlt aus, außen ist alles ordentlich. Diese Frau Schmitt nehmen wir uns noch einmal vor. Und zwar direkt hier bei uns.

Soweit, so gut. Nun hat uns der Journalist aber eine Geschichte erzählt, nach der ein Mafia-Clan ein Motiv für den Mord an Noni Otto haben könnte, die Familie Soc aus Sizilien.«

»Warum?«

Die Staatsanwältin warf furchtsam ein Wort in die Runde.

»Weil Raphael Otto wohl dafür verantwortlich gemacht worden war, dass der Bruder des Clan-Chefs einen Unfall hatte und querschnittsgelähmt wurde. Bei dem Unfall starb auch die Schwester.«

Alle versuchten, sich die Konsequenzen solch einer Tragödie vorzustellen. Es klopfte. Ein junger Mann trat ein. Strahlend wedelte er mit einem Blatt Papier durch die Luft.

»Einen wunderschönen guten Tag wünsche ich euch. Ist es nicht wieder herrliches Wetter?«

Sein Gesicht hellte sich noch mehr auf, als er die Staatsanwältin erblickte.

»Hier, Post für den Tiger.«

Niemand lachte. Etwas gesetzter fuhr er fort:

»Wir haben gerade ein Fax aus Sizilien reinbekommen für Johannes Winkler, mit Übersetzung.«

»Lass sehen!«

Jemand legte das Blatt auf die Dokumentenkamera.

Ceppaiona, 23. Juni 1983. Am frühen Morgen des 23. Juni 1983 kam es zu einem Zusammenstoß zwischen zwei Mopeds. Die Halter, Raphael Otto, 15, und Michele Soc, 15, trugen Verletzungen davon, die von Soc so gravierend, dass er ins nahegelegene

Krankenhaus gebracht wurde. Eine Beifahrerin, Giulia Soc, 16, starb. Ein Fahrer hatte Alkohol im Blut, M. S, 1,5 Promille. M. S. trug keinen Helm, was zu den ernsthaften Verletzungen der Wirbelsäule mit beigetragen haben durfte. Der Unfall geschah an der Kreuzung östlich von Ceppaiona. R. O. hatte Vorfahrt. Zeugen gab es keine. Die Polizei wurde gegen 02.15 Uhr benachrichtigt. Sie war um 02.45 Uhr vor Ort.

»Was hat das mit Raphael Ottos Tochter zu tun? Und wer genau ist für ihren Tod verantwortlich?«

»Wir sind dran.«

»Gut, wir besorgen uns Infos aus Sizilien und reden mit den Eltern. Und suchen nach Mitgliedern der Familie Soc. Gibt es etwas Neues aus diesen Kisten von der Familie Otto?«

»Wir sind dran.«

»Bitte!«

Pfeifer zeigte auf einen einsamen Stuhl hinter dem Tisch.

»Nehmen Sie doch Platz!«

Hinter dem Spiegel, im Raum nebenan, aß Winkler schnell noch etwas Brot und spülte die Reste mit Kaffee hinunter. Pfeifer stellte schon einmal das Aufnahmegerät an und zählte die Grundinformationen auf, Zeit, Ort, Namen, Aktenzeichen. Die Unterlagen legte er links auf den Tisch. Lara Schmitt war käsebleich und zitterte.

»Ich habe nichts getan, wirklich, glauben Sie mir doch!«

»Jetzt einmal ganz langsam.«

Winkler kam herein und setzte sich neben Pfeifer.

»Was genau haben Sie an dem Donnerstag gemacht?«

In gewohnter Eloquenz plapperte sie drauf los. Die Stimme war schrill und aufgeregt. Lara begann mit dem Frühstück, das aus figurtechnischen Gründen probiotisch ausgerichtet war. Die Zutaten der Körperpflege waren aus ebendiesen Gründen vielfältig und dabei sorgsam aufeinander abgestimmt, allerdings durchaus mit chemischen Bestandteilen. Das konnte sie auch begründen. Sie erzählte kleinteilig und ging mit den beiden Beamten die einzelnen Schritte des Tages durch. Außerdem erklärte sie, warum sie die Produktserien Toujour-jeune und Supermega- (hier waren Pfeifers Notizen unleserlich) parallel nutzte. Sie hatte eine Weile gegoogelt. Sie ging einkaufen, so gegen neun, Müsli, Joghurt, Bananen, Äpfel, ja, und eine Tafel Schokolade, aber nur eine, zahlte mit ihrem letzten Zehn-Euro-Schein und brachte anschließend ihre Lebensmittel nach Hause. Sie checkte die Mails, googelte wieder ein bisschen, und irgendwann, an die genaue Uhrzeit erinnerte sie sich leider nicht, ging sie an die Uni. Sie schaute kurz in ein Seminar und eine Vorlesung rein, worum es da ging, wusste sie nicht mehr, aber wahrscheinlich um ein Testament, und ja, dann hatte sie eben mitbekommen, wie der Professor einen Platz in ihrer Pizzeria reservieren ließ, mit Uhrzeit. Dann hatte sie gewartet, wann er sie einladen würde, was er aber nie tat. Sie hatte sich leider gar nicht auf ihre Referatsvorbereitungen konzentrieren können und hatte mit dem Handy mit Apps gespielt und mit Freundinnen gechattet. Bis zum späten Nachmittag. Sie war an der Uni geblieben, aber der Professor war nur vormittags kurz da gewesen und kam nicht zurück. Irgendwann beschloss sie, in diese Pizzeria zu gehen, nein, sie musste sich korrigieren, sie war draußen stehen geblieben und hatte den Eingang beobachtet. Tja. Dann war alles klar gewesen. Aber die beiden waren verschwunden, und sie ist nach Hause gegangen. Sie schwor. Dann weinte sie. Pfeifer reichte ihr ein Taschentuch.

»Und Sonntag?«

Lara schniefte. Aus dem Notizbuch von Herrn Pfeifer wusste sie, dass Frau Hohlmer sie vor der Pizzeria gesehen hatte und auch selbst dort gewesen war. Sie hatte bei Gabi Hohlmer geklingelt, aber weil niemand aufmachte, war sie hintenherum gegangen. Nichts, dann wieder nach vorn. Sie hatte leise geklopft und dann mit einer Scheckkarte die Tür geöffnet. Dann ging sie in die Wohnung. Die Hohlmer fing an zu schreien, als sie sie sah, völlig hysterisch, diese Schreckschraube. Sie auch.

Dabei wollte sie doch nur wissen, wer das Date vom Professor, also ihrem Verlobten, gewesen war. Die Hohlmer wollte es ihr aber nicht sagen. Sie haben beide geschrien und gestritten. Dann hat sie von der Hohlmer wissen wollen, wie lange das schon ging mit dem Professor und dieser, dieser Frau. Sie haben sich immer lauter gestritten. Sie hat sich geärgert und Frau Hohlmer geschlagen, sie glaubte, mit irgendeinem schweren Buch, das da rumlag, eine Grammatik, Sanskrit oder so ähnlich. Dann hat sie den Stecker aus der Telefonanlage gezogen, das Handy ins Klo geworfen und ist wieder gegangen.

»Das war alles.«

»Das war Einbruch.«

»Ja, ich weiß, aber ein Notfall.«

»Und Körperverletzung.«

Lara schwieg betreten.

»Was passierte danach?«

Danach ging Lara Schmitt nach Hause.

»Was war mit Frau Hohlmer? Wissen Sie etwas?«

Lara Schmitt zuckte mit den Schultern. Sie weinte wieder.

»Haben Sie sie danach noch einmal gesehen?«

fragte Winkler.

»Oder gesprochen?«

fragte Pfeifer.

»Nein«,

schniefte Lara.

»Sie wollte auf das Präsidium kommen, ist aber nicht erschienen. Auf unsere Anrufe reagiert sie auch nicht.«

»Haben Sie es an der Uni versucht?«

schlug Lara vor.

»Auch dort geht niemand ans Telefon. Und gestern ist sie nicht zum Dienst gekommen«,

erklärte Winkler.

»Ist Ihnen irgendetwas in der Wohnung aufgefallen?«

Lara schüttelte den Kopf.

»Nein, was meinen Sie damit überhaupt?«

»Wir haben festgestellt, dass die Wohnung sehr gepflegt und sauber wirkt, in ihren Schränken aber ein heilloses Durcheinander herrscht.«

Lara Schmitt starrte sie mit blitzenden Augen an. Sie warteten.

»Also, als die da so lag, habe ich mich schon ein bisschen umgesehen. Aber alles war aufgeräumt.«

»Auch in den Schränken und Schubladen?«

Sie warteten.

»Ja, schon.«

***

Winkler und Pfeifer fuhren wieder zu den Ottos. Sie erzählten ihnen von dem Bericht aus Sizilien und hätten gern ihre Version dazu gehört. Maria fing wieder einmal an zu weinen, und Raphael gab sofort zu, diesen Unfall gehabt zu haben. Mein Gott, er war fünfzehn gewesen. Der Bericht sei korrekt. Er war aber nicht seine Schuld. Trotzdem musste seine Familie von da an viel mehr Schutzgeld zahlen. Das trieb seine Eltern in den Ruin. Dann unterhielten sie sich noch etwas über die anderen Toten, ob die Ottos da eventuell einen Zusammenhang sähen. Aber nein, sahen sie nicht. Als das Gespräch auf Gabi Hohlmer fiel, merkte Raphael Otto plötzlich auf.

»Das ist doch die Sekretärin von der Uni, oder?«

»Ja, genau.«

»Und die ist verschwunden?«

»Ja, seit Sonntag.«

»Um Gottes Willen«,

schluchzte Maria.

Winkler und Pfeifer betrachteten die beiden wortlos.

»Da sollten Sie vielleicht etwas wissen. Diese Frau Hohlmer war kürzlich bei uns. Danach fehlte Nonis Tagebuch.«

»Sie hatte ein Tagebuch?«

»Ja, ich hatte es gerade kurz vorher gefunden und war noch gar nicht richtig dazu gekommen, es zu lesen. Dann hat diese

Frau geklingelt und wir haben uns mit ihr unterhalten. Und dann riefen wieder die Zeitungsleute an und wir haben die Sache vergessen. Als es uns später wieder einfiel, war das Büchlein weg. Es konnte nur Frau Hohlmer haben, sie war kurz allein in Nonis Zimmer.

»Wissen Sie, was drinstand?«

»Nein, ich habe nur die ersten paar Seiten durchgeblättert, irgendetwas von Verdacht. Ich weiß es nicht mehr.«

Raphael Otto seufzte und legte den Kopf in beide Hände. Auf der Familie lastete ein Fluch, er war sich da ganz sicher.

Winkler rief auf dem Präsidium an und gab eine Vermisstenmeldung auf. Dann beantragte er einen Durchsuchungsbeschluss für Hohlmers Wohnung. Was war das mit dieser Mafiageschichte? Diese Leute handelten und dachten anders als ihre üblichen Verbrecher. Gesetze galten für sie nicht, es waren eher eine Art Richtlinie, an die man sich halten konnte, aber nicht musste. Wer störte, wurde verwarnt, dann beseitigt. Das war alles nichts Neues. In Winklers Gehirn fuhren Gangster, Unterwelt, Hinrichtungen und Fehden Karussell.

»Bisher können wir nichts tun. Ohne Beweise. Wir kommen nicht an sie ran. Das sind alles Profis. Auch die Killer. Wir wissen genau, dass dieser Marco irgendwie mit drinhängt.«

»Was hältst du von dem Journalisten?«

»Der scheint mir sympathisch zu sein. Wirkt tollpatschig, gutmütig, irgendwie natürlich. Aber ich glaube, dahinter verbirgt sich Intelligenz.«

Die Fahrenzburger Nachrichten brachten keine neuen Artikel zu ihren Fällen. Doch in Bayern hatte man ein Sondereinsatzkommando MIPU (Ministerpräsident Puder) gegründet. Offenbar kam die zuvor eilends eingerichtete Taskforce Puder nicht weiter. In den letzten drei Tagen waren mehrere Bekennerschreiben eingegangen, vom Trachten- und Dirndlverein, aber man glaubte, dass das ein Fake war, vom Naturschutzzirkel, vom BBH, dem Bund bayerischer Hausfrauen, und vom

Bauernkränzchen Obertuttenbach. Alle befürchteten Einschränkungen nach der kommenden Wahl und hatten durchaus ein Motiv. Die Ermittler arbeiteten auf Hochtouren. Die Wolken am Himmel trieben ein seltsames Spiel. Sie flogen aufeinander zu und hinterließen dabei Schlieren in verschiedenen Richtungen.

Die Polizei betrat Gabriele Hohlmers Wohnung gegen acht Uhr morgens. Etwa drei Stunden dauerte es, bis die Leute von der Spurensicherung fertig waren. Winkler sah zu, wie alle Türen und Fenster fotografiert und nach Fingerabdrücken abgesucht wurden, alle Schränke und Möbel, Wände, Bücher. Der Computer wurde mitgenommen, ebenso sämtliche Datenträger. Ein Tagebuch fanden sie nicht und erstaunlich wenig unterschiedliche Fingerabdrücke. Frau Hohlmer hatte wohl nie Besuch gehabt.

***

Es war kurz vor drei und die Mitglieder der Mordkommission trudelten langsam ein. Man musste den Pressetermin vorbereiten. Der Besprechungsraum war bald voll. Streifenpolizisten, ein Dienststellenleiter, den so gut wie niemand kannte, weil er sich seit seiner Ernennung vor fünf Wochen auf den Posten des Polizeipräsidenten vorbereitete, eine neue Polizeianwärterin, alle schlichen müde und mit ernsten Gesichtern in den Raum.

Neben der Staatsanwältin gab es noch einen leeren Platz, als Winkler auch endlich erschien. Er setzte sich und wollte gerade loslegen, als ihm auffiel, dass jemand fehlte.

»Wo ist denn Pfeifer?«

Man sah sich gegenseitig an.

»Den habe ich heute morgen schon einmal gesehen.«

»Ja, ich auch, der wollte dich sprechen.«

Winkler wunderte sich kurz.

»Na gut, fangen wir an.«

Winkler hatte Magenschmerzen. Er blickte in müde Gesichter und musste sich zusammennehmen, um nicht zu gähnen. Dann fasste er den Stand der Dinge zusammen. Die Polizei hatte auf Gabi Hohlmers Computer Filme mit dem Professor und verschiedenen Studentinnen bei eindeutigen Aktivitäten gefunden, offenbar in seinem Büro aufgenommen. In einem der Filme stritt er sich mit Lara. Dazu kamen teils sehr intime Notizen. So wollte Möller bei Lara Schmitt den sogenannten Hauptgang auslassen. Kurz vor dem dritten Essen beendete er die Beziehung, weil er eine Quereinsteigerin hatte, die Rothaarige. Oft wurde nicht gegen das Organisationsschema verstoßen, aber manchmal eben doch. Wäre gut, wenn sie die Hohlmer fragen könnten, was das bedeutete. Lara Schmitt rückte auf in den Kreis der Verdächtigen. Sie hatte ein Motiv, sich am Professor zu rächen. Ob sie auch etwas mit Gabis Verschwinden zu tun hatte? Immerhin war sie die letzte, die die Frau sah, dazu noch im Rahmen eines Überfalls.

Eine Stunde später hatten sie entschieden, was von den neuen Informationen weitergegeben werden durfte. Winkler sah auf die Uhr. Pfeifer war immer noch nicht da.

»Philip! Philip!«

Winkler rannte durch den Flur.

»Pfeifer! Hat einer den Pfeifer gesehen? Pfeifer! Wo bleibt der Kerl bloß?«

Eine junge Polizistin steckte vorsichtig den Kopf aus ihrer Tür.

»Ich glaube, der hat einen Einsatz.«

»Was? Was für einen Einsatz? Wieso weiß ich nichts davon?«

Winkler war vor der Polizistin stehen geblieben und sah sie drohend an. Mit großen Augen stotterte sie:

»Ja, also, wir haben doch zu wenig Personal. Und da haben sie Herrn Pfeifer geholt.«

»Wie bitte?«

Winklers rechtes Auge zuckte bedrohlich. Offenbar wartete er darauf, dass sie weitersprach. Aber das tat sie nicht.

»Also, was für ein Einsatz, reden Sie schon, Mann, Frau!«

»Ich. Ich glaube, ein Dreifachmord.«

***

Auf der Wiese in der Mitte des kleinen Vorortes von Fahrenzburg lief eine Zirkusvorstellung. Im Zelt hing ein eigentümlicher Geruch, und die Musik plärrte laut. Die Jongleure waren fertig. Vier Ziegen wurden gezeigt, die von einem Stuhl zum anderen hüpfen konnten. Die Pferde hatten ihre Runden gedreht, und eine junge, sehr biegsame Frau hatte eine ebenso biegsame Schlange in ihre Handtasche gesteckt. Es wurde nicht klar, ob die Dompteuse oder die Schlange die vom Direktor sehr gelobte Anita war. Ein Clown kam um die Ecke. Er hatte sich bunte Hosen und Schals angezogen, humpelte, stolperte über ein ebenso buntes Kissen und verlor seinen Hut. Er hob einige der Bälle auf, die überall auf dem Boden verstreut lagen, und versuchte mit ihnen zu jonglieren, ließ sie aber alle fallen. Ein paar Kinder lachten. Offenbar war das das Ende der Vorstellung, denn mit einem lauten Tusch verneigte sich der Clown, die anderen Darsteller kamen dazu, und dann verließen die Besucher langsam das Zelt durch den Eingang.
Hinter der Bühne aber wurde es laut.
»Du warst das.«
Enrico brüllte.
»Du hast sie umgebracht.«
»Quatsch. Aber du hältst jetzt besser die Fresse!«
Augenblicklich wurde es mucksmäuschenstill. Allerdings hatte jemand einen Schluckauf, der sich nicht unterdrücken ließ. Enrico war wütend. Während der Clown entspannt an einem der Pfosten lehnte, konzentrierte sich Enrico auf seinen ersten Schlag. Er zielte, aber der Clown wich tänzelnd aus, was Enrico nur noch wütender machte. Er wurde zornesrot und schlug erneut zu. Wieder wich der Clown aus. Auch er schien langsam böse zu werden, hatte sich aber wesentlich besser

unter Kontrolle. Ein weiterer Schlag von Enrico, eine kleine Drehung, ein rascher Tritt, jedoch ins Leere.

»Hicks.«

Abermals schlug Enrico zu, und wieder verfehlte der Schlag sein Ziel. Zwischenzeitlich kamen ein paar von den Okusenis dazu. Interessiert verfolgten sie das Geschehen und steuerten Anmerkungen bei.

»Wow, echt schrill, ey.«

»Ja mega!«

»Irre!«

Enrico holte wieder aus.

»Das wirst du büßen, du Mörder!«

Enrico straffte seine schmalen Schultern.

»Aus dir mache ich Kleinholz!«

»Ich habe keine Ahnung, was du hier faselst.«

An dem Clown war nichts mehr lustig. Die Schminke im Gesicht war verwischt. Er spuckte aus und verpasste nun seinerseits Enrico einen Hieb. Er traf mitten ins Gesicht. Enrico geriet ins Taumeln und fiel hin, richtete sich aber sofort wieder hoch und begann, den Clown mit beiden Fäusten zu traktieren, während sich dieser gekonnt unter den Schlägen hindurch drehte. Dann schlug er zurück. Enrico hielt rechtzeitig die Hände vor sein Gesicht. Die Polizei kam.

»Aufhören, oder wir nehmen Sie fest!«

Einige Artisten, drei Okusenis, der Direktor, die Schlangenfrau und Enrico standen mit hängenden Köpfen vor drei uniformierten Beamten und einem in Zivil. Der Clown lehnte wieder lässig an dem Pfosten. Unter der verschmierten Schminke kam eine Wunde zum Vorschein, die Pfeifer an etwas erinnerte.

»So, und nun berichtet jeder einzeln und schön der Reihe nach, was passiert ist.«

»Jede, wenn ich bitten darf.«

Die Schlangenfrau trat mit vor der Brust verschränkten Armen vor die Gruppe. Dann redeten alle durcheinander.

»Ruhe!«

brüllte Pfeifer. Bedauerlicherweise interessierte das niemanden. Also kletterte er auf ein rot-weiß-gestreiftes Podest, um die Situation zu sondieren. In diesem Vorraum herrschte eine unglaubliche Unordnung, die auch nicht besser wurde, als die Ziegen nun begannen, ebenfalls auf das Podest zu klettern. Pfeifer schüttelte ein Bein gegen die Attacke von unten – eine Ziege versuchte, seinen Fuß anzuknabbern –, nicht aus Angst, sondern weil es kitzelte. Es gab Zeiten, da hasste er seinen Beruf.

»Wo sind die drei Leichen?«

Das Schweigen dröhnte in aller Ohren. Enrico fing an, an einer der Zeltstangen zu rütteln.

»AAAH!«

Pfeifer wusste nicht, wie weiter zu verfahren war. Der schmale Mann, der nun blau-weiß-gestreifte Keulen herumschleuderte, jaulte und schluchzte. Dann warf er sich auf den Boden, von seiner Trauer überwältigt. Die anderen sahen ihm schweigend zu.

»Sie müssen verstehen, der Tod holte sie so unerwartet.«

Augenblicklich redeten wieder alle durcheinander. Nun wurde es Pfeifer zu bunt. Er zog seine Pistole und schoss einmal in die Luft.

»Hey!«

Das war der Zirkusdirektor, der ordnungsgemäß roten Glimmeranzug, Zylinder und fetten Schnurrbart trug. Er stellte sich eindrucksvoll vor Pfeifer in Position und schnippte gelassen einen Staubpartikel von seinem Ärmel. Seine Augen waren kalt.

»Finden Sie das nicht etwas übertrieben?«

»Ich sag's nicht noch einmal, Ruhe!«

»Das ist gut, dann könnten wir vielleicht endlich zur Sache kommen.«

Das war eine nicht mehr taufrische, schwer aufgebrezelte Frau mit blondgefärbten, strohigen Haaren und nicht altersgemäßem Ausschnitt, ansonsten leopardengemustert. Sie hatte eine Peitsche in einer Hand.

»Ja, genau«,

sagte Pfeifer.

»Und warum hat das so lange gedauert, bis Sie endlich einmal gekommen sind? Wir warten hier schließlich schon seit heute morgen.«

Das war wieder der Direktor. Pfeifer seufzte. Wieso hatte er den Eindruck, dass die ihn nicht für voll nahmen? Er kickte vorsichtig den Ziegenkopf weg.

»Hey, lassen sie doch den Jonathan in Frieden. Der tut nichts.« Die aufgebrezelte Frau klang entrüstet.

»Komm her, Schatz, und du auch, Josy!«

Sie sammelte die Ziegen ein und wollte gehen.

»Halt.«

Gebieterisch hob Pfeifer die Arme. Die Frau stemmte die Hände in die Hüften.

»Was? Soll ich zusehen, wie Sie meine Tiere misshandeln?«

»Hiergeblieben! Alle hiergeblieben!«

Während die Frau versuchte, Josy einzufangen, die ebenfalls gehen wollte, und der Jongleur seine Keulen einsammelte, begannen die Ziegen zu meckern. Enrico jaulte auch immer noch.

»Und räumen Sie gefälligst diese Josy von mir weg!«

»Das da ist Gandalf. Mit dem ist nicht zu spaßen.«

Pfeifer klatschte mehrmals in die Hände. Sofort war es still.

»Also, wo sind die Leichen?«

»Die haben wir schon weggeworfen.«

»Aber Schatz!«

»Ich habe schließlich lange genug gewartet.«

Der schmale Mann begann wieder mit dem Geheule. Pfeifer stellte unzufrieden fest, dass er an seiner Autorität arbeiten musste. Einer der uniformierten Kollegen, mit seinen zweiundzwanzig Jahren der dienstälteste von den dreien, sah zu ihm hoch. Er zog Handschellen aus seiner Jacke hervor und hielt sie Pfeifer entgegen. Das blieb nicht unbemerkt. Langsam kehrte Stille ein.

»So, nun einmal ganz von vorn.«

Pfeifer stand noch immer auf dem Podest, aber die Frau hatte ihre Ziegen angeleint und zur Seite geführt.

»Sie zeigen uns jetzt die Toten!«

Der Direktor sah zuerst die Frau mit den Strohhaaren an, dann Pfeifer, dann kratzte er sich an der Stirn. Er schien zu überlegen. Er seufzte. Enrico schniefte.

»Gut, kommen Sie mit!«

Pfeifer folgte dem Mann quer über die Wiese. Die anderen trotteten hinterher. Im hellen Licht der Sonne wirkte der Zirkusdirektor noch imposanter als vorher. Zigarettenrauch kräuselte sich in der Luft. Gedämpftes Gelächter und fröhliches Geplauder umschwappte die Gruppe. Die Frau aus der Imbissbude winkte ihnen zu und rief etwas. Mehr und mehr Zirkusleute gesellten sich zu ihnen. Jemand bot jemandem ein Bonbon an. Einige machten Selfies, andere schüttelten den Kopf, wo soll das noch hinführen? Ganz am Ende hüpfte ein kleiner Junge zwischen den Erwachsenen herum, ohne zu wissen, worum es eigentlich ging. Gespannt wartete man, ob irgendetwas passieren würde. Dann kam der Zug langsam zum Stehen. Das Gelächter ging in Murmeln und Raunen über und wurde immer leiser. Am Himmel schleppten sich ein paar Wolkenfetzen dahin, und eine Krähe zog laut klagend ihre Kreise. Der Direktor machte vor einem ansehnlichen Müllberg halt. Auch Pfeifer blieb stehen. Er atmete ein paarmal tief durch, um sich zu wappnen, was sich als kontraproduktiv erwies. Tierische und nicht-tierische Exkremente türmten sich über Essensresten und sonstigem Abfall, Plastikflaschen, Obstkisten, Styroporstücken, Fetzen von Kleidung, Brettern, einem toten Vogel, Haarspangen, einer halben Brille, Plastiktellern, Batterien, Kronkorken, Blechdosen und überall Fliegen und ein fauliger Geruch. Alles war zerwühlt. Der Direktor musste daher erst einmal suchen, bis er fand, warum er hier war. Er zeigte darauf. Mit mäßiger Begeisterung folgte Pfeifer der Geste mit den Augen.

»Das sind ja bloß Hunde«,

entfuhr es ihm. Aber das war zu viel.

»Bloß Hunde? Was soll das denn heißen? Bloß Hunde? Hören Sie mal, haben Sie keinen Respekt vor der Natur? Ich werd' dir gleich ›bloß Hunde‹.«

Enrico rastete vollkommen aus. Er begann zu brüllen. Noch bevor die drei Streifenbeamten irgendetwas unternehmen konnten, hatte er sich schon auf Philip Pfeifer gestürzt. Mit erstaunlicher Kraft und Schnelligkeit versetzte er ihm mehrere Schläge, in den Magen, in die Rippen, ins Gesicht, an die Schläfe. Pfeifers Nase ging zu Bruch. Dick und schwer lief das Blut über das Kinn.

»Feuer!«

Ein Konservendosendeckel lag praktischerweise in Reichweite, den nahm Enrico dann auch gleich und begann, weiter auf sein Gegenüber einzuschlagen. Pfeifer taumelte und ging zu Boden. Etwas knackte, als er mit dem Hinterkopf auf eine Eisenstange traf.

»Feuer!«

Mit Müh und Not konnten die Zirkusleute und die Polizisten Enrico von seinem Opfer absammeln. Sie verhinderten gerade so eben, dass er ihn auch mit Tritten traktierte.

Pfeifer lag ohnmächtig neben dem Müll.

»Sie sind verhaftet. Rufen Sie einen Krankenwagen!«

Der Direktor sah zu dem bewusstlosen Polizisten hinunter und brachte eine tiefe Bestürzung zum Ausdruck.

»Feuer!«

Erst jetzt bemerkten die zugegebenerweise stark abgelenkten Beamten, dass es noch eine weitere Gewaltszenerie auf der Wiese gab.

»Es brennt!«

»Feuer!«

Leute schrien, Pferde wieherten, Kamele husteten. Ihnen war das Grinsen gründlich vergangen. Jetzt sahen es alle, eine Rauchwolke am anderen Ende der Wiese. Einer der Wohnwagen war in Brand geraten. Die Beamten forderten nun auch noch Verstärkung an. Sie versuchten, den Tatort zu sichern und alle, die da waren, zwar nicht am Löschen, aber doch zumindest am Verschwinden zu hindern und gleichzeitig Enrico zu verhaften. Sie waren sichtlich überfordert. Schnell hatte sich die Gruppe vor dem Wohnwagen positioniert, aus dem Flammen züngelten und schwere Rauchwolken aufstiegen. Kokelnde Brocken flogen umher. Da war nichts mehr zu retten. Niemandem fiel auf, dass der Clown längst verschwunden war.

»Bitte!«
Ein junger Beamter zeigte auf einen einsamen Stuhl hinter dem Tisch.
»Nehmen Sie doch Platz!«
Hinter dem Spiegel, im Raum nebenan, aß Winkler schnell den Apfel fertig und spülte die Reste mit Kaffee hinunter. Er wartete. Dann ging er hinein. Wortlos stellte er das Aufnahmegerät an und zählte die Grundinformationen auf, Zeit, Ort, Namen, Aktenzeichen. Die Unterlagen legte er links auf den Tisch. Enrico sah ihn trotzig an. Der junge Polizist setzte sich neben Winkler.
»Ich werde nichts sagen.«
»Sie haben meinen Kollegen krankenhausreif geschlagen.«
Enrico blieb bockig.
»Sie sind total ausgerastet, haben die Zeugen gesagt.«
»Ich will einen Anwalt.«
»Ist unterwegs.«
»Ich sage nichts.«
»Was sollte das?«
Keine Antwort.
»Hören Sie, ich will verstehen, warum Sie das getan haben.«

Winklers Magen ging es gar nicht gut. Enrico kratzte etwas von der Tischoberfläche ab. Die Nägel blieben an mikroskopisch kleinen Unebenheiten hängen und gerieten in Schwingungen. Das kreischende Geräusch ließ Winkler die Haarwurzeln gefrieren.

»Warum haben Sie meinen Kollegen zusammengeschlagen?«

Enrico stützte den Kopf in die Hände. Dann blickte er hoch.

»Das war dieser Henry!«

»Was? Sie haben den Mann zusammengeschlagen, dafür gibt es haufenweise Zeugen.«

»Nein, die Morde.«

»Reden Sie von den Hunden?«

Enrico sah wieder auf den Tisch hinunter.

»Ja.«

»Tut mir leid, ich verstehe Sie nicht.«

»Ja«,

brüllte Enrico.

»Könnten Sie das bitte erläutern.«

»Er hat gesagt, bloß Hunde.«

»Und deswegen sind Sie ausgetickt?«

»Ja.«

Nach einer Weile sagte Enrico:

»Die hatten flauschiges Fell, am Bauch etwas rosig, so schöne schwarze Augen. Sie waren so klein, harmlos und unschuldig und so wehrlos. Sinnlos dahingerafft.«

Immer noch fassungslos schüttelte Enrico den Kopf. Winkler trommelte mit allen zehn Fingern auf dem Tisch. Aber es kam nichts mehr.

»Der war das, da wette ich, der hat die umgebracht.«

»Sie haben einen Kollegen zusammengeschlagen, weil er etwas Falsches gesagt hat, sehe ich das richtig?«

Enrico nickte.

»Kennen Sie eine Noni Otto?«

»Wen? Nein.«

»Sagt Ihnen der Name Klaus Möller etwas?«

»Nie gehört, wirklich. Das müssen Sie mir glauben. Ehrlich, ich schwör.«

»Und kannten Sie den Journalisten Meier?«

»Meier? Och, ich kannte mehrere Journalisten.«

»Wo waren Sie in der Nacht vom 23. auf den 24. Juni?«

»Lassen Sie mich nachdenken. Genau, da war ich in München.«

»Warum?«

»Sag ich nicht.«

»Gibt es Zeugen?«

»Nicht direkt.«

»Am Abend des 29. Juni?«

»Der Donnerstag? Zu Hause. Ich habe Fernsehen gesehen.«

»Einen Krimi?«

»Nein, einen Tierfilm.«

»War das der mit den Elefanten, wie die ihr Junges aus dem Matschtümpel gerettet haben?«

fragte der Polizist. Er notierte alles mit. Winkler sah ihn strafend an.

»Allein?«

»Ja.«

» Und in der Nacht vom 10. auf den 11. Juli.«

»Pff.«

Enrico sah verbissen auf der Tischplatte herum.

»Kennen Sie Gabi Hohlmer?«

»Wen? Nie gehört, ehrlich.«

»Oh Mann.«

Winkler trommelte.

»Und was ist mit diesem Henry?«

»Der Clown.«

»Vom Zirkus einer?«

fragte Winkler.

»Ja, aber …«

Die Tür öffnete sich. Ein gut aussehender, chic gestylter Mann im teuren Anzug, mit teurem Eau de Cologne und einem schmalen Aktenköfferchen trat ein und stellte sich als Enricos Anwalt vor. Dieser sah erstaunt auf und wurde immer schmächtiger.

»Angenehm. Vittore d'Angelo.«

Der Anwalt nickte Winkler bedeutend zu und setzte sich ungefragt auf einen der leeren Stühle. Enrico schluckte.

»Ich sag nichts mehr.«

Das abrupte Ende der Vernehmung ging Winkler nicht aus dem Kopf. Gedankenverloren schritt er im Büro auf und ab.

»Ich glaube, der ist bestimmt von der Mafia«,

half der Polizist aus, der das Vernehmungsprotokoll fertig geschrieben hatte.

»Wie kommen Sie darauf?«

»Naja, er ist doch Italiener. Das hört man.«

»Und was hat das eine mit dem anderen zu tun?«

»Da gab es neulich einige Artikel in der Zeitung, haben Sie die nicht gelesen?«

»Doch, aber nicht geglaubt.«

Nach einer kurzen Pause nahm der Polizist den Faden wieder auf.

»Haben Sie die Geschichte mit dem Mafioso gelesen, der sein Geld im Ofen versteckt hat? Seine Frau hat nichts davon gewusst und einen Kuchen gebacken.«

Winkler schwieg böse.

»Das Geld war hin.«

Winkler knurrte etwas Unverständliches.

»Sie haben recht, heutzutage wird ja doch alles von der Presse hochsterilisiert!«

»Danke.«

Der Streifenpolizist war entlassen.

Winkler marschierte weiter. Was riet ihm seine Intuition? Dass Enrico log.

Winkler sah sich den Tatort noch einmal an. Ein anderer Polizist begleitete ihn. Der Wohnwagen war vollkommen ausgebrannt. Die Spurensicherung führte das auf die nicht unbeträchtliche Menge an Benzin zurück, die überall verteilt worden war. Im Inneren fanden sie Reste von Werkzeug zum Bohren und Stechen, scharf und spitz, Haken und eine ansehnliche Messersammlung. Ein Hirschfänger, ein Bowiemesser, einen Sautöter und eine Machete. Die Griffe waren verbrannt, aber die metallenen Teile ließen die Funktion noch erkennen. Der Klumpen geschmolzenes Metall war vielleicht einmal Draht gewesen. Eine Leiche hatten sie nicht gefunden. Winkler ging ein paar Mal um die verkohlten Reste herum, als er einen kleinen Jungen bemerkte, der ihm zusah.

»Hallo!«

rief Winkler freundlich.

»Hallo!«

sagte der kleine Junge und kam näher. Winkler ging etwas in die Knie.

»Gehörst du hier zum Zirkus?«

Der Junge nickte.

»Und kennst du den Mann, dem der Wohnwagen gehört?«

Wieder nickte der Junge. Winkler kramte in seinen Taschen, bis er einen Kaugummi fand, den er dem Jungen anbot.

»Danke.«

»Wie war er denn so?«

»Der Clown? Böse.«

»Warum?«

Dann erzählte der Kleine ihm, dass der Clown seinen Hasen umgebracht hatte, dass er das schon dem Pressemann gesagt hatte, aber Winkler durfte das nicht weitererzählen, dass der Fotos gemacht und eines der Messer mitgenommen hatte. Und dass der Clown gar nicht richtig zu ihrem Zirkus gehörte.

»Na gut, dann wollen wir uns einmal den Zirkusdirektor näher ansehen.«

Winkler bedankte sich bei dem kleinen Jungen und schenkte ihm die restlichen Kaugummis. Dann ging er zum Wohnwagen des Direktors und klopfte. Eine aufgebrezelte Frau machte ihm auf.

»Oha, Polizei, hoher Besuch«,

sagte sie, nachdem sie den Ausweis studiert hatte.

»Mein Mann ist da, da haben Sie aber Glück.«

Der stand mit undurchschaubarer Miene bereits hinter ihr.

»Was war das mit den Hunden?«

»Keine Ahnung, die lagen plötzlich tot im Käfig. Wir wissen nicht, was passiert ist. Das haben wir aber schon oft genug gesagt. Und die Polizei war ja auch schon da.«

Der Zirkusdirektor sah Winkler vorwurfsvoll an.

»Möchten Sie vielleicht etwas trinken? Einen Kaffee?«

Er sah zu seiner Frau, die aber nicht reagierte.

»Geh in die verdammte Küche und hol mir den verdammten Kaffee, verdammt!«

Oh oh, da hat wohl einer zu viele Ami-Filme gesehen. Winkler konzentrierte sich auf sein Gegenüber.

»Nein danke, ist schon in Ordnung. Was war das für eine Schlägerei?«

»Keine Ahnung, da ist einer auf einen meiner Angestellten los.«

»Und warum?«

»Soweit ich das verstanden habe, hat der Typ ihn für die toten Hunde verantwortlich gemacht. Oder war es der Hase? Aber warum, keine Ahnung.«

»Wo ist dieser Angestellte? Ich würde ihn gern sprechen.«

»Der ist verschwunden. Seitdem.«

»Und warum brannte sein Wohnwagen?«

»Keine Ahnung, echt jetzt.«

»Können Sie mir etwas über diesen Angestellten sagen?«

»Was wollen Sie denn wissen?«

»Alles.«

»Also, der hat sich vor Kurzem bei uns beworben und mit einer sensationellen Clownsnummer angegeben. Und weil wir ein paar Ausfälle hatten, dachte ich, nehme ich ihn mal in unser Programm auf. Der kam aber nicht gut an, kann ich Ihnen sagen.«

»Können Sie mir etwas über ihn erzählen, etwas zu seiner Person, meine ich?«

»Nein, er blieb im Hintergrund, hielt sich aus allem raus. Irgendwie unheimlich, wie der immer geguckt hat. So kalt. Und geredet hat der auch nicht, kein Wort, nur das Nötigste. Normalerweise sitzen wir abends gern zusammen. Der aber nicht. Hat seine Arbeit gemacht, war öfter mal weg. Aber was die Jungs in ihrer Freizeit machen, geht mich nichts an.«

»Wissen sie, wie das mit dem Brand passiert sein könnte? Es war Brandstiftung.«

»Ja, das habe ich gehört. Aber ich weiß von nichts. Feinde hatte der bestimmt genug, so kalt und arrogant, wie der war.«

»Sie bleiben vorerst alle, wo Sie sind, dass das klar ist. Wir sind noch nicht fertig.«

Zwei Stunden später rief Winkler in der Redaktion der Fahrenzburger Nachrichten an. Er wollte Herrn Meyerle noch einmal sprechen.

»Wieso haben Sie mir nicht erzählt, dass Sie ein Messer mitgenommen haben?«

»Weil das Diebstahl war? Aber jetzt ist es ja wohl egal.«

»Wir brauchen das. Jetzt sofort. Und Ihre Fingerabdrücke. Wegen des Ausschlussverfahrens.«

Und die Spurensicherung bekam einen Eilauftrag.

Winkler ging ins Büro, um nachzudenken. Ihm fiel aber nichts ein. Dann besuchte er Pfeifer im Krankenhaus, der war aber noch nicht bei Bewusstsein.

Gegen Abend kam ein Anruf von einem der Kollegen der Spurensicherung.

»Hallo Chef. Ich habe da etwas, was dich interessieren dürfte.«

»Lass hören!«

»Auf dem Messer haben wie die gleichen Fingerabdrücke gefunden wie auf der Leiche von dem Mädchen. Im System sind die aber nicht.«

Wer war Henry?

***

Eine gespenstische Stille lag über der Wiese, den Häusern, Gärten und Straßen. Kein Grashalm bewegte sich mehr. Kein Vogelgezwitscher, keine Blätter, die raschelten. Ein Kamel zupfte am Zeltdach und lächelte einer Amsel zu, die jedoch nicht reagierte, weil sie zu sehr mit dem frühen Wurm beschäftigt war, der dieses Manöver nicht überleben würde.

Winkler fuhr ins Krankenhaus. Philip Pfeifer war aufgewacht und hatte bereits etwas getrunken und gegessen.

»Mannomann, du machst Sachen.«

Nach kurzem Geplänkel seufzten beide vor sich hin, als sie versuchten, Abstand von dem Schrecken zu gewinnen. Winkler fiel etwas ein.

»Die Kollegen haben gesagt, du hättest mich sprechen wollen?«

Pfeifer stöhnte, er hatte Kopfschmerzen.

»Ja, stimmt. Ich habe mir die Dateien auf dem Stick angesehen, den Hete uns gegeben hat.«

»Und?«

»Scans von alten Briefen, Entwürfe für ein Buch. Außerdem.«

Er hob gequält den einbandagierten Kopf und suchte nach dem Wasserglas, das neben ihm auf dem Nachttisch stand. Schädel-Hirn-Trauma, zahlreiche Schnittverletzungen, eine Rippe gebrochen, ein Handgelenk geprellt. Er war übel zugerichtet.

»Ich habe auch zur Familie Soc einiges gefunden. Ist alles im Büro. Presseberichten zufolge ist diese Familie für einen Teil Siziliens zuständig, ich meine mafiamäßig, und zwar schon seit mehreren Generationen.«

Der gut gekleidete Sechzigjährige mit den kurz geschnittenen, schwarz-weiß-pfefferigen Haaren und den eisblauen Augen hörte schweigend zu, was Marco ihm über die aktuelle Lage erzählte. Enrico festgenommen, der Journalist tot, bevor er etwas Relevantes hatte sagen können, und dann die Fotos vom Handy des Toten, die ganz offensichtlich aus dem Büro von Cesco Fucilla stammten, dem Eigentümer der Pizzeria Perfetta, in der er und seine Kollegen sich nun seit einigen Tagen regelmäßig trafen.

Stefano Salvatore Soc scrollte durch die Aufnahmen.

»Was sind das für Unterlagen?«

Soc kannte sich zu gut im Geschäft aus, um die Wahrscheinlichkeit anzuzweifeln, dass Dossiers über eine heterogene Gruppe von Menschen und Pizzeriabetrieb irgendwie sinnvoll zu einander in Relation standen. Da wurden verschiedene Personen komplett überwacht, und das waren keine Angestellten.

»Was treibt der?«

dachte Soc laut und stand auf.

»War der deswegen so kooperativ, als wir den Journalisten verhören wollten?«

Marco zuckte mit den Schultern. Fucilla hatte sich tatsächlich sehr schnell von der Idee begeistern lassen, dem Journalisten auf den Zahn zu fühlen.

»Dieser Fucilla, der hat das doch mit dem Journalisten verpfuscht.«

Aber weder Soc noch Marco Romano waren dabei gewesen. Enrico und Carlo hatten den Auftrag, herauszubekommen, was genau Meier wusste. Fucilla hatte angeboten, mitzukommen. Soc konnte es nicht fassen. Normalerweise hätte er jetzt

Enrico beauftragt, mehr herauszufinden, aber der saß fest, und Carlo kriegte das allein nicht hin.

»Was ist denn da genau passiert? So ein Mann stirbt doch nicht einfach so?«

»Keine Ahnung.«

Carlo konnte nichts dazu sagen.

»Irgendwie hat er erst geschrien und dann ganz plötzlich nicht mehr. Einfach so.«

Soc stand auf. Er verschränkte die Hände hinter dem Rücken und trat ans Fenster. Einige Wolken hingen am Himmel, aber die Temperaturen waren wie gewohnt saftig.

»Holt mir diesen Fucilla her!«

Schweigend nahm man dies zur Kenntnis.

»Und wo ist Henry?«

***

»Frau Lara Schmitt. Wir verhaften Sie wegen des dringenden Tatverdachtes, Professor Klaus Möller ermordet zu haben.«

»Was? Nein, nein, nein, das habe ich nie, hätte ich nie. Ich habe ihn geliebt. Ehrlich, das müssen Sie mir glauben. Warum eigentlich?«

Sie konnte relativ schnell den Zeter-Modus verlassen.

»Sie hatten Streit mit ihm.«

»Nein.«

»Wir haben Beweise.«

»Nein.«

»Doch.«

Sie sah aus wie ein zerrupftes Vögelchen, dessen Haare sich sträubten und in allen Richtungen abstanden, auch wenn Vögel natürlich keine Haare haben. Aber es sah so aus.

»Na gut. Aber nur wegen einem Streit bringt man doch nicht gleich einen um.«

»Sie haben ihn beleidigt, ihm gedroht und gesagt, Sie würden alles über Ihre Beziehung an die Öffentlichkeit bringen. Das würde ihn den Job kosten.«

Lara schwieg entsetzt. Sie überlegte.

»Woher wissen sie das? Das können Sie doch gar nicht wissen.«

Zu spät, sie hatte es zugegeben. Sofort wechselte sie wieder den Modus.

»Das war bestimmt diese blöde Ziege, diese dumme Kuh, diese retardierte Ratze, diese Scheiß…«

»Bitte, Frau Schmitt, es wäre besser, Sie nähmen sich etwas zusammen.«

Aber Lara erwies sich als außerordentlich beratungsresistent.

»Volltrulla, blöde Gans, dämliche Pute, Huhn, altes, diese Krähe. Äh, hätten Sie noch ein adäquates Adjektiv für mich?«

Sie hielt kurz inne.

»Diese alte, dürre Heuschrecke. Stimmt's? Das war diese Hohlmer. Hohlbirne. Hohlbratze. Die mit ihrem Schrumpfhirn.«

Interessiert verfolgten die Beamten die Schimpftiraden, die sich nun über ihren Köpfen hoch zur Decke wanden. Lara zappelte furchtbar herum, weil sie sich keine Handschellen anlegen lassen wollte. Immer wieder entwand sie sich den Griffen der Polizisten, die Angst hatten, zu fest zuzudrücken und die dünnen Handgelenke womöglich zu verletzen.

»Das war sie selbst. Wetten? Das war sie selbst. Sie hat ihn umgebracht. Die war nicht zu Hause, ich aber schon. Sie ist die Mörderin, diese alte Fotze, miese Megäre, diese Heuchlerin, diese, ach ich weiß auch nicht. Scheißtrulla, scheißkackblöde Ziege, die. Sehen Sie das nicht?«

»Warum sollte sie das getan haben?«

»Weil sie eifersüchtig war. Zu Tode gefrustet, ausgemergelte Libido. Eifersüchtig. Die stand auf den. Das wusste jeder am Institut. Alle wussten das. Diese alte, dürre …«

Ihr ging kurzfristig die Luft aus.

»Heuschrecke, kein Wunder, so hässlich wie die war, der hat sie ja nie angesehen. Und eiskalt war die, kein Funken Gefühl hat die.«

»Frau Schmitt, jetzt nehmen Sie sich einmal zusammen. Sie haben ein Motiv, die Möglichkeit, kein Alibi. Also!«

Nichts.

»Was haben Sie mit Frau Hohlmer gemacht?«

»Iiich? Nichts, wieso?«

»Sie scheinen sie ja regelrecht zu hassen.«

»Na und, die mochte doch sowieso niemand.«

»Schon. Aber Sie haben sie nicht nur als Letzte lebend gesehen. Sie haben Sie auch noch überfallen.«

»Ach das.«

Gegen zwei Uhr morgens meldete ein schlafloser älterer Herr bei der Polizei, dass gegenüber in den Büros der Fahrenzburger Nachrichten Lichter auf und ab huschten. Er hatte dort angerufen, weil die Leute manchmal nachts arbeiteten. Aber die hätten dann normal Licht an und würden auch ans Telefon gehen. Es ist aber niemand ans Telefon gegangen. Also, so der ältere Herr, dachte er, er wolle einmal bei der Polizei Bescheid geben. Man schickte zwei Beamte vorbei und tatsächlich, in den Büros war eingebrochen worden. Sie fanden ein Riesendurcheinander vor, umgestoßene Stühle, offene Schubladen und Schränke, vieles war zerstört, die Computer aufgehackt, die Festplatten mit einem Hammer bearbeitet, Unterlagen durch den Reißwolf geschickt. In einem Stahlblechpapierkorb glimmerten noch verkokelte Metallteile vor sich hin.

***

Immer noch lag die Wiese in der Mitte des kleinen Vorortes von Fahrenzburg still da. Die Bewohner in den umliegenden Häusern genossen zufrieden die Ruhe. Ihre Nerven erholten sich langsam, denn auch die täglichen Vorstellungen mit dem lauten Musikgeplärre waren vorerst eingestellt. Die Pferde grasten gemütlich vor sich hin. Ab und an meckerte eine Ziege. Die Kamele lagen am Boden und kauten auf Strohhalmen herum. Man verabredete sich für den nächsten Morgen bei Familie Kasuppke, um den erfolgreichen Einsatz zu feiern. Alex Burger, der Besitzer der Wiese, war nicht eingeladen.

»So, sehr verehrter Signor Fucilla. Was sind das für Unterlagen?«

Sie saßen im unteren Besprechungsraum der Pizzeria. Mehrere Herren mit kurzen, weißen Haaren, die einen kleinen Kranz um den Kopf bildeten, buschigen, weißen Augenbrauen und sonnengebräunten Gesichtern mit zahlreichen Fältchen hatten sich um den Tisch versammelt, vor sich Espresso, und rauchten. Adrian bediente unauffällig wie immer und reagierte auf jedes Fingerzucken. Socs Maßanzug war aus hellem Leinen, die Schuhe ebenfalls maßgefertigt aus teurem Leder. Imposant wie immer. Cesco Fucilla versuchte angestrengt, eine harmlose Antwort auf diese Frage zu finden. Vor sich lag Meiers Handy mit den Bildern der Dossiers aus seinem Büro. Die Originale lagen daneben, die hatte man schnell gefunden, insgesamt Material zu sechzehn Personen.

»Was ist das?«

Alle Gesichter in der Runde waren sehr ernst. Cesco rann der Schweiß in Bächen den Nacken hinunter. Er schluckte mehrmals. Seine Gedanken schossen kreuz und quer ohne nachvollziehbare Verbindung durch seinen Kopf.

»Wir haben Personalprobleme. Die Pizzeria wirft zu wenig ab.«

Weise nickten die Zuhörer ihm zu, das hatten sie sich bereits gedacht. Ganz schlecht, dachte Fucilla. Ganz falscher Ausgangspunkt. Er wurde rot im Gesicht.

»Ich finde ja, wenn die Politiker nicht so blöd wären, würde die Hälfte reichen und die andere Hälfte könnte in der Gastronomie arbeiten.«

Auch dieser Ansatz verfing nicht recht.

»Ich bin Hobbyfotograf.«

Die Gesichter blieben ernst.

»Und, äh, ich übe anhand neutralen Materials, um, äh, ein zweites Standbein aufzubauen. Privatdetektiv.«

Man sah den Männern an, dass sie ihm kein Wort glaubten.

»Durchsucht ihn!«

Fucilla sprang entsetzt auf.

»Was? Ich bin euer Gastgeber. Seit ewig esst ihr hier zu Sonderkonditionen, ihr bekommt den besten Espresso, den besten Wein.«

Carlo gab ihm eins aufs Haupt. Fucilla setzte sich wieder.

»Ich kann ihn nicht durchsuchen, wenn er sitzt«,

beschwerte sich Carlo. Soc warf einen bösen Blick Richtung Marco, schließlich waren das seine Leute. Marco hob entschuldigend die Schultern an. Enrico war noch weg. Er hatte immer die Redearbeit übernommen.

»Steh auf und leere deine Taschen!«

sagte Marco Romano in einem äußerst ernsten Ton. Das hier war sein Bezirk, deswegen war er für alles, was schief lief, verantwortlich. Leider lief so einiges schief. Fucilla tat, wie geheißen. Carlo durchsuchte ihn trotzdem.

»Hier!«

Er hielt einen USB-Stick in die Höhe.

»Laptop«,

sagte Soc. Carlo steckte den Stick in die dafür vorgesehene Buchse. Die Männer standen auf und beugten sich über den Bildschirm. Soc sagte lange nichts. Seine Augen verengten sich, als er sich auf die vorbeieilenden Zeilen konzentrierte. Seine Lippen wurden zu einem langen, schmalen Strich. Er seufzte und strich sich mehrmals über die Stirn. War das eine beginnende Migräne? Schweigend scrollte er durch die Dateien. Sehr spät, ungut spät erst äußerte er sich wieder.

»Fucilla, kannst du das erklären?«

Lagebesprechung im Präsidium seit acht Uhr morgens. Man hatte sich die Informationen zur Familie Soc genauer angesehen und sie mit dem, was sie auf Noni Ottos Stick gefunden hatten, verglichen. Inzwischen lagen auch die Analysen des USB-Sticks vor, den die Polizei in den Räumen der Fahrenzburger Nachrichten in der Redaktionsküche hinter den Ravioli-Dosen sichergestellt hatte. Winkler hielt einige Ausdrucke in der Hand, mit denen er nicht wirklich etwas anfangen konnten. Mit gerunzelter Stirn murmelte er vor sich hin.

»Ok, das sind Zahlen, ziemlich hoch, und Formeln, mmh, und Kürzel oder Codes, R2001V, PA2405I, PO117XC, C17II.«

Der Rechtsmediziner hatte ebenfalls einige Kopien in der Hand.

»Ich würde sagen, es handelt sich um Blutbilder, Elektrolyte, Sodium, Calcium, Urin- und Stuhlwerte, Blutwerte, Pulsschlag, Körpertemperatur, Medikamentenrückstände im Blut und so weiter. Wie viele sind das?«

»Das sind sechzehn verschiedene Tabellen.«

Es klopfte. Eine junge Polizeimeisteranwärterin steckte vorsichtig den Kopf zwischen Tür und Rahmen.

»Entschuldigung, aber es gibt Probleme mit dem Verhafteten.«

Alle Köpfe drehten sich ihr zu.

»Mit diesem Italiener?«

»Ja, genau.«

»Und was gibt's?«

»Der randaliert, die ganze Nacht durch. Der hat sich seinen Kopf blutig geschlagen. Der Arzt musste schon zweimal kommen.«

»Und? Was ist da genau los?«

»Der Arzt meint, der ist unfreiwillig auf Digital Detox. Klassisches Entzugssyndrom, Zittern, Gliederschmerzen, Schweißausbrüche, Magenkrämpfe, Muskelzittern, Tränenfluss, Krampfanfälle. Er hat gebrochen und seinen Kopf immer wieder gegen die Wand gerammt und dabei geschrien also.«

Sie sah auf ihrem Notizzettel nach.

»Ich will mein Handy, ich halte das nicht aus. Handy, Handy.«
Sie zählte.
»Fünfmal Handy, ich halte das nicht aus, ich sage alles aber ich will mein Handy.«
»Schon gut,«
sagte Winkler.
»Und was sollen wir da tun?«
fragte er.
»Der Arzt meinte, er möchte den auf die Krankenstation verlegen und Sie sollten Bescheid wissen.«
»Ok.«
Und immer noch nichts von Gabi Hohlmer.

***

»Ah, wie schön, dass du dich auch endlich einmal meldest. Hast du es?«
»Nein, tut mir leid.«
»Wie konnte das passieren? Momentan geht ja wohl alles schief.«
»Ich sagte doch, es tut mir leid.«
»Du bleibst dran, ist das klar?«
»Ja.«
»Es ist wichtig. Wie oft soll ich das noch sagen?«
»Ja.«
»Und ich habe einen neuen Job für dich. Und keinen Fehler dieses Mal, kapiert?«

***

Für die Bewohner rund um die Wiese in der Mitte des kleinen Vorortes gab es den ersten ruhigen Sonntagmorgen seit langem. Man hörte wieder Vogelgezwitscher.
Die Kamele wanderten gemächlich auf der Koppel auf und ab und husteten gelegentlich. Mit der Ruhe würde es allerdings

binnen weniger Stunden aus sein. Genauer, binnen fünf Stunden.

***

Ganz in der Nähe parkten die Bestatter. Die Leute von der Spurensicherung waren noch nicht fertig. Auch der Fotograf musste warten, falls noch ein neues Teil auftauchen sollte. Das Flatterband verdiente heute seinen Namen nicht, denn es hing schlapp zwischen den Eisenstreben. Eine Meute Schaulustiger stand in geziemendem Abstand und diskutierte eifrig, wer das denn wohl sein könnte. Schließlich war ein Kollege verschwunden. Es herrschte Handyverbot. Winkler und mehrere uniformierte Beamte stiefelten in Schutzkleidung vorsichtig um die Spusi-Leute herum.
»Ich habe hier noch eine Hand«,
freute sich einer von ihnen, als er mit einem Ast in dem Gerümpel herumstocherte.
»Und da liegt ein Finger oder etwas in der Art«,
rief ein Schaulustiger und deutete eine grobe Richtung an.
»Etwas in der Art«,
wiederholte sein Kumpel vielsagend.
»Wo?«
Ein Beamter hielt bereits die Tüte parat.
»Na da, zwischen der Dose und dem toten Vogel.«
»Bleiben Sie stehen, nicht näher kommen! Sie verwischen die Spuren. Und räumt mal einer die Kinder da weg, also wirklich.«
Ein kleiner Junge war sehr interessiert fast unter dem Absperrband hindurch gekommen und hüpfte aufgeregt zwischen den Zirkusleuten und einigen der Anwohner herum. Winkler betrachtete gelassen den Müllhaufen hinter dem halben Zelt, der wie ein Schlachtfeld aussah.
»Habt ihr schon etwas, was den Toten identifizieren könnte? Ist doch nur einer?«

»Nee, keine Brieftasche, kein Geld, kein Ausweis, Führerschein, Kreditkarten, auch kein Ehering oder irgendetwas, bis jetzt zumindest. Wer weiß. Es fehlt sowieso noch Einiges.«

***

»Hey, habt ihr schon gehört? Gerade hat jemand angerufen, weil sie die Suchmeldung in der Zeitung gelesen hat. Sie sagt, Gabi Hohlmer wäre bei ihr in Castrop-Rauxel.«
»Gib mir den Hörer!«
Winkler war gleichzeitig beruhigt und nervös. Was sollte das nun wieder? Frau Hohlmer war tatsächlich am Sonntag noch zu einer Freundin aus dem Sanskrit-Online-Kurs gefahren, ohne irgend jemanden zu informieren.
»Ich will sofort mit ihr sprechen. Sie soll herkommen.«

Ein paar Stunden später erschien Gabi Hohlmer, kühl und ruhig wie üblich, und meldete sich direkt bei Winkler.
»Frau Hohlmer, wissen Sie eigentlich, dass wir hier seit einigen Tagen nach Ihnen suchen?«
Darauf sagte sie nichts, sondern setzte sich erst einmal auf den ihr angebotenen Stuhl. Die Nase war wieder oben. Sie musterte ihn mit eisigen Blicken.
»Sie melden einen Überfall bei der Polizei und verschwinden einfach? Das kann doch wohl nicht wahr sein.«
Aber Gabi schwieg. Eine unmanikürte Hand strich eine unsichtbare Falte ihrer Bluse glatt.
»Reden Sie! Erklären Sie mir das!«
Nach kurzer Bedenkzeit berichtete Gabi Hohlmer, dass sie am Sonntag, als sie sich bereits langsam von Lara Schmitts Besuch erholt hatte, einen weiteren ungebeten Gast bekam. Er schlug sie nieder. Wahrscheinlich war er durch die Terrassentür in die Wohnung gekommen.
»Warum?«
fragte Winkler.

»Nun, ich vermute, es war wegen des Tagebuchs. Als ich wieder zu mir kam, durchsuchte er gerade die Wohnung. Mein Geld in der Küchenschublade interessierte ihn nicht. Und in dem Tagebuch gab es Hinweise auf mögliche Verantwortliche und Gründe für den Mord an Noni Otto.«

»Und das erzählen Sie uns jetzt erst? Sind Sie wahnsinnig?«

»Ich darf doch sehr bitten.«

Hohlmer machte eine Pause.

»Das Tagebuch gehörte mir nicht, ich habe es bei ihren Eltern …«

Sie blickte auf ihre Hände.

»Ja?«

»Naja, ich hätte es eben nicht haben dürfen, deswegen. Außerdem bekam ich es mit der Angst.«

»Können Sie den Einbrecher beschreiben?«

»Er trug schwarze Kleidung, so etwas wie eine Skimaske, Handschuhe glaube ich, und er hatte einen seltsamen Akzent. Den kann ich nicht richtig einordnen.«

Sie machte eine kleine Pause.

»Er bewegte sich geschickt, mit fließenden Bewegungen, fast anmutig und sehr leise. Er hatte groß, breite Schultern. Und da war noch etwas.«

Sie schloss die Augen und schien zu überlegen. Dann schüttelte sie den Kopf.

»Nein, es fällt mir nicht mehr ein. Jedenfalls, als ich wieder bei Bewusstsein war, habe ich ihn kurz beobachten können. Dann habe ich mir ein großes Küchenmesser genommen und bin von hinten auf ihn los. Das muss er irgendwie mitbekommen haben, denn er drehte sich um. Ich trat ihm gegen das Bein, da fiel er hin und ich konnte ihm das Messer noch …«

Wieder machte sie eine Pause und sah auf ihre Hände, die sehr brav und züchtig nebeneinander auf der Tischplatte lagen. Es wirkte schon fast verlegen.

»Ich habe ihm das Messer in das Bein gerammt.«

»In welches?«

»Ich glaube, es war das rechte, aber ganz sicher bin ich mir nicht. Es ging sehr schnell.«

»Und dann?«

»Dann war er wütend, stürzte sich auf mich und versuchte, mir das Messer wegzunehmen. Und dann …«

Wieder eine Pause. Gabi holte tief Luft.

»Ich habe ihn gebissen, ins Gesicht. Da ließ er von mir ab. Das war im Wohnzimmer. Ich bin raus, ohne mich noch einmal umzudrehen, und bin weg. Das Tagebuch habe ich mitgenommen.«

Ein säuerliches Lächeln umspielte ihre Lippen.

»Und dann?«

»Dann bin ich geflohen, zu einer Freundin.«

»Warum?«

»Warum wohl? Weil ich Angst hatte«,

sagte Gabi Hohlmer mit so viel Eis in den Augen, dass er ihr nicht glaubte.

»Nun, etwas ganz anderes. Weil wir befürchten mussten, dass sie Opfer einer Gewalttat sein könnten, haben wir Ihre Wohnung durchsucht und einen Film gefunden. Sie wissen, was ich meine?«

Nun wurde Frau Hohlmer doch etwas unruhig.

»Das ist privat. Wie können Sie, können Sie, das ist ja noch ein Einbruch.«

»Lenken sie nicht ab. Sie haben Ihren Chef bei seinen Schäferstündchen gefilmt und dabei auch einen Streit mit einer Studentin aufgenommen. Und dieser Chef ist ermordet worden.«

Gabi schluckte entsetzt.

»Ich weiß.«

»Könnten Sie sich vorstellen, dass Frau Schmitt Herrn Möller umgebracht hat?«

Gabi Hohlmer ließ sich Zeit mit einer Antwort. Kühl blickten die Augen von Winkler zu der jungen Beamtin, die mitschrieb, und dann wieder zu Winkler.

»Ehrlich gesagt, ja.«

Es gab Neuigkeiten aus dem Keller des Polizeipräsidiums. Die meisten Teile der Leiche waren gefunden worden. Einer der Mediziner hatte sich viel Mühe gegeben, alles anatomisch korrekt zusammenzusetzen.

»Aber einiges fehlt, zum Beispiel der Kopf. Hier sehen Sie, vom Torso und vom Hals haben die Wildschweine nicht viel übriggelassen. Aber wir haben immerhin eine Hand. Und deswegen können wir Fingerabdrücke nehmen. Ich habe schon jemanden damit beauftragt, sie durch unser System zu schicken.«

Der Arzt stand gerade und stolz vor Winkler, der mit einem Streifenpolizisten in die Gerichtsmedizin beordert worden war. Ein Blick auf den Seziertisch reichte, und der Streifenpolizist entschuldigte sich und ging vor die Tür.

»Und was glauben Sie, was die Forensiker gefunden haben?«

»Was denn?«

»Einen Namen.«

Winkler stöhnte innerlich auf. Dass die sich immer so aufplustern mussten.

»Die Hand gehört zu einem gewissen Herrn Cesco Fucilla.«

»Kennen Sie die Todesart?«

»Unter Berücksichtigung der Fundstelle, die allein schon nahelegt, dass jemand nachgeholfen hat, jedoch unter Berücksichtigung des bereits angedeuteten Wildfraßes kann ich keine eindeutige Aussage dazu machen. Manche Verletzungen könnten Messerstiche sein, aber die Tiere haben sämtliche Wunden angefressen. Die Leiche könnte auch von den Schweinen zerrissen worden sein. Fast alle Weichteile fehlen. Einen Kopf haben wir nicht, aber das will zunächst einmal nichts sagen. Insgesamt deutet alles auf eine unnatürliche Todesursache hin, wobei Unfall oder Selbstmord nicht sehr wahrscheinlich sind.«

»Es handelt sich sicher um eine einzige Leiche?«

»Ja, wir haben etwas wenig, aber nichts doppelt.«

Das waren ja nun erfreuliche Neuigkeiten. Der Polizist kam zurück. Er war sehr bleich.

»Könnten Sie einmal alles über diesen Herrn Fucilla herausfinden? Und holen Sie bitte Frau Schmitt ins Präsidium!«

Dankbar verließ der Mann wieder den Raum.

»Ach, noch etwas, wo Sie schon hier sind.«

Dem Mediziner war noch etwas eingefallen.

»Bei dem toten Journalisten habe ich hellrote Schleimblutungen gesehen. Ich fand dann eine kleine Einstichstelle. Daraufhin beauftragte ich eine chemisch-toxikologische Untersuchung.«

»Jaaa?«

»Und was glauben Sie, was wir gefunden haben?«

»Schätze, diesmal keinen Namen.«

»Cyanid. Der Journalist wurde vergiftet.«

Als ob die Sache nicht schon kompliziert genug war.

»Können Sie mehr dazu sagen?«

»Natürlich. Cyanide sind die Salze der Blausäure, eines davon ist Zyankali, Kaliumcyanid. Es bildet farblose Kristalle. Schon 120 bis 140 Milligramm sind tödlich. Üblicherweise wird es in Tötungszusammenhängen gasförmig verwendet. Eine Blausäureintoxikation kommt nicht allzu häufig vor. Blausäure ist farblos, wasserlöslich und akut toxisch. Das Gift verteilt sich sehr schnell im Körper.«

»Wie kommt man da dran?«

»HCN ...«

»HCN?«

»Ja, HCN, Cyanidwasserstoff oder Blausäure, wird in der Industrie verwendet, bei der Herstellung von Farben, Kunststoffen oder Gummi, bei der Härtung von Stahl, als Schädlingsbekämpfungsmittel, bei der Goldgewinnung. In der Natur kommt es auch vor, in den Kernen der Bittermandel oder der Aprikose.«

»Noch etwas zu dem Journalisten?«

»Nein, er war relativ jung und schien sehr gesund gewesen zu sein. Deswegen schien mir ein Herzinfarkt auch wenig wahrscheinlich. Na, jetzt wissen wir es genauer.«

Was machten sie nun als erstes? Diesen Fucilla überprüfen, die Studentin noch einmal vernehmen. Und diese Sekretärin auch, die kam ihm verdächtig vor. Irgendwie nicht ehrlich. Sie hatte ja auch schon einmal gelogen. So ein Mist, dass Pfeifer im Krankenhaus war.

Fucilla wohnte über der Pizzeria. Seine Frau und die beiden kleinen Töchter standen noch unter Schock, als die Spurensicherung loslegte. Winklers Fragen ergaben nicht viel. Die Ehefrau wusste nichts von Feinden oder von Ärger. Die Pizzeria sei gut gelaufen. Mit den Bedienungen hätte es keine Probleme gegeben. Und die Kunden seien normale Leute aus der Stadt. Sie hatten eine starke Stammkundschaft. Nur in letzter Zeit wäre Cesco etwas nervös gewesen. Sie hatten viel von dem guten Wein ausgeschenkt. Er erwähnte, dass der langsam ausginge. Da war regelmäßig eine Gruppe von Männern dagewesen. Ihr sei das aufgefallen, weil sie nie Frauen dabeigehabt haben.
»Kannten Sie jemanden von ihnen?«
»Ja, Marco Romano, mit dem hatte mein Mann hin und wieder zu tun gehabt.«
Die anschließende Befragung der Angestellten ergab nicht viel. Einige schienen wirklich wenig von ihrem Chef zu wissen, und zwei andere, unter ihnen dieser Adrian, hielten sich bedeckt. Vielleicht waren die Spusi-Leute ja erfolgreicher.

***

Winkler bekam einen Anruf, dringend.
»Hallo Chef, dieser Enrico. Er ist ja jetzt im Krankenhaus. Er sagt, er will dich sprechen, und zwar ohne Anwalt.«

»Aha?«

»Jetzt sofort, sagt er. Und du sollst die Staatsanwältin mitbringen.«

»Aha.«

Lieber Gott, mach den Pfeifer wieder gesund! Doch Gott versagte ihm jegliche Kooperation.

»Hören Sie, ich sage alles, was Sie wissen wollen. Aber unter zwei Bedingungen.«

Aufgeregt zupfte Enrico an seinem Kopfverband herum. Winkler und die Staatsanwältin standen an seinem Bett.

»Erstens, ich werde unsichtbar. Das müssen Sie mir garantieren.«

»Wie soll das gehen?«

fragte die Staatsanwältin.

»Ich will ins Zeugenschutzprogramm. Das will ich schriftlich, sonst sage ich gar nichts.«

Weder Winkler noch die Staatsanwältin zeigten irgendeine Regung.

»Und zweitens halten Sie mir diesen Anwalt vom Leib.«

»Und was genau wollen Sie uns erzählen, damit sich der ganze Aufwand lohnt?«

fragte Winkler.

»Ich sage Ihnen, wer Noni Otto und Cesco Fucilla umgebracht hat.«

»Ach, und was ist mit dem Professor und dem Journalisten?«

»Das war ein Versehen.«

»Was?«

»Das mit dem Journalisten. Wir sollten bloß rauskriegen, was der wusste. Und plötzlich war er tot.«

»Und das sollen wir Ihnen glauben?«

»Ja, ehrlich. Und diesen Professor kennt von uns niemand.«

»Wer ist ›uns‹?«

»Ich will ins Zeugenschutzprogramm.«

Die Staatsanwältin und Johannes Winkler zogen sich zur Beratung zurück.

Im Krankenhaus lag Pfeifer immer noch sehr lädiert in seinen Bandagen. Die zerbrochene Rippe hatte etwas an den Innereien angeritzt, und eine der Platzwunden hatte sich entzündet, irgendein Krankenhausvirus. Winkler erzählte, was sie Neues hatten.

»Ich werde aus dieser Sekretärin nicht schlau. Ich bin mir hundertprozentig sicher, dass sie uns etwas verheimlicht. Aber was sollte das sein? Die hat doch tatsächlich ihren Chef gefilmt, wenn er die Studentinnen bedient hat. Die hat das Tagebuch geklaut und diesem Einbrecher nicht nur ein Messer ins Bein gerammt, sondern ihn sogar gebissen. Ekelhaft.«

»Aber sie konnte fliehen«,

warf Pfeifer ein.

»Genau. Und dann ist sie nicht etwa zur Polizei, sondern hat sich versteckt.«

»Hast du sie gefragt, warum?«

»Ja, sie hätte Todesangst gehabt und traut der Polizei nicht zu, sie zu beschützen.«

»Oder sie wollte uns das Tagebuch nicht geben.«

»Kannst du dir vorstellen, dass so eine Frau ernsthaft soviel Angst hat vor einem Einbrecher, den sie offenbar locker verscheuchen kann? Also ich weiß nicht, irgendetwas ist seltsam.«

Pfeifer schwieg. Mit an die Decke gerichtetem Blick seufzte er tief.

»Du hast recht, etwas stimmt nicht. Die ist viel zu hart. Eiskalt ist die, irgendwie creepy. Die schreckt sogar vor Mord nicht zurück.«

Pfeifer betrachtete immer noch die Decke, als er plötzlich auffuhr.

»Du hast doch gesagt, die hat den gebissen.«

»Ja, im Gesicht.«

»Weißt du, wo?«

Winkler zeigte es ihm.

»Und die Stichwunde, also müsste er humpeln.«

Pfeifer saß ganz gerade im Bett.

»So, wie sie sagte, ja.«

»Dieser Clown, der sich mit unserem Verhafteten in der Wolle hatte, der, der verschwunden ist, der hat gehumpelt und der hatte eine Bisswunde. Ich erinnere mich noch an die Fotos von Insa. Ich bin nur nicht gleich drauf gekommen.«

»Schon wieder dieser Henry.«

Winkler atmete tief ein. Das war es. Das Telefon klingelte. Aber Winkler war erstarrt.

»Was hast du gesagt?«

»Was meinst du jetzt? Das mit dem Biss?«

»Nein, davor.«

»Insa?«

Blonde Haare, Spitzenfigur, funkelnde, braune Augen und der Duft nach Desinfektionsmittel. Pfeifers Augen begannen zu glänzen.

»Nein, Mensch.«

»Humpeln?«

»Genau, er müsste humpeln. Weißt du, du hast vielleicht diesen kleinen Jungen bei den Zirkusleuten gesehen. Der ist ja ziemlich sauer auf den Clown. Und der ist seit dem Brand seines Wohnwagens verschwunden.«

»Ja, das hast du schon erzählt.«

»Und weißt du, was der Kleine erzählt hat? In der Nacht, als die Wildschweine den Müllhaufen durchgepflügt haben, hat er jemanden gesehen, der etwas Schweres schleppte und gehinkt hat.«

Das Telefon klingelte erneut. Diesmal nahm Winkler ab. Er sprang auf.

»Du wirst es nicht glauben, aber Frau Hohlmer hat sich wieder an etwas erinnert, was ihr an dem Einbrecher sonderbar vorgekommen war. Er hatte verschiedenfarbige Augen. Und weiß-blonde Augenbrauen.«

Winkler ließ ihn zur Fahndung ausschreiben.

***

»Was ist mit der Wohnung von diesem Fucilla?«

Winkler hoffte, dass die Kollegen etwas gefunden hatten, das sie weiterbringen könnte.

»Wir haben Papiere und elektronische Dokumente, die wir aber noch interpretieren müssen.«

»Was meint ihr mit interpretieren? Wisst ihr nichts damit anzufangen?«

»Genau, aber du kannst sie dir gern einmal anschauen.«

»Habt ihr euch den Müll angesehen? Auch der vor dem Haus?«

Die Pause, die folgte, sprach Bände.

»Wir sind dran. Aber, falls es dich interessieren sollte, in der Pizzeria, vor allem im Keller, gab es versteckte Kameras. Und ob du es glaubst oder nicht, die haben gefilmt, wie die beiden Journalisten im Keller herumschlichen und wie der eine Journalist, der schon tot ist, an Fucillas Computer war.«

»Wann?«

»Jeweils nachts, dritter und fünfter Juli.«

»Sicher, dass es dieser Meier war?«

»Ja, klar und deutlich zu erkennen. Beide Male lädt er etwas auf seinen Datenträger. Und einmal hat er alle möglichen Dokumente fotografiert.«

»Haben wir etwas bei ihm gefunden?«

»Nein, das Handy ist verschwunden, dann dieser Stick aus der Redaktion. Und die Dateien, die wir haben, sind Versionen von Zeitungsartikeln.«

»Sind die alle schon raus?«

»Nein. Es gibt da einen schönen Text über Tierfolter im Zirkus an Hasen und Pferden mit Fotos. Offenbar hatten die Pferde an den Hinterbeinen arge Verletzungen, die aber überschmiert wurden, damit die Zuschauer sie bei der Vorführung nicht sehen konnten. Steht da. Von den hingerichteten Hasen gibt es kein Foto, nur Zitate von einem angeblichen Zeugen. Klingt alles übel. Das dürfte den Zirkusleuten nicht gefallen, wenn das rauskommt.«

War das vielleicht ein Motiv? Bisschen übertrieben vielleicht, aber wer weiß, diese Zirkel sind nicht harmlos.

Gegen zwölf Uhr erhielt einer der Beamten im Vorbereitungs-dienst auf dem Präsidium einen mysteriösen Anruf, der den Aufenthaltsort des polizeilich gesuchten Verdächtigen angab. Er notierte sich alles auf seinem Telefonnotizblock. Es war das letzte Blatt. So ein Mist, jetzt musste er aufstehen und in die Materialabteilung gehen. Er hatte noch nicht Mittag gemacht, und sein Magen knurrte. In der Kantine war Currywurst an-gekündigt. Mit Pommes. Der Beamte beschloss, den neuen Block auf dem Rückweg zu besorgen.

Gegen dreizehn Uhr klingelte bei Winkler das Telefon. Die Analyse des Mülls der Pizzeria hatte eine Spritze zu Tage ge-fördert, die ordentlich mit Wasser ausgespült worden war. Dennoch konnten einige Spuren von Zyankali nachgewiesen werden.

Winkler sortierte. Die Durchsuchung bei Fucilla hat Hinweise auf das Gift ergeben, an dem Meier starb. Außerdem mehr Da-teien. In der Pizzeria gab es versteckte Kameras. Meier hatte etwas vom Computer heruntergeladen und Fucilla wusste es. Waren das brisante Informationen? Vielleicht, und damit viel-leicht auch ein Motiv. Dann brachte Fucilla Meier um. Aber warum in dieser Halle? War das nicht etwas zu umständlich? Wieso wurde Meier verschleppt, gefesselt und geschlagen? Das sah aus, als ob man Informationen von ihm wollte. Aber Fucilla wusste doch, dass Meier die Daten hatte. Fucilla hatte ein Motiv. Die Zirkusleute ebenfalls.

»Jo!«

Unsanft wurde Winkler aus seinen Betrachtungen gerissen. Ein junger Beamter klopfte an Winklers Tür und hielt einen Zettel in der Hand.

»Wir haben doch gerade so viele Morde, oder?«

Winkler war sich nicht sicher, ob es sich um eine rhetorische Frage handelte, deswegen antwortete er nicht sofort. Ihm war nicht nach Späßen zu Mute. Im Gegenteil.

»Wir haben doch gerade ziemlich viele Morde?«

»Jaha.«

»Naja, das hier war bestimmt nur ein Scherzanruf, weil die Stimme so blechern klang wie im Fernsehen immer, aber ich habe es trotzdem mal aufgeschrieben.«

Winkler las die Notiz und trommelte sofort ein Einsatzkommando zusammen.

Kurze Zeit später rasten diverse Polizeiautos in einen der weniger schicken Außenbezirke Fahrenzburgs. Hier sollte sich, so der mysteriöse Anrufer, der gesuchte sogenannte Henry in einer möblierten Einzimmerwohnung aufhalten. Am Türschild sei auf den Namen Kaufholz zu achten und dreimal kurz zu läuten. Sehr vorsichtig und überaus geräuschlos marschierte eine Schar uniformierter und maskierter, mit ernsthaften Waffen ausgestatteter Beamter im Gänsemarsch einmal um das Mietshaus, in dem die Wohnung lag, herum. Vor dem Haupteingang trennte sich eine kleine Gruppe ab, um den Hintereingang zu sichern. Der Rest lief tröpfelweise die Treppe hoch, denn die besagte Wohnung lag im vierten Stock. Man verteilte sich. Der Bereich direkt vor der Wohnung bot nur maximal vier Personen Platz, und man benötigte noch eine gewisse Fläche für den Anlauf, falls man die Tür eintreten musste. Einer der Vermummten klingelte dreimal kurz. Die Türe öffnete sich. Vier Angreifer warfen sich gleichzeitig auf den Mann, rangen ihn zu Boden, zauberten vier Paar Handschellen wie aus dem Nichts herbei und fesselten ihn sofort problemlos innerhalb von Sekunden derart, dass er nicht mehr laufen konnte. Schwuppdiwupp.

»Kuck ma bei ihm in die Augen nach!«

sagte einer. Und siehe da, zwei verschiedene Farben. Und hellblonde Augenbrauen. Sehr zufrieden mit sich und diesem vollendet gelungenen Einsatz trugen die Beamten, unterstützt von zwei weiteren, den Mann wie einen Sarg hinunter und verstauten ihn in einem der Polizeiwagen. Im Präsidium wurde der Verhaftete vorsichtig ausgepackt, auf einen Stuhl gesetzt und erst einmal allein gelassen. In der Vernehmung, die eine Stunde später begann, machte er von seinem Aussageverweigerungsrecht Gebrauch.

Gabi Hohlmer wurde zu einer Gegenüberstellung gebeten. Sie erreichte das Präsidium eine halbe Stunde später. Da Johannes Winkler telefonierte, wartete sie vor dem Büro. Ein junger Beamter kam vorbei und fragte, ob sie eventuell eine Tasse Kaffee haben wollte.

»Na gut.«

Kurz darauf kam er mit einem Plastikbecher zurück.

»Kann ich sonst noch etwas für Sie tun?«

Gabi schüttelte den Kopf.

»Warten Sie auf jemanden?«

»Ich bin wegen der Gegenüberstellung hier.«

»Oh, Sie sind das.«

Die mutige Vertreibung des Einbrechers hatte bereits die Runde gemacht.

»Alle Achtung. Echt cool.«

Gabi lächelte huldvoll.

»Hatten sie nicht Angst?«

»Ach, schon, anfangs, etwas.«

»Und Sie haben wirklich ein Messer genommen und ihn niedergestochen?«

»Ja, ja, so war das.«

»War es arg blutig? Ich würde mich das ja nicht so trauen.«

Es war kaum Blut geflossen, um ehrlich zu sein.

»Ach.«

Gabi machte eine wegwerfende Bewegung mit der Hand.

»Und stimmt es, dass Sie ihn – gebissen haben?«

Gabi nickte.

»Meine Güte. Wirklich mutig, echt. Der hätte Sie sonst umgebracht, oder?«

»Vielleicht.«

»Und jetzt müssen Sie ihm wieder gegenübertreten. Also wirklich, das ist mutig.«

Der junge Beamte war schwer beeindruckt.

»Couragiert nenne ich das, couragiert. Solche wie sie bräuchten wir mehr. War das ihr erster – Einsatz?«

»Nein nein.«

»Ach deswegen.«

»Wie meinen Sie das?«

»Na, nur beim ersten Mal ist die Hemmschwelle hoch, dann nie wieder. Was war Ihr erstes Mal?«

»Ach, lassen wir das lieber.«

»Aber war das auch so erfolgreich?«

»Ja, sehr.«

»Und sie haben den auch verjagt?«

»Nicht direkt.«

Ein anderer Polizist kam und bat sie, sich ihm anzuschließen.

»Wir werden Ihnen jetzt mehrere Personen zeigen, die sie durch ein Glasfenster betrachten können. Diese Personen sehen Sie aber nicht, Sie brauchen also keine Angst zu haben. Und Sie sagen uns, ob Sie denjenigen, der sie überfallen hat, wiedererkennen. Nehmen Sie sich Zeit und überlegen Sie gut, bevor Sie antworten.«

Mittlerweile war Winkler auch da. Fünf maskierte Männer standen in Reih und Glied hinter der Glasscheibe und regten sich nicht.

»Die sollen sich ein bisschen bewegen!«

forderte Gabi Hohlmer.

Die fünf maskierten Männer staksten unbeholfen im Nebenraum umher.

»Nein, also das, also nicht, so war das nicht. Können die nicht anders gehen? Nicht so seltsam. Mehr normal.«

Nach erneuter Aufforderung schlichen die fünf hintereinander im Kreis herum.

»Nein, so war das auch nicht. Kann ich die mal näher ansehen?«

Die fünf Männer wurden nun gebeten, nacheinander vor die Scheibe zu treten.

»Das! Das! Das ist er!«

Die Spurensicherung hatte bereits die Fingerabdrücke des Verhafteten genommen und in der AFIS danach gesucht. Aber sie waren nicht im automatischen Fingeridentifizierungssystem gespeichert. Allerdings waren es die gleichen wie auf dem Messer und Nonis Leiche.

Ein erneuter Besuch bei Enrico stand an. Er trug immer noch seinen weißen Turban. Schweiß stand im Gesicht, das ganz grau war. Er zitterte. Winkler, die Staatsanwältin und ein Streifenbeamter bauten sich vor dem Bett auf. Enrico sah sie erwartungsvoll an.

»Also gut, wir können über das Zeugenschutzprogramm reden. Es kommt aber darauf an, was Sie zu bieten haben.«

Enrico war erleichtert. Bereitwillig erzählte er, was er wusste.

***

Die Bewohner rund um die Wiese in der Mitte des kleinen Vorortes trauten ihren Augen nicht, als sie morgens aufstanden und aus dem Fenster schauten. Alle waren fort. Nur ein einsames Toilettenhäuschen stand noch auf der Wiese. Einige Heuhaufen und große, zermatschte Flächen ließen die Stellen erahnen, wo die Tiere die letzten Wochen gewohnt hatten. Und ein riesiger Müllhaufen, frisch durchgepflügt, moderte in der frühen Morgensonne vor sich hin.

Sie hatten ihren Neuzugang über Nacht erst einmal in der Zelle gelassen, damit er ausreichend Zeit hatte, sich zu sammeln. In aller Gemütsruhe brachte Winkler seine Akten auf den neusten Stand, bevor er sich auf den Weg ins Vernehmungszimmer machte.

»Soso, Sie sind also dieser Henry. Sie wissen, dass Ihnen mindestens zwei Morde zu Last gelegt werden?«

»Phh.«

Henry blieb cool, presste aber die Lippen so fest zusammen, dass sein Gesicht ganz weiß wurde.

»Wir haben Ihre Fingerabdrücke an einer der beiden Leichen gefunden.«

»Anwalt.«

»Ja, natürlich, aber erzählen Sie uns doch vorher noch kurz, ob Sie vielleicht Herrn Meier von den Fahrenzburger Nachrichten kannten.«

Es klopfte. Der Anwalt trat ein. Er war der gleiche wie bei Enrico. Na, wenn das mal kein Zufall war.

»Wir kennen uns ja bereits. Mein Mandant wird sich nicht äußern.«

»Ist auch gar nicht nötig. Wir haben genug. Gut, noch einmal.« Winkler nickte d'Angelo zu. Das war bestimmt ein Künstlername, dachte er.

»Unsere Untersuchungen haben Spuren, um genau zu sein, Ihre Fingerabdrücke an der Leiche von Loni Otto gefunden. Außerdem hat jemand gesehen, wie Sie die Leiche des Pizzeriabesitzers auf dem Müll entsorgt haben. Und wir haben jemanden, der bezeugt, dass Sie den Auftrag zu beiden Morden hatten.«

Dass Soc jegliche Auskunft dazu verweigerte, behielt Winkler für sich. Der Anwalt wusste es ohnehin, da war er sich sicher. Der Beamte, der neben Winkler saß, flüsterte:

»Aber reicht die Aussage von dem kleinen Jungen überhaupt aus?«

Winkler saß mit zusammengekniffenen Augen vor Henry und versuchte, ihn niederzustarren, während er gleichzeitig seinem Tischnachbarn zuflüsterte, er solle die Klappe halten. Von den beiden unterschiedlichen Augen bekam er eine Gänsehaut.

Na gut, dann eben das nächste Mal, aber wir kriegen dich dran, dachte er. Jetzt machte er sich erst einmal wieder auf den Weg ins Krankenhaus.

Philip Pfeifer ging es langsam besser.

»Na, wie sieht's aus?«

begrüßte Winkler seinen Kollegen.

»Geht schon, was gibt es Neues?«

Johannes Winkler erzählte. Enrico war bereit, zur Not auch vor Gericht auszusagen, aber er wolle aussteigen.

»Anfangs hatten er und sein Kollege Carlo nur beim Zirkus überprüfen sollen, ob bei Henry alles ordnungsgemäß verlief. Sie hatten lediglich die Aufgabe, zu beobachten. Für Informationsextraktion und Morde war Henry zuständig. Aber schnell hat es Enrico gestört, wie die Tiere dort behandelt wurden. Er gibt zu, dass er Fehler gemacht hat. Problematisch ist, dass seine Alibis schwach sind, teilweise hat er gar keine. Vor allem bei Noni Otto hat er sich ziemlich geziert. Da war er wohl in München gewesen, zusammen mit Carlo. Aber den will er nicht mit hineinziehen.«

»Wo hinein?«

Pfeifers Kopf tat immer noch etwas weh.

»Er war im Auftrag unterwegs.«

Winkler bot Pfeifer einen Kaugummi an und fuhr fort.

»Im Auftrag, genau, so nennt er das.«

»Und um welchen Auftrag geht es und von wem?«

wollte Pfeifer wissen.

»Da hat er eben nicht viel sagen wollen. Aber am Ende gab er zu, dass die beiden einen Anschlag auf einen Politiker ausgeübt hätten. Enrico ist ausgebildeter Aktivist. Er sollte dem Ministerpräsidenten eine Warnung erteilen.«

»Warum?«

»Puder hat im Rahmen seiner Wahlkampfinterviews geäußert, die Bayerische Grenzpolizei weiter ausbauen zu wollen, die personelle Ausstattung der Kriminalpolizei zu verbessern und die Vernetzung mit den Nachbarländern, vor allem Italien, aber auch mit dem Osten zu verdichten. Ziel sei der konsequente Kampf gegen die italienische Mafia wegen Drogenhandel, Menschenhandel, Geldwäsche, Hehlerei. Daraufhin haben sich die Köpfe der italienischen Mafia zusammengetan, um über den Ernst der Lage zu beraten. Die Situation wurde als sehr dringlich eingestuft. Enrico und Carlo haben nur einen Auftrag ausgeführt, den sie von Soc erhielten.«

»Dieser Soc ist schon einmal aufgetaucht.«

»Ja, das ist kein Unbekannter.«

»Ach, hast du übrigens herausgefunden, was genau ein Gmoa-Fest ist?«

»Ja, eine Gemeinde-Fest.«

Das musste Pfeifer erst einmal verdauen.

»Was stand eigentlich in diesem Tagebuch drin?«

»Oh, Notizen, Fragen und Antworten, Daten, Rechercheverläufe, der Entwurf zu einem Buch. Ohne den Stick würden wir gar nicht genau verstehen, worum es geht. Denn da waren ja die Scans von einer Kommunikation mit der Polizei darauf, Akten, Briefe und Zeitungsauschnitte.«

CEPPAIONA, FÜNFZEHN JAHRE ZUVOR

Der Zaun war alt und brüchig. Ein klappriges Fahrrad lehnte daran, wie provisorisch abgestellt. Als ob der Eigentümer gleich wieder weiterfahren wollte. Spatzen hüpften darauf herum und spielten Fangen. Das winzige Dörfchen, das am Rande von Ceppaiona lag, bestand nur aus wenigen Häusern, malerisch gelegen zwischen riesigen sanften Hügeln, in der Ferne die Berge. Der Frühsommer blühte, Ginster, Kamille, Bocksdorn, Ringelblumen und Klatschmohn. In der Luft hing ein betörender Duft. Wenn früh morgens der Nebel hinter den Bergkuppen hervorkroch, dauerte es nicht lange, und das Tal füllte sich langsam mit Nebelschwaden auf, wie ein zäher Brei den Suppenteller, bis dann alles ganz dicht war und darüber die Morgensonne erschien. Es war noch nicht ganz hell.

Das tote Mädchen lag am See. Die Leute der Spurensicherung fanden Reifenspuren von einem Auto und einem Fahrrad. Aber ob sie etwas damit zu tun hatten, wurde nie geklärt. Mehrere Schuhabdrücke und Stofffetzen führten ebenso wenig zu irgendwelchen verwertbaren Erkenntnissen wie der Müll, der überall herumlag, leere Flaschen, Bierdosen, alte Zeitungsfetzen, eine Autobatterie, Glasscherben, Zigarettenstummel. Die Tote war fast vollständig bekleidet, nur die Schuhe fehlten. Man fand sie später einige Meter weiter in einer Wiese. Die rechtsmedizinische Untersuchung ergab Wasser in den Lungen, Hämatome an Armen, im Nacken und an der Brust, Schlammspuren im Gesicht und im Mund. Das Mädchen hatte blaue Flecken und Kratzer an den Beinen und an den Knöcheln. Die bloßen Fußsohlen waren aufgeschürft. Ein Ast mit Blut lag noch neben der Leiche, mit dem hatte man sie erschlagen. Sie war eine Weile durch die Natur vor ihrem Mörder geflüchtet. Und nur elf Jahre alt geworden.

An der Wand hingen ein großes schwarzes Brett und eine Karte der Umgebung. Hier hatten sie alles, was sie bisher herausfinden konnten, mit kleinen Pinnnadeln markiert. Die Polizei hatte versucht, die letzten Tage vor ihrer Entführung zu rekonstruieren. Ihr Weg bis kurz vor ihrem Verschwinden war mit Leuchtstift nachgezeichnet. Die Ermittlungen verliefen ins Leere. Der Mord wurde nie aufgeklärt.

FAHRENZBURG, HEUTE

»Alles deutet darauf hin, dass die Familie Soc hinter allem steckt.«

»Aber Ausführender war dieser Henry. Was ist das für einer?«

Tja, wer war Henry? Bei Henry handelte es sich um einen Briten, Sohn eines Italieners und einer Britin, daher auch sein besonderer Akzent. Er gehörte zu einer seltenen Mischung aus gut angezogenem Italiener und Gentleman. Deswegen war er auch stets sehr höflich und hatte ein upperclassmäßiges Auftreten, arrogant, selbstsicher, weltmännisch. Seine Mutter hatte bei seiner Erziehung ganze Arbeit geleistet. Die Beschaffung von Informationen bei Redeunwilligen und deren unauffällige Beseitigung wiederum hatte er von seinem Vater erlernt, der auch schon für die Familie Soc arbeitete.

»Und warum hat Stefano Salvatore Soc diesen Henry nicht mehr geschützt?«

Die Polizei ging davon aus, dass Soc hinter dem anonymen Anruf steckte.

»Das hat uns auch ziemlich stutzig gemacht. Aber von Enrico wissen wir, dass er einige Jobs nicht ordnungsgemäß ausführte. Beispiel Noni Otto. Henry sollte Noni töten. Das Drumherum aber war eine Inszenierung. Er sollte sie nicht entführen und tagelang hungern und dursten lassen. Aber er dachte, das wäre so eine schöne Erinnerung an die Schwester. Wir dürfen nicht vergessen, dass damals das Erschlagen mit dem Ast die eigentliche Todesursache war. Durch die Zeitungsartikel erfuhr Soc von der unnötigen Verwahrlosung. Aus seiner Sicht wurde der Auftrag nicht korrekt ausgeführt. Es durfte jedoch nicht so aussehen, als könne man einen Soc reinlegen. Außerdem war er sehr verärgert, da die in der Zeitung beschriebenen

Todesumstände zu auffällig an sein eigenes Verbrechen erinnerten.«

»Das aber nie rauskam?«

»Nein. Aber alle wussten es, und alle schwiegen. Eleonoras Tod war nicht geplant. Man wollte der Familie Otto mit der Entführung einen Schreck einjagen und sie dazu bringen, weiter die Schutzgelder zu zahlen. Der Tod des Mädchens war ein Unfall.«

»Warum hat Henry das getan? War er eine Art Künstler? Wollte er seiner Kreativität freien Lauf lassen?«

»Nein. Von den Kollegen aus Sizilien wissen wir, dass 1983 auch Giulia Soc ums Leben kam. Sie war damals oft mit mehreren anderen jungen Leuten zusammen, unter anderem Raphael und Henry. Beide waren sehr verliebt in Giulia gewesen. Beide waren aber aus Sicht der Familie Soc nicht standesgemäß. Deswegen mussten die Treffen heimlich stattfinden. In dieser Nacht war der kleine Bruder von Stefano auf der Suche nach seiner Schwester, als es zu dem Unfall kam. War Nonis Tod Romantik? Ein Andenken? Reinstagement? Auf jeden Fall war Stefano Soc ziemlich ungehalten, dass aus seiner Sicht die Sache derart aus dem Ruder gelaufen war.«

»Nonis Mord war vielleicht späte Rache für Giulia?«

»Ja, vielleicht. Dann die Geschichte mit dem Tagebuch. Henry hat es nicht bekommen. Stattdessen hat er sich von Frau Hohlmer ausschalten lassen, und zudem konnte sie ihn auch noch identifizieren. Nein, Henry war für Soc nicht mehr tragbar.«

»Und warum spielt der mit? Er könnte doch alles Mögliche über seine Auftraggeber verraten?«

»Auch das hat uns Enrico erzählt. Dieser Anwalt, der bei Enrico und Henry war, gehört zu Socs Leuten. Und Enrico weiß, dass die Socs die Eltern von Henry sehr gut kennen. Sehr gut. Henry hat Angst um seine Mutter. Schätze, Soc hat ihn über den Anwalt erpresst. Wahrscheinlich kann der ihn zu günstigen Konditionen einbuchten lassen, dann ist er sowieso bald wieder draußen. Aber für die Mafia ist er wohl Geschichte.«

Pfeifer strich sich nachdenklich über die Stirn. Sein Kopf tat immer noch etwas weh.

»Und was war mit den Journalisten?«

»Die haben mit ihrer fantasievollen Interpretation der Ereignisse alles ins Rollen genbracht. Aber was uns immer noch stört, ist, dass dieser Henry den Mord an Noni und Cesco Fucilla gestanden hat, aber nur diese beiden. Enrico spricht übrigens auch nur von diesen beiden, über Möller und Meier schweigt er sich aus.«

»Vielleicht weiß er darüber nichts?«

fragte Pfeifer.

»Warum weiß er etwas über Fucilla und Noni, aber nichts über die anderen?«

»Vielleicht kommuniziert die Mafia nicht ganz so transparent, wie wir das gerne hätten«,

schlug Pfeifer vor und lehnte sich in sein Kissen zurück.

»Und dieser Cesco?«

sagte er.

»Wir haben die Unterlagen sortiert und prüfen lassen. Es gab Dossiers von sechzehn Leuten, von denen einige bereits verstorben sind. Wir werden nicht ganz schlau daraus.«

Pfeifer dachte nach und sagte:

»Und wenn du die mir einmal mitbringst?«

Keine schlechte Idee.

»Und was ist mit Marco Romano?«

fragte er dann.

»Hierzu sagt Enrico wenig. Offenbar gehören er und ein gewisser Carlo zu den Romanos. Die aber tun, was die Socs wollen. Mafia-Hierarchie. Enrico und Carlo wussten zunächst nicht, um was es ging. Marco hatte ihnen lediglich den Auftrag erteilt zu beobachten.«

»Will er seinen Freund schützen?«

»Wahrscheinlich. Aber interessant ist auch, was Hete uns erzählt hat. Sie hatte uns ja einen Datenstick gegeben, den sie für Noni aufbewahrte und den sie auf keinen Fall den Eltern zeigen durfte. Vor einigen Jahren durchsuchte Noni im Keller die alten Koffer und Kisten ihrer Eltern auf der Suche nach einer Idee für eine Kurzgeschichte. Sie fand Dinge ihrer toten Schwester, Büchlein, Stifte, Stofftiere, Schmuck. Sie fand aber auch Briefe mit Zahlungsaufforderungen, Zeitungsartikel und Notizen, auch Arztrechnungen, weil ihre Mutter, als die Schwester starb, einen Nervenzusammenbruch hatte. Ihren Eltern erzählte sie nichts davon. Noni machte aus dem Material zwei Kurzgeschichten, in denen sie den Tod ihrer Schwester verarbeitete und die zusammengenommen sehr dicht an die Wahrheit kamen. Der Mord an der Schwester wurde ja nie aufgeklärt. Zu der damaligen Zeit war Mord an Kindern verpönt und hätte dem Ruf der Familie Soc sehr geschadet. Wie gesagt, im Nachhinein wurde behauptet, dass Eleonoras Tod ein Versehen gewesen war. Sie wurde auf der Flucht erschlagen, hätte aber nur bewusstlos sein sollen. Das Ganze war sehr übel, denn es verletzte das Ehrgefühl der Socs, die hinter allem steckten. Nonis zwei Geschichten wurden in einer großen deutschen Zeitung veröffentlicht. Nebenbei arbeitete sie außerdem an einer Buchidee.«

Die Tür öffnete sich und eine Krankenschwester kam herein. Strahlend schritt sie an das Kopfende des Bettes. Strahlend kontrollierte sie Pfeifers Werte und strahlend wünschte sie ihm noch einen schönen Tag. Johannes Winkler hatte sich überhaupt nicht registriert.

»Auf jeden Fall wurden Mitglieder der Familie Soc auf Noni aufmerksam. Sie erkannten die Geschehnisse wieder. Man suchte die Verfasserin der Artikel und fand die Familie Otto in Fahrenzburg, die sich bisher erfolgreich versteckt gehalten hatte. Stefano Soc, inzwischen Clan-Chef, nahm mit Marco Romano Verbindung auf, der Vertreter der Mafia in Fahrenzburg. Marco erhielt die Aufgabe, die Familie Otto im Auge zu behalten. Dann gab es einen weiteren Artikel von Noni mit einem verwandten Thema in der Zeitung. Soc begann, sich Sorgen zu machen. Er beschloss, der Familie Otto eine Lektion zu erteilen. Er wusste nicht, dass die Eltern von den Artikeln ihrer Tochter gar nichts mitbekommen hatten.«

Draußen ging der Tag wie üblich seinen Weg inklusive Hitze, Lärm und Staus. Pfeifer nahm einen Schluck Wasser, während er Winkler gebannt zuhörte, wie er die Bruchstücke der Geschichte zusammensetzte.

»Henry ist einer der vom Soc-Clan beschäftigten Attentäter. Er wurde als Clown in den Zirkus geschleust, der in der Nähe und dann in einem Vorort von Fahrenzburg gastieren sollte. Er entführte am Vormittag des 19. Juni Noni Otto und hielt sie einige Tage gefangen. Er gab ihr weder etwas zu essen noch zu trinken. Er ließ sie laufen, fing sie wieder ein und setzte sie schließlich im Universitätsviertel aus, um sie dort zu erschlagen. Das war am 23. Juni abends. Damit wurde der Tod ihrer Schwester reinszeniert oder späte Rache oder beides. Eigentlich sollte der Mord an Noni die Eltern ernsthaft verwarnen und ihr Stillschweigen garantieren. Das ist auch der Grund, warum die beiden so wenig sagten.«

Winkler fuhr sich mit der linken Hand über die Stirn. Was er über die Familie Otto herausgefunden hatte, nahm ihn sichtlich mit.

»Sie hatten Angst um ihr Leben und nicht die Kraft, noch einmal zu fliehen. Denn das war, was sie taten, als die erste Tochter starb. Sie verließen Hals über Kopf ihr Haus, ihre Familien, ihre Heimat. Sie wussten genau, wer dahintersteckte, wie übrigens alle im Ort. Das hat uns der andere Journalist erzählt. Er war mit seinem Kollegen in Ceppaiona gewesen und hat sich die Geschichte von einem der Nachbarn der Ottos erzählen lassen. Das ganze Dorf wusste Bescheid, alle schwiegen. Gut, die Familie Soc dachte, die Sache sei beendet. Aber am 26. Juni erschien dieser dämliche Artikel mit dem Schokotiger und einem ersten Hinweis auf die Mafia in der örtlichen Zeitung. Dann, am 29., wurde von einem Zusammenhang zwischen Nonis Tod und der Mafia geschrieben. Mario informiert Soc noch am gleichen Tag.«

»Und woher wusste dieser Meier das?«

»Das ist ja das Tragische an der Sache. Meyerle sagte uns, dass er groß rauskommen wollte. Er schrieb schon länger Artikel, die weit von der Wahrheit entfernt waren mit allen möglichen Spekulationen. Und dieses Mal hatte er ins Schwarze getroffen. Oder besser schwarz-gelb. Nämlich in ein Wespennest.«

Winkler fuhr zurück ins Präsidium, um die Fucilla-Unterlagen zu holen. Ein Stapel mit Mappen mit Angaben zu Geburtstagen und -orten, Mails und vielen Fotos und einen weiteren mit ausgedruckten Dateien. Zurück im Krankenhaus übergab er alles Pfeifer. Beide Arme waren gebrauchsfähig, nur die Rippen taten noch etwas weh. Gegen die Entzündung bekam er jeden Morgen eine neue Sorte Antibiotika.

Pfeifer blätterte zunächst die Mappen durch. Dann sah er sich die Ausdrucke genauer an. Bei einigen der Angaben hatte die Gerichtsmedizin Anmerkungen gemacht. Das alles war wohl der Grund, warum mindestens ein Mensch gestorben war, der Journalist, der sich diese Informationen heimlich besorgte. Winkler sah ihm über die Schulter.

»OK, das hier sind Differenzialblutbilder. Das sind Monozyten, Lymphozyten, basophile Granulozyten, Elektrolyt-Werte, Sodium, Calcium und so weiter. Das sind Urin- und Stuhlwerte, die Menge der weißen und roten Blutkörperchen, Thrombozyten, Hämoglobin, Blutdruck, Pulsschlag, Körpertemperatur, Medikamentenrückstände im Blut. Diese Personen waren gesund, keine Infektionskrankheiten, kein Nährstoffmangel. Mmh. Und das da? Dazu haben die Mediziner nichts geschrieben?«

»R2001V«,

las Winkler vor. Sie blätterten.

»Das ist irgendein Code, der steht auch bei einer der Mappen.« Sie fanden heraus, dass die medizinischen Werte und die Dossiers immer mit einem solchen Code markiert waren.

»Und du sagst, einige von diesen Leuten sind bereits gestorben?«

»Ja.«

»Aber die waren doch noch ziemlich jung?«

»Ja. Es waren tödliche Verkehrsunfälle.«

»Andere Gemeinsamkeiten?«

»Nichts, was uns aufgefallen wäre.«

»Vielleicht könnte ich einmal in den Kliniken anrufen.«

Winkler fuhr wieder zurück in sein Büro. Er ging im Geiste noch einmal seine Gespräche mit Pfeifer durch. Was hatte er gesagt? Da war doch was gewesen? Jetzt erinnerte er sich wieder. Er hatte die Sekretärin mit creepy beschrieben.

Einige Zeit später meldete sich Pfeifer per Telefon.

»Ich habe eine weitere Gemeinsamkeit der toten Leute herausgefunden. Die waren erst einmal alle relativ jung, waren in merkwürdige Verkehrsunfälle verwickelt und?«

Solche Pausen mochte Winkler schon mal gar nicht.

»Pfeifer!«

»Sie waren alle Organspender.«

Och nö.

»Hallo, hörst du mir noch zu?«

»Ja, was noch?«

»Ich habe nachgeschlagen, in irgendsoeinem Internet-Wörterbuch.«

»Wozu?«

»Also pass auf! Die Niere ist *il rene*.«

Winkler konnte nicht genügend Italienisch, aber wenn er das sagte. Pfeifer fuhr fort.

»Die Bauchspeicheldrüse ist *il pancreas*, die Lunge *il polmone* und das Herz ist *il cuore*.«

»Sehr gut. Sehr, sehr gut.«

Etwas anderes fiel Winkler nicht ein.

»Und jetzt siehst du dir einmal diese Codes an. Was siehst du?«

»Buchstaben und Zahlen?«

»Jetzt bitte. Niere, *rene*, R, R2001V: Niere, geboren am 20.01.2005, PA2405I: Bauchspeicheldrüse, *páncreas*, geboren am 24.05.2001, PO117XC: Lunge, *polmone*, geboren 11.7.1990, C17II Herz, *cuore*, geboren am 1.7.2002. Unterlagen für den Handel mit Organen. Cesco Fucilla hat mit Organen gehandelt. Und Meier hat die verräterischen Daten gehabt. Dann hat Fucilla Meier umgebracht. Aber Fucilla wurde ebenfalls ermordet, von Henry und damit von der Mafia.«

Oh nein, das würde einen riesigen Ermittlungsstress geben. Vielleicht könnten sie den abgeben.

»Ist nicht irgendeiner von den Leuten Nichtdeutscher?«

»Dochdoch, wir haben auch einen Schweizer und eine Österreicherin, die sind aber noch nicht tot.«

Europol, sollen die sich drum kümmern.

***

Am nächsten Morgen stand Winkler vor der Tafel mit den bisher gesammelten Infos und versuchte, die ganze Geschichte zu rekonstruieren. Genau genommen waren es drei Geschichten. Eine geschah 1983, eine 2008 und die andere heute. Für die ersten beiden erwiesen sich Nonis Notizen als ausgesprochen hilfreich. Sie hatte den Anfang ihres Buches bereits geschrieben. Und Meier hatte auch einiges notiert.

Raphael Otto verbrachte eine einfache, aber glückliche Kindheit in einem Dörfchen bei Ceppaiona, einer kleinen Stadt in Sizilien. Er und seine Freunde, unter anderem Henry, zogen durch verwilderte Gärten, ausgelassen und zufrieden, bis irgendjemand sie mit der Doppelflinte verscheuchte. Sie spielten Fußball in den staubigen Straßen, zwischen Mülleimern und Häuserecken. Sie rannten über die Felder. Im Herbst ließen sie selbst gebastelte Drachen steigen, und im Sommer badeten sie in dem Fluss. Die Winter waren mild, aber auf dem Ätna lag ganz oben der Schnee. Noni hatte durchaus eine literarische Ader, dachte Winkler zwischendurch. Raphael war wie alle anderen auch mit einem kleinen, hochfrisierten Moped unterwegs. Wie alle anderen auch ohne Sturzhelm oder Nierengurt, wie damals üblich. Und wie alle anderen auch rauchte er und trank Bier und anderes. Am 22. Juni 1983 aber war er bei Limonade geblieben. Er war mit seiner Clique unterwegs, drei Jungen mit ihren Mopeds und zwei Mädchen auf dem Gepäckträger. Sie lieferten sich ein Rennen und fuhren zu schnell die gefährlichen, kurvenreichen Wege entlang. Raphael wurde von den anderen beiden Jungen abgehängt. Als er, mit Giulia Soc auf dem Gepäckträger, an eine Kreuzung kam, wurde ihm die Vorfahrt genommen. Er stieß mit einem anderen Moped zusammen. Auch wenn der Fahrer Michele Soc sturzbetrunken war und nur noch lallen konnte, es war einer der Mafia-Söhne, er galt automatisch als unschuldig. Danach saß Michele im Rollstuhl. Von da an musste die Familie Otto zusätzliche Strafgelder zahlen, und sie wurden auf einen Schlag arm. Raphael konnte später irgendwann das Geld nicht mehr aufbringen. Deswegen wurde seine ältere Tochter entführt. Es sollte ihm eine Warnung sein, und sie sollte nach einigen Tagen wieder nach Hause kommen dürfen. Leider konnte sich das Mädchen befreien. Bei der Flucht, bei der sie in den See fiel, schlug jemand sie mit einem Ast, der herumlag, um sie aufzuhalten. Da sie schon sehr geschwächt war, starb sie an dem Schlag. Die Geschichte wurde offiziell nie aufgeklärt, denn die Familie Soc sorgte sich um ihren guten Ruf. Sie durften nicht als Verlierer oder Versager dastehen. Eleonoras Eltern waren untröstlich. Raphael wollte fort. Aber Maria hing sehr an ihrem Garten, ihren Blumen, ihren Zitronenbäumen. Die Eltern flohen dann doch mit ihrer zweiten Tochter Noni und landeten irgendwann in Deutschland. Dort lebten sie lange, ohne dass ihre alten Freunde – und Feinde – etwas davon wussten. Als Noni älter wurde, versuchte sie, die

Geschehnisse von damals zu verarbeiten. Sie entdeckte im Keller Unterlagen und arbeitete sie in Kurzgeschichten ein, die sie veröffentlichen konnte. So wurde die Familie Soc auf sie aufmerksam. Man setzte Henry auf sie an.

Winkler blickte aus dem Fenster auf die Straße hinunter. Neben dem Polizeipräsidium lagen einige Verwaltungsgebäude, aus denen immer wieder Frauen und Männer kamen. Eine kleine Gruppe stand gegenüber um einen Papierkorb herum, rauchte und redete. Irgendwo bellte ein Hund. Johannes Winkler ging die Sache nun chronologisch an.

Am 1. Juli dieses Jahres erschien ein Zeitungsartikel, der den Mord an Noni Otto der Mafia in die Schuhe schob. Auch wenn Meier die Dinge sehr phantasievoll interpretierte, kam er doch der Wahrheit recht nah. Am gleichen Tag kontrollierten Enrico und Carlo Henry im Zirkus. Dem ersten Artikel, der einen Zusammenhang zwischen Nonis Tod und der Mafia erwähnte, maß man zunächst wenig Bedeutung bei. Aber dann entschloss sich Soc doch, nach Fahrenzburg zu fahren, weil die dortigen Mafia-Kollegen die Sache offenbar nicht im Griff hatten. Er schickte Enrico und Carlo los, um den Wissensstand der Verfasser der Zeitungsartikel herauszubekommen. Sie sahen sich in der Redaktion um, fanden aber zunächst nichts Verdächtiges. Auch der Besuch bei Meier zu Hause ergab nichts.

Am 7. Juli waren die beiden Journalisten in Ceppaiona, um zu recherchieren. Daraufhin veröffentlichten sie am 8. Juli einen Artikel, in dem sie eine Verbindung zur sizilianischen Mafia herstellten. Bei dem Stichwort *sizilianisch* musste die Familie Soc erneut aktiv werden. Nachmittags waren Vertreter der Mafia bei den Ottos und erfuhren von dem Tagebuch, von dem sie annahmen, dass es brisante Informationen enthielt. Davon hatte Noni bereits einige veröffentlicht. Sie erfuhren außerdem, dass Gabi Hohlmer aller Wahrscheinlichkeit das Buch an sich genommen hatte. Deswegen wurde Gabi von Henry überfallen.

Soweit, so gut. Winkler stand auf und holte sich einen Kaffee. Dann nahm er vor seinem Schreibtisch Platz und trank einen Schluck. Die unbearbeiteten Papierstapel sahen ihn böse an. Er trank noch etwas. Sein Magen meldete sich wieder.

Am 3. Juli waren die beiden Journalisten das erste Mal in der Pizzeria und kopierten Daten, am 5. das zweite Mal. Beide Male wurden sie von der Überwachungskamera, die Fucilla installiert hatte, gefilmt. Sie stießen, ohne, dass sie es wussten, auf die Unterlagen von Fucillas Organhandel. Offenbar hat er es nicht sofort bemerkt, denn zunächst arbeiteten Meier und Meyerle unbehelligt weiter.

Die Polizei geht davon aus, dass sich Cesco Fucilla unabhängig und ohne Wissen von Romano und Soc ein Geschäft mit Organhandel aufgebaut hat. Offiziell betrieb er die Pizzeria Pizza Perfetta. Mittlerweile hatte Fucilla mitbekommen, dass die beiden Journalisten an seinen Dateien waren. Er brach in der Nacht auf den 14. Juli in der Redaktion ein und fand einen der von Meier dort versteckten Datensticks mit all den brisanten Informationen, die ihn den Hals kosten konnten, da er seine Geschäfte an der Mafia vorbei betrieb. Dass es mehrere Sticks gab, ahnte er nicht. Also musste er Meier irgendwie zum Schweigen bringen. Als nun Enrico und Carlo auf Socs Befehl hin Meier entführten, um herauszufinden, was er von der Soc-Vergangenheit wusste und ihn dazu in diese Halle verfrachteten, nutzte Fucilla die Gelegenheit, kam mit und verpasste ihm die Giftspritze. Die Mafia-Leute aber erfuhren von den Deals mit dem Organhandel. Sie fühlten sich von Fucilla hintergangen. Das konnten sie nicht dulden. Meier wurde von Fucilla getötet, Noni und Fucilla von Henry, Egon Klein war ein Unfall, und der Professor war noch übrig.

Super. Winkler vergrub den Kopf in den Händen. Wenn Pfeifer doch nur da wäre. Aber jetzt stand eine Anschlussheilbehandlung im Raum. Drei Wochen. Entsetzlich.

Was hatte Pfeifer gesagt? Was hatte Lara Schmitt gesagt? Da war doch was, da war doch was. Nein. Nichts. Es nützte nichts.

Er musste nach Hause. Und dann einen Schluck Wein, etwas Käse, etwas lesen, Musik. Brahms entspannt. Schlafen. Johannes Winkler seufzte. Immerhin hatten sie drei Leute verhaftet. Henry für zwei Morde, Enrico, naja, gestrichen, und Lara Schmitt. Er beschloss, Pfeifer anzurufen und ihn zu fragen, was er von ihr als Mörderin hielt. Aber dessen Meinung stand unwiderruflich fest. Lara Schmitt war viel zu blöd. Weniger, um jemanden umzubringen als vielmehr, um das geschickt zu vertuschen. Johannes Winkler fuhr nach Hause.

***

Es wurden natürlich mehrere Schlucke, ziemlich viele sogar. Erst sehr spät war Winkler soweit, ins Bett gehen zu können, um zu schlafen. Die Träume zogen in wilden Schlieren durch sein Gehirn und ließen keine klaren Bilder zurück. Aber irgendwann schreckte er auf. Er erinnerte sich wieder daran, was Pfeifer gesagt hatte. Und Lara. Wieviel Uhr war es? Fünf Uhr morgens, na gut. Winkler ging ins Präsidium. Zu Fuß, die frische Luft tat gut. Irgendein Beamter wird sicher da sein, dachte er, während er im Geiste die nächsten Stunden plante. Im Präsidium angekommen, lief Winkler zunächst durch leere Flure, bis er am nächstbesten Kaffeeautomaten stehen blieb. Doppelter Espresso, zu mehr war keine Zeit.
Im Büro nahm er den Telefonhörer und rief Gabi Hohlmer an.
»Guten Morgen.«
Stöhnen am anderen Ende.
»Es tut mir leid.«
Ihm tat es keineswegs leid.
»Aber wir bräuchten von Ihnen Ihr OK, dass wir Ihre Telefonverbindungen prüfen dürfen.«
Ein weiteres Stöhnen. Winkler hatte richtig geraten, er hatte sie geweckt.
»Sie haben doch kein Problem damit, oder?«
»Herr Winkler, also wirklich.«

»Bitte, reine Routine, Sie können dann auch weiterschlafen.«
»Na gut, Wiederhören.«
Sehr zufrieden legte Winkler auf. Dann suchte er einen der Beamten, die Nachtdienst hatten, und gab ihm den Auftrag, die Anrufe von Gabi Hohlmer vom 29. Juni zu besorgen. Jetzt noch einmal nach Hause zu fahren würde sich nicht lohnen. Winkler setzte sich an den Schreibtisch und machte ein allgemeines Unterlagen-Update, während er wartete.
»Jepp!«
Lara Schmitt hatte Gabi Hohlmer am Abend des 29. Juni dreimal angerufen, ohne dass abgenommen worden war. Einmal um 21.30 Uhr, einmal um 22.15 Uhr und einmal um 22.45 Uhr. Lara Schmitt hatte Frau Hohlmer in der Pizzeria gesehen und wollte von ihr mehr über die Rothaarige wissen, hatte sie aber nicht erreichen können.

***

»Frau Hohlmer. Sie waren in der Nacht vom 29. auf den 30. Juni nicht zu Hause gewesen.«
Denn das war es, was Lara gesagt hatte, das war sie selbst, wetten? Das war sie selbst. Sie hat ihn umgebracht. Die war nicht zu Hause, ich aber schon.
»Das weiß ich nicht mehr. Doch, wahrscheinlich doch.«
»Sie wurden angerufen und haben nicht abgenommen.«
»Wahrscheinlich habe ich bloß das Telefon nicht gehört, weil ich im Bad war.«
»Dreimal? Oder über eine Stunde lang?«
Natürlich gab es genügend Frauen, die sich sogar noch länger in Badezimmern aufhielten, aber doch nicht die Hohlmer. Pikiert verzog sie das Gesicht.
»Sie haben den Professor geliebt. Seit vielen Jahren schon. Er aber hat sie nicht einmal gesehen. Stattdessen hatte er jedes Semester mit einer anderen Studentin geschlafen, mit zweien oder dreien. Sie haben das gefilmt und sind immer eifer-

süchtiger geworden. Schließlich hat Ihnen das Heiratsversprechen den Rest gegeben, auch wenn sich das Frau Schmitt wahrscheinlich nur eingebildet hat. Und dann hat er auch noch diese Rothaarige dazwischengeschoben, das war Ihnen zu viel. Sie haben Motiv, Gelegenheit und kein Alibi. Und uns mehrfach angelogen. Und deswegen sind Sie auch verschwunden. Nicht, weil Sie Angst vor Einbrechern haben.«

Winkler betrachtete sein Gegenüber. Gabi Hohlmers Augen waren plötzlich gar nicht mehr so kalt. Sie begannen zu glänzen. Sie senkte den Kopf.

»Ja, ich war wütend. Er ist mit dieser Rothaarigen im Auto verschwunden, so etwas hatte er früher noch nie gemacht. Ich bin hinterher. Ich war mit meinem Wagen da. Sie fuhren zur Universität. Dort gibt es genügend Parkplätze, die nachts frei sind, und weit und breit keine Zuschauer. Ich konnte unauffällig ein paar Meter entfernt parken. Die beiden haben dann gleich im Auto … Naja, die Rothaarige ging. Er verließ den Wagen, und ich bin hinterher. Ich war so furchtbar … gedemütigt. Ich begann, mit ihm zu reden. Ich wurde laut, er wurde laut. Ich nahm einen Ast, und er stürzte zu Boden. Aber er hatte mich gesehen. Ich habe mich erst noch umgeschaut, ob irgendjemand etwas mitbekommen hat. Aber nirgends eine Menschenseele. Dann nahm ich die Plastiktüte.

»Sie hatten eine Plastiktüte dabei?«

»Ja, ich hatte das in der Zeitung gelesen.«

»Sie hatten die Tüte dabei?«

»Ja.«

Nun füllten sich ihre Augen ganz konkret mit Tränen.

»Sie hatten das geplant?«

Gabi Hohlmer sah auf.

»Nicht direkt.«

»Aber indirekt?«

»Man kann nicht indirekt planen«,

korrigierte sie ihn.

»Also was?«

»Naja. Irgendwie schon.«

Sie schnäuzte sich die Nase und war wieder sie selbst. Was hatte Pfeifer noch gemeint? Die ist viel zu hart. Eiskalt ist die, irgendwie creepy. Die schreckt sogar vor Mord nicht zurück.

»Er hatte es nicht besser verdient.«

Und das war das letzte, was sie dazu zu sagen hatte.

E N D E

In einem dicht bewohnten Viertel am Rande von Fahrenzburg gab es eine kleine Wiese. Am Samstagnachmittag kamen Leute mit Stangen, Paketen und Plastikplanen. In kürzester Zeit bauten sie ein Zelt auf. Die Ziegen meckerten ein bisschen vor sich hin und gaben dann Ruhe. Vier Pferde liefen nervös an einer viel zu kurzen Leine hinter den Leuten her, die dabei auf ihre Handys sahen und die Tiere schließlich ganz hinten in der dunkelsten Ecke anbanden. Die Kamele spazierten erhaben und ruhig die Wiese entlang, bis sie an ihrer Stallung ankamen. Dort lag bereits reichlich Heu. Mehrere Einwohner beobachteten, wie die kleine Kamelherde Einzug hielt. Besonders das Babykamel hatte es ihnen angetan. Es hatte lange, dünne Beine und schmuste immer wieder mit der Mutter. Das Oberkamel sondierte die Lage. Es sah sich um und begann zu fressen. Drei kleine Pudel wurden in eine der Boxen gepackt, wo sie unaufhörlich bellten. Die Kamele kauten genießerisch vor sich hin und ließen die Köpfe immer einmal wieder in die Runde schweifen. Eine Ziege meckerte.

Niedergeschlagen schlenderte Axel Burger über die Wiese und betrachtete die Kamele, die vor ihm auf dem Boden lagen und die heiße Sonne offenbar mochten. Er besuchte seinen Bruder, der seine Wiese an den Zirkus vermietet hatte. Den alten Standplatz hatten sie verfrüht verlassen, weil sie dort keine Vorstellung mehr geben wollten, aus Pietätsgründen, wie es hieß. Da Axel Burger die Vermietung der Wiese an die

Einnahmequote gekoppelt hatte, war ihm mittlerweile klar, dass ihn der Verkauf des Mähguts besser gekommen wäre. Denn nun musste er wieder viele Monate warten, bis er neues Gras verkaufen durfte. Von der Entsorgung des ganzen Mülls einmal abgesehen. Den hatten die Zirkusleute nämlich zurückgelassen. Eigentlich wollte er deswegen mit dem Direktor sprechen, aber der ließ in ungerührt abblitzen. Stand nicht im Vertrag. Vertrag, ha! Sie hatten den Deal lediglich per Handschlag besiegelt, und Burger hatte es für selbstverständlich gehalten, dass die ihren Müll selbst wegräumen würden. Das war aber nicht das Einzige, was ihn ärgerte. Dass sich die ganzen Nachbarn getroffen hatten, ohne ihn einzuladen, hatte er zufällig mitbekommen. Und er fand das verdächtig. Der Direktor kam gemächlich auf ihn zu.

»Na, wie geht's?«

Freundlich lächelte Burger dem großen Mann zu.

»Gut, wie immer.«

Der Direktor hatte ein sonniges Gemüt. Nach einer Weile sagte Burger:

»Schöne Tiere habt ihr da.«

Den Kamelen hing das Fell in Fetzen vom Rücken, sie staubten, röhrten und husteten. Immerhin, wenn man sie von vorn sah, schienen sie zu grinsen.

»Hat sich eigentlich etwas wegen der Hunde ergeben?«

»Ach, die.«

Der Zirkusdirektor streckte gewichtig seinen nicht unansehnlichen Bauch heraus.

»Die lagen tot im Käfig.«

»Genau, das haben wir alle mitbekommen.«

»Keine Ahnung. Irgendwie ist das untergegangen durch den Wildschweinmord und den Brand.«

»Tja.«

»Auch egal.«

Beiden betrachteten versonnen die Kamele, die unverdrossen vor sich hin kauten.

»Ihr wisst nicht, was passiert ist?«

»Ach, wahrscheinlich wieder Rattengift.«

Axel Burger zuckte zusammen.

»Wieder?«

»Ja. Es ist fast immer Rattengift. Alles andere ist zu kompliziert zu besorgen. Wir haben schon überlegt, die Hundenummer aufzugeben, weil die Viecher nie lange leben. Aber Katzen sind zu heikel. Eigentlich reichen die Ziegen auch. Jetzt haben wir aber erst einmal wieder ein paar neue gekauft.«

Das war nicht zu überhören. Der Zirkusdirektor streckte sich und nahm einen gesunden Atemzug.

»Blöd, dass der Kleine gleich die Polizei gerufen hat. War wohl ein Fehlgriff. Wir werden ihn zurück ins Waisenhaus stecken.«

DANKSAGUNG

Meinen herzlichsten Dank an Hans, Moni, Thekla und Wolfgang für das Testlesen und an Sabine, die das Cover gestaltet hat.

Folgende Bücher und Artikel waren bei der Entstehung dieses Bandes nützlich:

Crudele, G. D. L. et al. 2015. One hundred and one cases of plastic bag suffocation in the Milan area between 1993 and 2013 – correlations, circumstances, pathological and forensic evidences and literature review. *Journal of Forensic Sciences*. 31 December 2015.

Kieser, J. et al. 2005. Bitemarks. Presentation, analysis and evidential reliability. Tsokos, M., *Forensic Pathology Reviews* 3. S. 157-178.

Püschel, K., Schröer, J. ²2006. Die Bedeutung rechtsmedizinischer Untersuchungsergebnisse bei der Erstellung von Fallanalysen. Musolff/Hoffmann. *Täterprofile bei Gewaltverbrechen*. Heidelberg. S. 177-205.

Rossi, M. L. et al. 1994. Postmortem injuries by indoor pets. *The American Journal of Forensic Medicine and Pathology* 15.2. S. 105-109.

Tsokos, M. 2019. *Schwimmen Tote immer oben? Die häufigsten Irrtümer über die Rechtsmedizin*. München.